油煙世界

董君君 著

菲律賓・華文風 叢書 12（小說）

楊宗翰 主編

【主編序】

在台灣閱讀菲華，讓菲華看見台灣

——出版《菲律賓．華文風》書系的歷史意義

楊宗翰

很難想像都到了二十一世紀，台灣還是有許多人對東南亞幾近無知，更缺乏接近與理解的能力。對台灣來說，「東南亞」三個字究竟意味著什麼？大抵不脫蕉風椰雨、廉價勞力、開朗熱情等等；但在這些刻板印象與（略帶貶意的）異國情調之外，台灣人還看得到什麼？說來慚愧，東南亞在台灣，還真的彷彿是一座座「看不見的城市」：多數台灣人都看得見遙遠的美國與歐洲；對東南亞鄰國的認識或知識卻極其貧乏。他們同樣對天母的白皮膚藍眼睛洋人充滿欽羨，卻說什麼都不願意跟星期天聖多福教堂的東南亞朋友打招呼。

台灣對東南亞的陌生與無視，不僅止於日常生活，連文化交流部分亦然。二〇〇九年臺北國際書展大張旗鼓設了「泰國館」，以泰國做為本屆書展的主體。這下總算是「看見泰

國」了吧？可惜，展場的實際情況卻諷刺地凸顯出臺灣對泰國的所知有限與缺乏好奇。迄今為止，台灣完全沒有培養過專業的泰文翻譯人才。而國際書展中唯一出版的泰文小說，用的還是中國大陸的翻譯。試問：沒有本土的翻譯人才，要如何文化交流？又能夠交流什麼？沒有真正的交流，台灣人又如何理解或親近東南亞文化？無須諱言，台灣對東南亞的認識這十幾年來都沒有太大進步。台灣對東南亞的理解，層次依然停留在外勞仲介與觀光旅遊——這就是多數台灣人所認識的「東南亞」。

東南亞其實就在你我身邊，但沒人願意正視其存在。台灣人到國外旅遊，遇見裝滿中文招牌的唐人街便倍感親切；但每逢假日，有誰願意去臺北市中山北路靠圓山的「小菲律賓」或同路段靠臺北車站一帶？一旦得面對身邊的東南亞，台灣人通常會選擇「拒絕看見」。拒絕看見他人的存在，也許暫時保衛了自己的純粹性，不過也同時拒絕了體驗異文化的契機。說到底，「拒絕看見」不過是過時的國族主義幽靈（就像曾經喊得震天價響，實則醜陋異常的「大福佬（沙文！）主義」），只會阻礙新世紀台灣人攬鏡面對真實的自己。過往人們常囿於身分上的本質主義，忽略了各民族文化在歷史上多所交融之事實。如果我們一味強調獨特、純粹、傳統與認同，必然會越來越種族主義化，那又如何反對別人採用種族主義的方式來對付我們？與其矇眼「拒絕看見」，不如敞開心胸思考：跟台灣同樣擁有移民和後殖民經驗的東南亞諸國，難道不能讓我們學習到什麼嗎？台灣人刻板印象中的東南亞，究竟跟真實的東南亞距離多遠？而真實的東南亞，又跟同屬南島語系的台灣距離多近？

台灣出版界在二〇〇八年印行顧玉玲《我們》與藍佩嘉《跨國灰姑娘》，為本地讀者重新認識東南亞，跨出了遲來卻十分重要的一步。這兩本以在台外籍勞工生命情境為主題的著作，一本是感性的報導文學，一本是理性的社會學分析，正好互相補足、對比參照。但東南亞當然不是只有輸出勞工，還有在地作家；東南亞各國除了有泰人菲人馬來人，也包含了老僑新僑甚至早已混血數代的華人。《菲律賓・華文風》這個書系，就是他們為自己過往的哀樂與榮辱，所留下的寶貴記錄。

東南亞何其之大，為何只挑菲律賓？理由很簡單，菲律賓是離台灣最近的國家，這二、三十年來台灣讀者卻對菲華文學最感陌生（諷刺的是：菲律賓華文作家在一九八〇年代以前，一度以台灣作為主要發表園地）。東南亞各國中，以馬來西亞的華文文學最受矚目。光是旅居台灣的作家，就有陳鵬翔、張貴興、李永平、陳大為、鍾怡雯、黃錦樹、張錦忠、林

1 台灣跟菲律賓之間最早的文藝因緣，當屬一九六〇年代學校暑假期間舉辦的「菲華青年文藝講習班」（後改為「菲華文教研習會」）。此後菲國文聯每年從台灣聘請作家來岷講學，包括余光中、覃子豪、紀弦、蓉子等人。一九七二年九月廿一日總統馬可士（Ferdinand Marcos）宣佈全國實施軍事戒嚴法（軍統）之後，所有的華文報社被迫關閉，所有文藝團體也停止活動。後來僥倖獲准運作的媒體亦不敢設立文藝副刊，菲華作家們被迫只能投稿台港等地的文學園地。軍統時期菲華雖無出版機構，但施穎洲編的《菲華小說選》與《菲華散文選》（台北：中華文藝，一九七七）、鄭鴻善編選的《菲華詩選全集》（台北：正中，一九七八）卻順利在台印行面世。八〇年代後期，台灣女詩人張香華亦曾主編菲律賓華文詩選及作品選《玫瑰與坦克》（台北：林白，一九八六）、《茉莉花串》（台北：遠流，一九八八）。

建國等健筆；馬來西亞本地作家更是代有才人、各領風騷，隊伍整齊，好不熱鬧。以今日馬華文學在台出版品的質與量，實在已不宜再說是「邊緣」（筆者便曾撰文提議，《台灣文學史》撰述者應將旅台馬華作家作品載入史冊）；但東南亞其他各國卻沒有這麼幸運，在台灣幾乎等同沒有聲音。沒有聲音，是因為找不到出版渠道，讀者自然無緣欣賞。近年來台灣的文學出版雖已見衰頹但依舊可觀，恐怕很難想像「原來出版發行這麼困難」、「原來華文書店這麼稀少」以及「原來作者真的比讀者還多」——以上所述，皆為東南亞各國華文圈之實況。或許這群作家的創作未臻圓熟、技藝尚待磨練，但請記得：一位用心的作家，應該能在跟讀者互動中取得進步。有高水準的讀者，更能激勵出高水準的作家。讓我們從《菲律賓・華文風》這個書系開始，在台灣閱讀菲華文學的過去與未來，也讓菲華作家看見台灣讀者的存在。

推薦序一

司馬中原

一九七四年五月中旬，我在結束了寰美演講之後，又應當地僑界之請，飛赴岷尼剌！開班講授小說創作課程，因而有緣結識眾多寫作的菁英，而董君君正是其中一位。當時我僅讀過她一篇習作，就感覺出她能以平樸自然的文字，使人穿心透骨的誠懇，直抒其胸臆，誠所謂：情真意摯，境界高遠。如果她能不斷的寫下去，定非「池中之物」。

我和董君君相遇，真是極為奇特的天意，這和歷史上蘇東坡遇米芾略似，當時，蘇已文名籍：書法高妙，而米芾只是一個落魄青年，流浪長街，賣字充飢亦不可得，但米芾並不氣餒，挾其書法作品求見蘇學士，請求為之「品判」，蘇接見無名小子米芾，展卷覽之，衷心讚嘆曰：「此子日後成就，將在我之上也！」

實在說，董君君就是米芾，而司馬祇是一個「山野陋夫」，萬不敢與蘇門學士併論，但我忝居「下九流」，憐才、識才、愛才、擢才的工夫，還是略識皮毛，我初讀她的習作後，即在燈下寫了這麼一段筆記，有云：「君君為文，有六龍飛天之象。」

後若干年，我數度訪菲，得識誼女小四（施柳鶯），我訝於其天才橫溢，靈思潮湧，曾為其小說集作序，凡六千餘言，許其為謫居凡塵的仙女，但當我讀完董君君的小說大樣後，直感她的每篇作品，生活肌里之豐實取材面之廣闊，文與質之併美，亦儒亦俠之心胸懷抱，可見我當年對其直感認定並未落空，俗云：詩文論交，情如骨肉，如果說小四是謫居凡塵的小仙女，董君君就是身居菲島的活菩薩。

董君君的前半生，和我的前半生，並無太大的參差，我十歲喪父，飽嚐世態炎涼之苦，又遇上抗日戰亂，辭家奔走道途，過著非人的生活，根本沒有學校可讀，以天地為師，四野為家，生活為範本，靈悟為門徑，終得擁日抱月，呼吸宇宙，敞開胸懷，匯萬川齊聚，浩盪奔流。而她的前半生，大多處於驚濤駭浪之中，家庭的變故，親人的永訣，貧窮的日月，子女的牽絆，創業之艱辛，人情的冷暖，世態之炎涼……如果把這數十篇小說川貫起來，不就是她畢生生存的忠實寫照？她雖常居逆境，但卻如大賢顏回那樣：「不遷怒、不二過」，志堅、節亮，踏步而前。

我的後半生，全因「因緣際會」得名於天下，但僅是「浪得虛名，浮而不實」，毫無可稱道之處。而董君君卻以「經歷萬難，仁念如一」的實踐行為，證印了佛果。

董君君這部小說取材面甚為廣闊，她寫出菲律賓當地居民，一心擺脫貧困，流落國外掙扎求存的勤奮與艱辛，生活愈是困苦，人性中美德的花朵愈為燦放，諸如：團結力、合作力、關懷力、支援力得充分體現，她都以歌之讚之的態度，作出深細的描摹，這一系列的作品，是在為菲國文化點燈。

另一系列作品，是寫漳、泉地區人民，由於田鮮山多，大都以「討海」維生，但清廷後期，實施「海禁」，人民生活更為艱困，因此，「欲顯發，下南洋。」已成為區域文化的主流思想，而當時所稱的「南洋」也不過就是今日之馬來、印尼與菲律賓而已。中華文化一向講求「不孝有三，無後為大」，故而，「下南洋之前，必先婚嫁，待新婦有孕，方可離鄉！」取義於：失去兒子，還有孫子，祖宗香火，豈可斷絕也！

但，如此一來，則外在情況與內在情況發生了混淆，正是「絲不斷，理還亂。」有些下南洋的男子，混出名堂來，衣錦榮歸，但作為妻子的，已經守盡多年的活寡，耗盡了青春，等得男人回來，含淚團圓，這算是一等的；有些男人，一去鳥嘟嘟，無音無訊，像是斷了線的風箏；有些男人見異思遷，在外另娶番婆，棄糟糠如敝履……凡此種種，董君君都以悲憐的心懷，歌其當歌，責其當責，極盡文學的喻揚性、批判性、節制性與宣化性多種功能。

第三類的作品，是寫各類市井小民的生活狀貌。悲歡離合盡在其中看來似乎瑣碎，但作者以火盪的悲憫情懷融入其中，無一不感人欲淚，人生本就是多面「魔幻」的鏡子，讀者如闖入鏡陣，總可在其中一面魔鏡中，窺見自己的原形。

最後一類作品「油煙世界」，根本就是她半生奮鬥史的濃縮版。董君君亦文亦史的功力，亦儒亦俠的心胸，使老朽如我者感動得淚涕交流。在菲律賓這樣特殊的華僑社會，平常多以經商貿易為主體，但有心於文化創進的更大有人在，創作才人更像羅列沙灘的卵石，君君與小四，僅僅是我撿進口袋裡的兩粒而已。菲國華裔作家，足為我師的大才人，由於我「未能盡識」或者「無此機緣」，但就我撿到的這兩粒而言，董君君的作品，確具太史公（司馬遷）的氣勢，而小四的作品又具有李清照的靈韻。

老朽能擁有此一徒一女，為中華文化照路提燈，於願足矣！是為序。

二〇〇九年十一月六日

推薦序二

林忠民

假使將語言當作尼羅河，那文學便是受灌溉的兩岸。語言愈豐富，文字活力便更充沛。正如肥沃的土壤，當然農作物金黃滿目一樣。

五四運動以後，大陸白話文學盛行，菲華一般文藝作品也大多傾向於倣效其句法與語氣。寫得頗成功的不能說沒有；但是有的小說中的對話，並不見得怎樣凸顯菲華特有的風格，而地域的小差異，卻可襯出地方色彩，增加文章的可讀性。

其實，閩南系方言的語彙，原是非常豐富的，先不提御前清唱，亦不提近日台灣的南音在北京頗受賞識，就平常人的說話，亦有獨到之處，舉個例說：前輩向人祝壽，每說：「恭喜吃百二。」一聲既悅耳，意味復深長。再來，退一步說，即使村婦罵街，往往隨意出口，就令人哭笑不得，這在董君君的作品中，例子多的是，不必在此贅言了。

閩南話雖云保存古音，但亦經歷修改，且一千年來稍受越族語言影響，積存了不少鮮明生動的句法，頗有異趣。所以名作家徐松石認為這種特殊的語言，如任其消失，將是中華文化的損失，果然如此，我們是不是「家住此山中，不識廬山真面目？」

為人作序，一般來說，不易為人接受，因為依「人本」要深切了解作者心路歷程，依「文本」則要精思細讀，方能道出一個所以然來。余光中第一本詩集出版時，曾經央請梁實秋寫序。以梁大師之能，一時間只能寫一首小詩代序，結果被余光中擯棄不用，由此可見寫序不是那麼簡單的事。

在試圖深入研讀董君君的小說之前，讓我們轉回頭來向後看——

六、七十年前，閩南家鄉固是傳統的社會，而馬尼拉從大橋頭到王彬街以至山下其厘也是其縮影。閩南的生活習俗，一古腦兒搬到僑社。老阿姆僱用馬車，應用「咱人街名」跟馬車夫不必指天劃地，亦可載到目的地。而老阿伯在王彬街，三五成群，琵琶輕撚細彈，怡然自娛，這是何等祥和的氣氛，何等值得追憶的時代，雖然古樸些，人與人之間卻滿有客情，親情和溫情。董君君只用淡淡幾筆，便把凡夫俗婦的情態勾出輪廓來，使過半世紀以前的人物對話，富有鄉音，響在耳畔，而前人也好像被招喚回來，重現眼前。因此，不論久睽鄉土或是土生土長的華人，都能引起強烈的共鳴。

她的文章一氣呵成，不甚經營細節，卻另有別致，暗合傳統文學的法則，不禁令人想起沈從文的名著《邊城》和他的學生汪曾祺的小說《大淖紀事》。他們談的也是故鄉事，也是不著力於經營細節，淡化的筆卻感人良深。

董君君的故事，固很動人，但最特出之處，還是在文中正確的保存閩南方言，不論雅俗，兼收並蓄，可謂巧奪「文功」。這應是很好的歷史見證。如果她不是獨樹一幟，亦少有同樣的作品。

我們並不強調鄉土文學，但是作品中的人物要恰如其份。老舍用北京大白話寫人力車夫；司馬中原在〈狂風沙〉引用北方土話，張愛玲在作品中滲入吳儂軟語；人不以為忤，且中外共賞。所以把鄉音融入小說中，乃是可以適度借鏡的。

董君君的小說，大概可分為兩大類，一是老人家口傳的故鄉舊事，另者是作者親身體驗的馬尼拉市井小民的生態，兩者由她娓娓道來，毫無隔閡生疏之感，都像她在描寫同住四合院的鄰人，熟悉自然。

文壇老前輩施穎洲先生把她定位為一九九八年菲華小說家，這個說法，是有其根據，並能令人信服的。

這本書出版以後，將是掀開蚌殼見明珠之時，高文大論，或將相繼而來，這篇就算是拋磚罷！

目次

主編序

輯二・市井故事

輯三・出外人的故事

輯四　千島上的故事

輯一・油煙世界

前言

三十多年前我只是一個聽丈夫的話，在家生養多多兒女的蠢主婦。楊家的家長四叔父和外子是維護多子多孫頑固舊思想的信徒。我每生一個孩子，第一個趕到醫院看我的是四叔父，他笑得容光燦然，一再說：我們楊家又添丁了。若在咱厝一定要在祖先牌位前供「丁粿」，家祭告知祖先又添子孫啦！他又一再吩咐說：嬰兒肌膚嫩，不可用毛巾給嬰兒洗臉擦身，要剪呢布用，才不會碰痛嬰兒細嫩的肌膚……當四叔知道我生老四後，就要結紮。叔姪兩聯手圍剿我，一定要我打消結紮念頭。他們不會體會一個有眾多兒弟姐妹的我，在幫母親帶大弟妹後真不想再步母親深一步淺一步的蹣跚腳印，牛似吃草擠乳養一大群的子女！我雙手難敵四手，外子不簽結紮同意書，我也沒轍。最後，四叔賭氣地說：「妳養孩子並不辛苦呀，妳生四個孩子，僱了四個保姆，還有廚娘，洗衣婦，清潔工，還有司機，好幾個人侍候你們母子五個人，苦什麼苦？你還怕楊家沒有飯給你們母子吃？」四叔發出此豪語，是外子事業日正當中時，當時糖果廠的產品有兩種品牌正暢銷，一種巧克力花生糖，一種口香糖。工廠員工百多人，日夜趕工，還供不應求，「尖鑽」的糖果商，專車待在工廠外，等分到三幾箱糖果好去發售。「山頂州府」的商家，函電交至，都是討貨的……然而誰都不知下一刻，下一個小時，或明天有突變的情況，打翻了一盤好棋——我家工廠需要大量口香糖原料，因為當時統制的原故，原料缺乏，改用荷蘭出品菲國入口的口香糖原料，吃錯藥似的立見生死，出廠的口香糖幾天就反濕，這是糖果的致命傷，退回廠的口香糖是車載箱裝的，因他們是現金搶購的搶手貨，貨款是要立刻退還的，如忽然傾瀉的土石流，掩埋了紅炎的生意。工廠倒閉後，我是不忍心搶白對我呵護有加的四叔父，當時他不答應我結紮絕育時，他曾說過：「……妳還怕楊家沒有飯給你們母子吃？」此時此刻，我們母子真的快沒飯吃了！外子對這有如山崩的變故，魂飛魄散，從雲端摔到谷底的他一策莫展，變賣貨車，機器有罄盡的時候，一家人口眾多食指浩繁，而外子放不下身段去打工，當時有家麥芽廠高薪聘請他去做事，他不點頭。我不怕吃苦，但我不要兒女跟我一樣過窮日子！焦慮如焚，我告訴自己不能坐以待斃，但當時的我一無所知，也無積蓄，（婚後十年我不懂要錢，外子什麼東西都買齊到家，不用我要錢去買。）我要從何處去掙一分錢？思緒千轉萬轉，我想到用有限的資金，容易直接賺錢的方法——我訂做一套不銹鋼的「潤餅擔」準備在馬拉汶的菜市場排攤。

當我和亞藍用馬車載回這套不銹鋼的「潤餅擔」，放在廚房裡。楊一看見勃然變臉，暴跳如雷，起腳踢倒潤餅擔，對我怒吼：「妳這是落我的臉，羞辱我！」我為他的言行，氣得窒息，一口氣喘不過來。

「憑勞力賺錢有什麼可恥？我賺一百塊錢好過你借來一千塊錢，你能向誰借兩次錢而不遭拒絕。你整天不見人影，你沒遇見房東拉布斯上校要房租的嘴臉，那才真的是羞辱！大老闆醒醒吧！忘記你日進萬金的大好時光，那畢竟是過去了。」我家興衰如人家說的「眼見起高樓，眼見樓塌了」。那天清早拉布斯上校滿臉寒霜迫租來了，他說：「你們生意倒閉是你家的事，我的每個月的房租不能拖欠，你們三個月不交房租，依法我可以叫你們搬走。」

我手足發抖，臉頰發烘發燙，喉嚨發乾收緊，我吸一口氣，調整自己的心跳，無法控制聲調的抖顫反擊說：

「拉布斯上校，你未免太無人情味，你腳踏的洋灰廣場，是我們來後填的土石，我數過一百零四車的泥石，我們鋪的水泥地，當時我們租你兩門面低矮的工棚，沒電沒水的，現在你看火車似接二連三高大的五個門面，當時這座住宅小小的一間，多小你心知肚明，現在我們擴建了三倍大，你是學工的，算算我們花多少錢擴建你的房屋，這些我們不能搬走的，你就是給我們白住三年，你也不吃虧，何況我們只是緩一下，不是不付租。」當我緩了口氣，可說出話時，就滔滔不絕地訴說我的委屈。爭吵多次楊還是不答應我到菜市排攤。不久，我們搬離了傷心地，那套不銹鋼的薄餅擔，丟在海邊，替我們憑弔我們經商失敗被迫放棄的一片江山。

我終於一頭栽進油煙世界討生活。這油煙世界的生態環境，包括傳統市場的滿地泥濘，污水橫流，和百味雜陳，我天天要衝鋒陷陣去採辦——肉攤前是刀鋒斧影，血、肉橫排，海鮮攤前，冰塊與腥水交溶，魚鱗飛濺，魷魚的黑膽滲入指甲縫就很難洗掉……因為需要，所以我惡補炒、燒、煎、爛、炸、烤、烹、滷、蒸、拌、燉等等十多種廚藝。闖入油煙世界謀生的過程中，我汗流浹背，受刀割油燙水浸冰割，我天天蓬首油臉，布衣膠鞋，在傳統菜市場人擠人，像我一副邋遢相，無文化的樣子，還惹來魔掌的乖擠撫臀，真是無德無行的人渣，欺負我這弱勢角色；我怒極急轉身，用手中的竹籃向他的頭臉揮去——一個糟老頭一腳已踏進棺材還不修行！

二十多年經營食品業，就是廚房的煉獄裡賺的汗水錢，在我的生命裡灑滿酸甜苦辣的調味品。我負軛深耕於社會的草根層，我養大九個子女，讓他們受教育，各自嫁娶完畢，我養老送終，不虧為媳之道。我不時數算上帝的恩典，祂賜我應拾的嗎那，使我無缺而有剩。通常人在困境是貧病交迫，在我家最困難的十年裡，一家十多口，無人大病過，小病也很少，因上帝知道我家沒醫藥費的預算。

在這油煙世界裡活過，多少刻骨銘心的感受，看盡百樣顧客的嘴臉，帶過數不清的夥伴都是我這本「油煙世界」書寫的素材：

一九七五年，向堂大伯商借他「麻將場」的樓下，開小小的食品店，因想多掙一點錢也賣啤酒，顧客多是菜市的攤販和鄰居。百般起頭難，慘淡經營下，勉強渡日。曾遇到兩位菲顧客，腿上橫擱著報紙包的武洛刀，喝著啤酒，等仇家經過，倏地驚見兩人撕開報紙，握著武洛刀就追著去砍殺仇人。就在我店門前，就在我眼下，我嚇得兩個膝蓋相碰撞。

一次，一個雞販和附近工地的守警，喝霸王酒不付錢。我客氣的對他們說：「你們忘記付帳了。」好言相討，他們惡臉相向，口出髒話，罵盡中國人，說中國人是豬……應該遣配出境……更說：「我們要試睡TSINA（華女）看看什麼滋味……」我忍無可忍爆炸了，抓起玻璃櫃裡切燒豬的大刀要砍他們，兩人見狀臉嚇得死白，匆惶地奪門而出，作鳥獸散，我認識他們，呼警逮捕回來還錢、道歉，我被迫怒揮屠刀。當時，我豈能善罷甘休，小店以後豈有立錐之地。

因為有賣燒豬，所以也賣DINUGUAN（菲律賓菜之一「酸辣豬血」）（閩南話豬血叫「豬料」），我在牆上貼著彩色葉形的紙板，寫著店裡賣的各樣菜式，我在一片葉形的紙板上寫著「酸辣豬料」，貼上半天許，附近陳姓麵粉大班上門來對我說；「虧你是教書的，豬料是豬的飼料……」我的臉比燒豬的皮更紅更赤。

經營菜館我是半路出家，是被迫鴨子硬上架。一天接到一通叫菜的電話，叫的是「生料炒米粉」，我傻開了口，第一次聽到「生料炒米粉」，要怎麼煮？問誰？又不知叫菜者的電話號碼，硬著頭皮煮了「雜菜炒米粉」，送出門的剎那，一顆心就跳得不按頻率。果然，電話傳來氣呼呼的責備聲：「叫你煮生料炒米粉，為什麼煮雜菜的？」我一時亂了分寸，不知話從何回起，支支吾吾膽怯的小聲問：「生料是什麼？」電話裡傳來一聲怒吼道：「生料都不懂，妳大膽敢開餐館！」我耳朵被他用力掛上的電話震聾了。

向大伯借的店面被告知收回自用。眼前天黑了一半，我茫然回顧，不知根植何地？難道就這樣無聲倒下，一家陷於絕境？迫於無奈，我把住宅的大門門板卸下做店面，把本來客廳和餐廳間的隔板架拆下前移做連櫃（這座連櫃我還留著，念舊的不捨得換掉，保存了二十幾年）。楊一看到我在做不按常理的安排，出言阻難說：「眾人皆知MAYHALIGUE是賊窩（因近學校，屋租便宜，我家就落難於此地），鬼會上門買東西！」我狠狠地橫他一眼，想到他踢翻我的不銹鋼薄餅擔，就恨得牙癢癢的，口氣不遜的回答他道：「你一點也不幫忙，盡潑我的冰水。我是馬代牛耕田！人家不上門來，我送菜到他們家總可以吧。」因為這樣我的餐館是沒桌椅的餐館只做外賣。

我只留下大廚底素，跟我克難重起爐竈，他煮了一碗炒米粉，也是由他送去顧客家。送菜的單車還是我向鄰家借的。回顧天利食品室是根植於遍地荊棘間，又難得鐵樹開花，我披荊斬棘開創此局面，我終於站起來，掙脫了困境的枷鎖，挺直腰幹輕鬆過日子。

二、三十年來我帶過的夥伴何止百多個，有幾個在我身邊由小夥子長大成人，結婚生子，送幾個大病的進醫院開刀，牢牢記得送三個工人躺直入棺或坐殯儀館的車或船運回他們家鄉；顧念他們同我在油煙世界裡操勞如牛，有苦勞也有功勞，沒有他們，我是螃蟹沒腳，動彈不得。當中有十幾個工人是難忘的夥伴。我要一個個帶過來表揚他們的善良、勤勞，或攤開他們的奸詐無賴，作一番人性善惡的描述。

父親說過：「寧牧一山頭的牛，不管三個人」我沒牧養一山頭的牛，卻帶過一百多個夥伴，下面是我在油煙世界裡聯手作戰的將才或小卒的手下要出場了。

一、大廚底素

「你就這樣傻嗎？洗一個碗水龍頭的水大到可以把膠碗漂走。馬尼拉的一滴水都要付錢的。」

在廚房呆久了，不可能不火氣大，生計的壓力，精疲力盡之餘，我隨時作聲怒吼。這一刻從鄉下初來窄到上工的底素被我的大嗓子嚇怔了，眼眶一紅，躲到門背外用手背抹眼淚。我看他哭即時後悔，幹嗎對一個大孩子疾言厲色。

「底素，出來吧，你不知道我是這樣大聲說話的，你其餘的夥伴，早來的早已習慣我這麼大聲說話的，要是我小聲說話，他們還覺奇怪呢！」其實，廚房抽煙機聲和竈火的呼呼聲，也是我大聲說話的原因之一。

底素就這樣走進我的油煙世界，從此不回頭，不離開，一呆就二十多年。今年他的大兒子念大學了。開學前我叫小底素在廚房打工，暑假兩個月掙了幾千塊錢，可幫忙交學費了。

開學時上半天工，下午三點到晚上九點，半工半讀就不缺零用錢。

觀察小底素幾天工作的情況，看他手腳不停，或包菜或洗碗或抹桌或洗菜、切菜。他忙了半天一句話也不說。充足電的機器人似自動操作。我眼裡仿彿看見年輕時的底素，父子一樣工作時拼命似地。更妙的父子一樣長相，背影也酷似，複印般絲絲吻合——突出的下唇好像人在不以為然時在撇嘴。不時在動的人不可能發胖，底素的手臂因長年舉鑊不停，手臂堅實有力，起鑊時一舉四大碗的滷麵，輕若無物，一身精瘦得不見贅肉，他不喝酒，不抽煙，因為他視錢如命，對理財抱著撲滿的理念——有進沒出，在這麼多的員工中，唯有他有銀行存摺，存錢不斷累積增加。底素的全身細胞有愛現的基因。他喜歡在同工中表現刀工，切東西切得飛快，又細又齊，然後，在別人讚嘆聲中菜刀篤的一聲，嵌立在砧板上，他不時表演翻鑊的功夫，一鑊炒飯，翻高半天，然後天女散花似落回鑊中，他是不甘寂寞的人，他喜歡別人注意他的存在，捧他為主角。他常有一些小動作或大動作要引人注意，有如他擦桌面時，把大木砧板和盛調味料的瓶瓶罐罐猛一掃老遠，剛好停在桌沿不掉下地，使人看了有千鈞一髮的驚心。然而表演多了終有失手的一天，整塊大砧板掉在底素的腳盤，把他的腳盤砸得紫黑紫黑的，他痛得蹲下去五官移位扭曲，只差沒哭出來。楊立刻帶他坐馬車去王彬街的亞洲戲院樓上找許今棟醫生診治。回來，楊告訴我說：「許醫生吩咐說要休息，傷腳不能著地站，要坐著抬高。」我暗暗叫苦，底素是本店廚房的靈魂，是掌鑊的第一高手，這次慘了，二廚三廚聯手也會忙不過來，還有燒出的菜會失水準。然而看他敷藥的腳盤傷得這麼嚴重，只能對他說：「好吧！去後面的宿舍休息，別做了。」底素笑笑搖搖頭說了一句咱人話「勿免啦」說著往廚房直跳進去。我和楊看他走路一跳一跳的，用沒傷的腳單腳跳著走，忙阻止他回廚房。他愛現的細胞又活躍，向走在後面的我倆揮手，堅持跳進廚房。我和楊相視一笑，一切盡在不言中。我彷彿看見底素寫個「勇」字在他的後背心。

我和楊跟進廚房，想再做一次勸阻，看見他已站在呼呼的竈火前掌鑊。看見他把傷腳擱在圓凳上，單腳站著表演翻鍋的高超技術。看見我們走進廚房看他，他笑著頭一揚，意思是說：「這點傷還難不倒我」，我倆不覺忍俊不住，楊說：「看他又在孔雀展屏了。」

人都會長大成熟，時間似水流逝，底素這大孩子，不知不覺間已公雞紅冠。他在談戀愛了，他的愛不像竈火熾熱，是蓋著火灰的炭星粒溫吞吞的燃著。他除了一個月一天例假外，從不缺席，他保持全年全勤的記錄，甚而例假當天他不想休息，叫我們多付一天工錢給他，他照煮不誤。有一天，我看見底素難得破漏的拿錢出來買一個燒包，包好帶走。女店員對底素的背影呶嘴，對我說：「他去找女朋友，只買一個燒包請客，他孤寒的捨不得給自己買一個陪她吃。」我微笑看她，大家心照不宣。

底素一柱鼻管挺而透天庭，鼻孔卻小得幾乎看不見。據說「鼻孔小的人較吝嗇」，這句話將底素對號入座，雖不中也不遠。誰都從未看過底素買一瓶汽水或幾顆糖入嘴。這隻鐵公雞一毛不拔，惜錢如命，花錢買一個燒包請女朋友，已像是抽他的血一般心疼。好在他的燒包攻勢有效，女朋友答應嫁給他。

他喜孜孜地雀躍著告訴我和楊他要結婚。又對楊說：「我要拜你為結婚誼父。」楊當然高興的答應了，一併答應他結婚一切的花費楊一手包了。底素一聽到有關省錢的任何話題，眼睛忽地發亮，像足換了新電池的手電筒光柱。看著說將要結婚的底素，想到當年還是大孩子的他，被我大聲斥責浪費水時躲在門後抹眼淚的他，仿佛是昨天的事！底素的準老婆是雜貨店的女店員。兩人可說是番薯配芋頭門當戶對。她與底素同鄉，是勤勞節儉的伊洛幹洛人，看她穿花上衣直條紋的裙子，五官平凡，站在人群中不顯眼，沒什麼特徵讓人辨認。

平日的底素唇上下巴鬚樁站崗，大概是捨不得買刀片來割草。除此一點，他總是一身潔淨，天天沖涼，紗衫圍巾洗多了顯得稀薄而潔白。他是愛清潔的，每天打烊後自己燒一鍋熱水以專用的刷子，用肥皂洗腳上沾了一天的油垢，連木屐也洗刷一遍。

底素結婚的這一天，他把臉剃修得光潔，第一次看到他穿上皮鞋。他腳拇指關節特大，突出一節，把鞋面撐出一凸印。穿上他最新最好的一件長袖襯衫，一臉陽光的他坐著楊的汽車去載準新娘絲大到市府公證結婚。男女雙方的家長都沒有來，說他們從未走出伊羅哥省境外，不想舟車勞頓來馬尼拉。絲大拜她的店主人做誼母，也就是證婚人。

楊特在王彬街東亞酒樓訂了一桌菜，替底素請證婚的誼父母和男女儐相。下午三點多楊才回來，原以為底素會夫婦相隨會回去過新婚的甜蜜時光，楊看到我詢問的眼神，笑得挑高嘴角說：「新婚夫婦說他們要各自上工，只請半天假。所以我車載絲大和誼母回計順市的店裡。」底素對每年的全勤獎金志在必得。而店裡的年全勤獎金特為他一人而設。因從沒第二個人有資格得此項獎金。底素一錢都攥得死緊，一錢也不害死的品性，昭然在日光下。

底素沒花一塊錢，（唯花買燒包的錢在追求他老婆的時候）娶個老婆，我又在宿舍隔一個大房間給他們住。從此底素「螺絲加護盤」釘牢在店裡，一釘就釘了二十多年，在店裡鞠躬盡瘁，死而後已。

相書上有說：「一貴破九賤，一賤破九貴」的話：將底素對號入座的話，又給說中了，底素敬業、勤勞、用心學廚藝，火候、鹹淡拿捏得好，他一人同時掌三個鑊，出菜速度快，除了偶而鬧情緒時，他會兇兇的回應催菜的女店員說：「要快叫他去買麵包，早焙好了排在那裡等拿呢！」當然，人不可能一年到頭都懷春暖花開的心情。遇到這種情況我知道如何對付他，只要說：「怎麼呢？今天手腳慢了點，我告訴等的顧客說要等好吃的一定要是底素煮的，等他煮的菜一碗碗排隊著呢，底素表演給他們看，你煮的好吃而快。」就這樣順毛安撫一下，立刻他就開香檳似噗的一聲，氣泡就衝上來，鍋鏟噹噹的震天價響，起鑊下鑊飛快，突出的下唇也縮進去了，緊抿著嘴唇拼命表演了。

七十年代菲律賓有發行五塊錢硬幣（比現在的十塊硬幣大一點），楊喜新好玩，換了一百個新硬幣放在抽屜裡，買過就打入冷宮擱著。有一天，忽然發現硬幣好像減少了，數數看的結果少了二十多塊錢幣，推敲下，一定是睡在店裡的工人拿的。當天晚上，楊故意睡在店裡擱樓的辦公室沙發上不回家，等捉小偷。一室幽暗，只有窗外路燈透進來的些許燈光，僅夠看見朦朧的輪廓，一個黑影輕手躡腳地摸進來，走進辦公桌，蹲下來，然後只聽見開鎖悉悉的輕響（用髮針插入旋轉），輕托著抽屜，讓它無聲無息的拉開，手熟練的伸進去，退出來。這一霎那，楊一躍而起，疾如閃電的抓住那隻手，只聽見硬幣落地篤的一聲；它滾的老遠，緊跟著的一聲響，楊打開日光燈的開關，忽來的光亮，兩人都睜不開眼睛，到眼睛習慣了亮度，楊看到嚇得臉色刷白的清潔工——底素。他蠟像似的僵立著好久，回過神來時，臉色一陣紅一陣青，突出的下巴輕顫著，畢竟是大孩子，眼淚滾珠落下，倏地臘像動了，急趨前一步，雙手緊握著楊的雙手。聲淚俱下，不斷的抽噎地說：「KUYA，原諒我，我只是好奇，因它是新發行的五塊錢硬幣，我喜歡，我想得到它，我沒有用掉它，我是數著玩而已，我全部還你，一個硬幣也不少，原諒我！原諒我！」

楊本性是很好說話的人。我常責備他是爛好人一個。在他事業紅炎時，幫馬拉汶的菲鄰居付醫藥費或喪葬費是平常稀鬆的事，為我們廠裡的貨車司機還一筆讓他家陷入水深火熱的高利貸的借款，讓司機夫婦高興得抱頭痛哭，又哭又笑的不敢相信。所以隔天楊告訴我捉賊的結果是這樣說：「是死孩子底素幹的，他痛哭流涕的，信誓旦旦，以後不敢了，他要努力學廚藝，為我們服務永不離開——」換我聽了化成一尊蠟像——怎麼？警察變成罪犯的辯護律師與擔保人。

底素的誓言只兌現了一半，他呆在我店裡，服務了二十多年，永不離開——他真的用心學廚藝，從煮飯開始，別的工人煮的飯，一定煮焦一層鍋巴，厚厚的一層，丟在拉圾桶，叫人心疼不已！換底素煮飯後，鍋裡就找不到一點鍋巴，要冷飯炒飯時，掏到鍋底都是白花花的飯粒。

看武俠小說知道武林高手要找衣缽傳人是可遇不可求，要天賦異稟，心地宅厚，資質得是可塑之材。我想培訓出一個好廚師，一樣難乎其難！必須要不怕吃苦，耐熱耐勞，人要聰明一點就透，能舉一反三，不丟三忘四的，手腳要靈敏如猿似兔的，要具備這些學藝的條件才能學有所成，一技在手走天下。

訓練底素成一個出色的廚師（小餐館的層次）真的不容易，像這些從鄉下來的，教育程度不高，沒耐性學好一技之長，靠勞力討生活的，流動性大，做幾個月後就要換工作或返鄉渡假，多是過客，難得肯長久根植一地。像底素從樹苗長成巨樹，成棟樑之材，都是我無數心血的澆灌，沒有楊和我的寬容大度，就沒底素的成材成器。怎麼說呢？我說過底素偷五塊錢硬幣被楊人贓具獲時，發誓以後不敢了，這一半的誓言跳票了。他用偷這密碼走進我的油煙世界的大門，呆了二十多年，偷了二十多年。他真的不敢偷錢了，然而用錢買的任何東西都偷——貪是他的骨中蛆，血中毒，不貪會死人的！

底素未婚時只是吝嗇得過度，一毛錢也不害死。婚後有了孩子後，潛伏的偷的基因活化併發成偷竊的行為。他家用的日常用品或食品不買就不買，就在我店裡就地取材，鹽、糖、味精（他家還用味精！）肥皂粉、雞蛋等等，他化整為零，一點點捎出去，自然有他的同工打小報告。每一次我都敲邊鼓的點化他說：「底素，你是夥伴中最高薪的，大家都羨慕你，你供住，供吃，連醫藥費都包了，你的薪金夠你養家了吧？」他猛點頭，笑著說：「多謝

ATE的照顧。」

「不用謝我，這是你努力工作應得的報酬。你有聽過你誼父講我們的結婚誼父奧甘布大法官教訓他的兒女說：『我餵你們吃的飯是乾淨的，是用我工作的薪酬買的米，就是要你們吃清潔的飯長大，將來走正直的路，你們若在外面胡作非為，後果自己負責，別想靠我脫罪，我會叫承審你們的法官加重你們的刑罰』。」底素聽了一頭霧水的樣子，他聽不出我想教他別餵子女偷來的糧食。

我們一家人從家裡帶過來店裡自用的水杯、水壺、碗碟匙叉，不鏽鋼小煮鍋，不久，都會不翼而飛，問誰都不知道，沒看見。不急，不急，一定會水落石出——這一些失蹤的物件一定在底素家裡出現。對底素的偷竊的行為，我們辦也不是，不辦也不是，這問題一直困擾著我們，他的工作能力的確很強，沒人可替代，我也一直不停在培訓新廚師，但是很少是可雕之材，多吃不了苦，翻身就走人，要不一頭腦塞豆腐渣笨得令教的人氣煞，而我的餐館小廟請不起大佛，是大佛也不肯蹲在小廟。形勢比人強，底素的鞠躬盡瘁，撐起食店的半片天，真的無人可替代，這二十多年來，我們無數次「刀下留人」，張的法網又疏又漏，先是採「塞洞」之法——窗口裝紗網，入貨的後門把緊，然而道高一尺，魔高一丈，底素仍然有辦法捎東西出去。

為了底素我宣佈每個員工出店門，一定要搜所帶的包包。我告訴所有的員工說：「你們出店門接受檢查證明你們的誠實，若店裡有失落什麼東西，都與你們無關。」

我每一個新措施，都會令底素安份一些日子，不久又老鼠挖洞了。他有一部單車代步，前車桿的網架下鋪有舊報紙，是防止單車馳過積水時，污水飛濺，髒了網架所盛的物件，誰知他把煮好的大排骨平鋪挾在兩層舊報紙間，大大方方接受搜包包，坦然出店去。這一天，我等在店門外，看底素出來，我連忙叫他停車。

「底素，我知道你網架底，報紙挾帶四塊排骨（給他老婆和三個子女吃）。」他臉色發青泛白，羞愧的低下頭，我鄭重對他說：

「我這時候若揪出四塊排骨，你和我就必須散夥，你認為容易找到工作嗎？」他低頭默不出聲。「你一再發誓不再偷東西，我一次次原諒你，你偷東西偷上癮了，你有想到給你的子女知道他們的爸爸因偷竊而失去工作，當作何感想？」底素猛抬起頭，眼裡流露驚慌不知所措，提到他寶愛的子女，是刺到他的七寸要害，平日看到他把他子女照顧得多好，每次開學，孩子們的校服、書包、皮鞋都是新的，底素真的是顧家疼子女的好爸爸。我們因為愛才惜才，顧念他是我們同起爐竈的元老功臣，店裡真的不能沒有他，雖然我曾訓斥他說：「不要以為我不會把你給開除，總統都可以換人做，何況你只是廚師一個。」其實我知道自己說的是違心之言，看三國誌，孔明為收服人心，用七擒七縱之計。我對底素豈止是十擒十縱，每次他都向我懺悔，信誓旦旦，不再不告而取，偷運任何東西出境。

二〇〇三年，十一月二十一日，我擒到底素把熟了待炸的豕手，包了膠袋，塞在他的褲腰後，以紗衫蓋住就闖關而出，我急趨前一步，一手抓住腳踏車的扶手，一手抄底素的後褲腰，證實他又挾帶闖關，人贓俱獲。我鐵青著臉，以壯士斷腕的悲壯決定把底素逐出師門。

「你算算在我們這裡幾年了，我照勞工法發遣散費給你，已經年底了，你每年的花紅一併發給你，還有你誼父雖然死了，十年來我都代他給你的誼子紅包，今年是最後一次了，總說一句，在一星期內，給我遷出宿舍。」我愈說愈氣，話如機關槍子彈對底素橫掃，底素愈聽眼裡瞳孔發直，臉色發白，聽判死刑的死囚犯般一臉驚駭絕望，木雞似僵立著，額頭汗出如珠，眼淚滾豆似落下，哭叫一聲：「ATE，原諒我，我以我的子女發誓，這是最後的一次，再赦免我一次，最後的一次，我若再犯，不用給我一星期搬遷，當天當夜你就把我掃地出門，我發誓我連夜離開！」看他差點跪地求饒，心裡早已原諒他，故意說得斬釘截鐵，再一次十擒十八縱。

現在已是二〇〇四年的三月，他貪的癌細胞還未曾復活蠢動，我就張網以待。

二、鬈髮比里

這大牢除了探牢的人，是誰都不願踏到的地方。今天一早，一輛得士停下，一個穿高跟鞋，套裝的婦人下車來。敏在這裡開店幾年了，未看過一個穿高跟鞋來探牢的人。那婦人轉頭四望，一看Ｇ４餐廳，就舉步而來，很有禮貌的問敏說：「請問你們的廚師比里，地本地本在嗎？」敏點頭，以猜測的眼光迎著她，那婦人笑笑說：「我可以和他講話嗎？」媚玲聽見有女人聲音要找比里，立刻趕出來，看看是那個女人要找比里，打死她都不相信比里會有外遇，他的外遇是酒瓶，也不會有要債的，她們沒欠人家的錢；看來人的穿著氣質，她家沒有這麼體面的朋友。媚玲微笑的迎上前，問來人說：「我是比里的太太，請問那裡找？」

「我是RAMOS教授，找妳談也一樣。」她轉頭看遍店裡的桌椅，又說：「在這裡講話方便嗎？我有私人的話要說。」

媚玲帶路，踏著石砌的階梯下坡底宿舍處。進門，教授看這簡陋的居室，眉不由地輕蹙，頗有嫌意。她坐下後，兩個女人兩隻鬥雞似的相互注視幾秒鐘，一人有話要說；一人有話要問，都不知如何啟齒。教授忍不住先開口說：

「彼得是妳的兒子嗎？」

「是的，有事嗎？」媚玲心砰的一跳，暗呼一聲不妙了，焦急的回應著。

「是這樣的，妳知道妳兒子和露絲是情侶嗎？」

「彼得說他們是同學，是朋友，露絲只來過一次而已。」媚玲目光灼灼逼視教授的眼睛，教授「呸」的一聲，撕破了斯文的面具，直接了當地說：「肚子都搞大了，還朋友、同學，露絲懷孕三個月了，妳說，妳說，怎麼辦，妳養得起我女兒嗎？」說著環視屋裡，嘴唇一撇，一臉鄙視。血色從媚玲的臉上撤退，嘴唇發青，是為兒子的大膽妄為羞愧，絕望，也為教授的臉色表情所傷，她即反擊的說：「我們過能力所及的生活，露絲來過，也在這裡睡過一夜，一切沒有騙她，她還要和彼得混在一起，罪不在彼得，妳沒有感覺露絲的輕浮隨便嗎？我告誡過彼得不要太早交女朋友，要唸完大學，今天發生這事，我們沒有責任。」教授聽了，氣得趨前一步，媚玲不由地退了一步。大聲喊著：「什麼沒責任？難道要露絲在我家未婚生子，她還未成年呢！」媚玲直瞪著教授說不出一句話，腦中一片空白，事發太突然，像失控的越山車往下直掉，她被嚇得呼吸不繼……

教授迫前一步，不肯善罷甘休的架勢。媚玲回過神來，她不退反進迎上來說：「錯事是兩個孩子做的，我們也不想呀，妳說我要怎麼負責？彼得還是十九歲的大孩子，我們傾所有供他唸大學，妳也看到我們家徒四壁的環境，露絲肯嫁過來窩在這種環境嗎？」教授為之語塞。換她直瞪著媚玲，媚玲就像在鷹爪下搶救小雞的母雞，奮不顧身了。教授再一次環視周遭：「哼！」的冷笑一聲說：「我女兒是睡冷氣房，躺席夢席床的。」

「所以我剛才問妳露絲肯嫁過來，窩在這種環境裡？願意跟我們來過苦日子，我只能負責到此極限。」

「我對女兒有多大的寄望，栽培到大學畢業，然後留學，是妳兒子毀了我女兒。」說著教授忽然火大，咬牙切齒的對媚玲說：

「告訴彼得不要再來找露絲，讓我碰見我會宰了他！他下的野種我不要，我讓露絲到她外婆家鄉下生產，到時候妳把孩子抱回來養，不然我把他送孤兒院！」兩個做母親的要搏殺的鬥雞般的互瞪著對方……

彼得的學業也毀了，他像被狠狠地敲得滿頭包，傷害不是他這年輕的心志承受得了，他不敢去學校上課，因露絲的母親就是他唸的學校的教授。整天不思飲食，不言不語也不笑，人生了場大病似的委頓下來。比里夫婦煩惱得頭要炸掉，要求敏去勸解他。因彼得很尊重他，稱呼他BOSS敏。

「我相信一定是露絲主動接近你。」彼得看敏的眼神充滿感激，還是BOSS敏瞭解他，許久才苦笑的點頭。

「你要轉學到別校去唸書。」彼得無言的搖頭，久久才細聲的回答說：「我已無心唸書，我要找工作，幾個月後，孩子一定送來，孩子一定要有牛奶錢，我不能增加父母的重擔。BOSS敏我們一家在你身邊過生活，你最瞭解我們的情況。」敏點點頭。「我知道ＳＭ大市場在徵求工作人員，我會去應徵。」

敏摟著彼得的肩，安慰他說：「你還年輕，振作起來，找工作也好，不要一跌倒就爬不起來，你是男人，這沒什麼。」

比里夫婦忽然蹦出一個孫兒。一則以喜一則以憂。一個孩子開銷不少，媚玲日夜照顧一個嬰兒，心力交疲，又不能工作掙錢，孩子若有病，看病就要比里借薪才可過關。因彼得只是臨時工，做六個月就得閒坐待業。所以白天孩子交給他看，媚玲再回餐館工作，生活鍊的齒輪才能咬合運轉。

日子飛逝，不知不覺比里的孫兒已三歲，會走會跑。一天敏看見彼得拿著飯碗追著吉士上坡下坡跑，一口一口餵他吃飯。敏感慨說：「彼得應是在大學校園邁步的大孩子，一步踏錯，成了單親爸爸，本來還看好他，現在讀書不成，工作不繼，前途不見星芒希望。」敏微微地搖頭，不覺想關心他，就開口叫他說：

「彼得，帶孩子過來。」吉士從小每看見敏就有點畏怯，這時看見敏在叫他們父子，站定，大眼睛滾轉，長睫毛眨呀眨，敏不覺暗呼：這對眼睛簡直是從他母親那裡移植過來的。敏再招手叫吉士過來，小孩一步分三步趨，滿臉怯意，敏臉上堆滿笑容，牽他小手，令坐在椅子上，說：「吉士乖，自己吃飯，你看阿公阿嬤，還有阿公敏吃飯的時候是坐在椅子上的。」吉士大大的點頭。「所以，吉士吃飯的時候要坐著，還有吉士長大了，會自己吃飯了是不是？」又是大大的點頭，乖乖的拿起湯匙，舀滿一大湯匙的飯，塞進嘴裡，不見灑一顆飯粒，敏笑看彼得，努嘴向吉士，然後頑皮的擠一下眼。彼得小聲的說：「還是BOSS敏有辦法。」

從此，敏說的每一句話，吉士唯有點頭的份。包括「不許到廚房找阿公」、「不許叫阿嬤抱」、「不許弄髒衣服」、「不許臉上有鼻涕」、「不許手玩泥巴」、「垃圾要放進垃圾桶裡」，有一次敏看到吉士活潑的在坡下的草地自己玩球，就揚聲叫他：「吉士，來。」他聞聲就跑上來，邊跑邊擦手，然後用手掌撣撣他身上的衣服，他準備以最佳狀態面對阿公敏，跑到敏前面，臉上是健康的紅潤。連忙先開口說：「阿公敏，我今天沒有做錯事呀，一項也沒有。」敏憐惜之心頓生，笑逐顏開，手撫撫吉士的頭說：「我看到吉士很乖，我要獎賞你。來，阿公敏請你喝汽水和吃燒包。」吉士喜出望外，高舉雙手，高呼「YEHEY」。

比里本來因為多養一個孫兒，女兒又在唸大學，經濟捉襟見肘，他根本沒買一瓶啤酒的餘錢，一肚子酒蟲蠕動，嘴裡淡出水來好難過。幸而時來運轉，無意中開拓到財庫，一次一個守衛扭了筋，腳盤腫成發足的麵團般，走路一步一跛的，因為打烊了，比里坐在樹下乘涼，看見警衛走得這樣步步唯艱，動了惻隱之心，開口叫他說：「扶西，過來，我懂一點推拿，我來給你推拿把筋脈鬆解，你一定會好的。」扶西亂高興的，跛來樹下坐著，比里拿店裡藥箱裡的椰樹標驅風油給扶西推拿，一邊對扶西說：「我在鄉下用椰油替人推拿，癒人無數，現在我用藥油推拿，會好的更快。」「謝謝！謝謝！想不到你除了會煮好吃的『扁食』（麵食），你也會推拿，今天遇到你是我的福氣！」

扶西的嘴巴像播音臺的主播，傳出比里會推拿的消息。從此，找比里推拿的老人、小孩、成年人，在樹蔭下排排坐，等比里開工前、午休時刻或打烊後來給推拿。菲人普通相信小孩發燒，咳嗽，吃藥不癒，一定是扭了筋，一推拿散了鬱結，病自然溜溜好。比里這枯井無意中湧出了泉水，來推拿的自動的十塊錢二十塊錢五塊錢的給，比里也不看，數也不數扔在身邊的餅乾鐵匣裡。起初比里不好意思擱個盛錢的匣什麼的，人家給的錢，一下子塞入褲袋，結果褲袋沾了一層驅風油，媚玲每次洗衣服時，要刷幾次肥皂才把油漬刷乾淨。

比里拿了扶西強塞給他的廿塊錢，說是要給買瓶啤酒犒賞他，媚玲也笑笑不說什麼，所以比里湊合買兩瓶啤酒來解酒癮，無疑給比里肚裡渴殺的酒蟲輸了血一樣活過來了。這一開了酒禁，酒癮破門而湧，如洪峰壓頂，因比里一天推拿的錢最少也有一百多塊錢，以前比里是「人不喝酒因為窮」，現在有錢買酒就不想渴殺肚裡的酒蟲，一天喝它一兩瓶；兩三瓶，三四瓶累進著，想只要不喝醉就不算捋岳父的虎鬚，違反與他的約法三章。

能這樣平靜的過日子多好，不幸，比里愈喝愈猖狂，幾年未犯的惡行，酒醉亂性對媚玲暴力相向的劣根性再復現，彼得因比里在養他們父子，不敢說話，只能在比里酒醉時，替母親挨他的拳頭，使母親的傷害減到最低，然而招架不盡的，幾年前生活的夢魘，黑夜似濃霧罩過來，比里故態復萌，不斷上演酒醉，暴力，後悔，認錯，發誓，再醉酒的爛劇情，爛到令人看不下去，不想看。

蒂絲是比里的女兒，清秀，溫柔，已唸大學三年級，從小最恨父親發酒瘋，對母親拳打腳踢，她嚇得縮在一邊哭。他不喝酒時是一個好父親，對子女又寵又疼，他發薪時，會抱著她牽著哥哥去買ｍｍ巧克力糖，同學們羨慕死了；又如哥哥和她生日時，父親一定買蛋糕給他們過個快樂生日，廿年來她看比里爸爸有雙重人格，發酒瘋時他是魔鬼，酒醒後會流淚後悔道歉……來Ｇ４餐館八年，比里做了八年的好爸爸、好丈夫，都是推拿的功過——父親因替人推拿的進帳，多給蒂絲零用錢，讓她在同學間不會自卑，家裡的經濟也寬裕不少，也因此父親開了酒禁，一開不能收拾，像脫韁的野馬狂奔。一星期至少大醉一回，BOSS敏已下最後通牒，父親真以為他可靠推拿過日子，不知他一不在Ｇ４餐廳工作，他在大牢根本不能多待一天。

這一天週末，蒂絲在家，她一直往坡上的大樹下看，擔心得忐忑不安，比里又在喝酒了，媚玲趕在他喝醉變成狼人以前，來勸阻比里說：

「各位公巴例（義兄），喝得差不多了吧？好停了，回去休息吧。」比里已頗有醉意，一見媚玲就嘻皮笑臉的說：「這是我的好老婆。」說著站起來要擁抱媚玲，一看到她在收拾酒瓶，怒從膽邊生，伸手扭住她的上衣前襟，因力道太大，把前襟撕破，垂掛下來，媚玲裸著前胸，羞愧得臉色紅赤，恨不得跳下坡折頸死掉算了。她受丈夫蹧蹋夠了，不是為了子女，現再加一個孫子，她早已棄之而去，永不回頭的決絕……這一分鐘蒂絲從窗口看見母親所受的羞辱，隨手抓起晾在椅背的浴巾，尖叫著飛奔上來，她痛恨的眼神刀似把比里捅透，急把浴巾遮蓋媚玲胸前遮住她的裸體，扶著掉了魂木雞似的媚玲下坡回家。關了門母女哭成一團，在涕淚交溶之中達成共識，將比里像濃血般從母子三人的生命中擠掉。

早上比里酒醒時，他已無家可歸，門扇掛鎖，媚玲母子已不知去向。

敏已到非插手不可擺平此事情，他疾言厲色和比里攤牌說：「你的家眷已棄你而去，媚玲決意和你離婚。我無權干涉你的私事，我只知你因酒醉次次不來上工，我不能再用你，我算八年的遣散費給你，你收拾好行李，拿遣散費走吧！」敏不給比里求饒道歉的機會，快刀斬亂麻把比里掃地出門。

比里離開後，媚玲母、子、孫全回來，因媚玲是店裡得力的助手，店裡一天不能沒有她，還有蒂絲在唸大學，不能回鄉下……敏給彼得一份工作，洗切一切待煮的食材，這樣母子就可渡日。

一個月後，比里回來了，又黑又瘦，簡直像人乾，像骷髏標本！誰都認不出他來。他來到敏面前，拍一下敏的膝頭，叫一聲BOSS敏，就淚流滿臉，抽噎不已，敏被他的出現和動作嚇住了，立刻站起來說：「比里，不要這樣，有話慢慢說。」比里索性哭出聲來。

「BOSS敏，我回去的一個月，滴酒不沾，我悔恨得要死，我食不下嚥，睡不安寧，我像瘋子在田裡無目標的轉，不知日曬，不知雨淋，所以我大病一場，因肺炎進醫院，花盡你給我的遣散費，我不是沒錢在鄉下沒飯吃，我是想念我的妻女子孫，沒有他們，我孤魂一個，我活著還有什麼意思……」比里是一句話一滴淚，悔恨的敘述他過去一個月行屍走肉的生活。

媚玲、彼得、蒂絲看比里憔悴得不成人形，聽他對敏說的流淚悔恨的話，不忍其心，頓生憐憫之情，再加敏替他說情，再給他一個機會，所以媚玲答應比里重回家門……

大牢的守衛隊長畢洛閃了腰，比里給推拿痊癒了，而且堅不收錢。畢洛買了一瓶約翰走路酒送比里。比里疾走到敏面前，把酒瓶推給敏說：「BOSS敏，這瓶酒給你送人。」敏接下來。

「為什麼你不留下來喝呢？」

比里疾退一步，臉色一變，一直搖手，惶恐的說：「不，不，酒是魔鬼，我怕引鬼上身！」

三、咖啡牛奶

真妮是堂兄連興外面女人生的僑生女。一天連興兄對我說：「六嫂，我在宿霧和番婆生的女兒十七歲了，不想唸大學，也沒能力供她上學，在我家附近的小雜貨店做臨時工，工錢少是不計較，然而吃的是粗糧，玉蜀黍粒多過白米煮的飯，孩子吃不慣，胃常脹氣，所以，我想，讓她來妳店裡幫忙看店，真妮唸過漢文，中文名字叫怡美，算術長考滿分……」真妮就這樣走進我的油煙世界。

第一眼看到真妮，我在心裡偷笑：「子女真的偷生不得。」連興兄要在他「咱人婆」妻子面前否認真妮不是他生的女兒，真妮的長相與她爸爸影印般顯得罪證鑿鑿。記得一次和老二和媳婦美美回董厝老家，到三伯家探訪，忽聽美美驚呼說：「媽，為什麼真妮的像片會掛在她祖父的廳堂牆壁上？」我不由地失笑說：「這不是真妮，這是連興叔二十多歲時的照片。」

說到連興兄交這番婆，生真妮三個姐弟妹的事，是「偷騎王爺馬」——敢死不怕砍頭。當年菲政府容許兩千多名逾期遊客轉換手續可長期居留。三嬸求遍至親伸出援手，湊合整筆錢給連興辦手續。他拿了這筆錢，自導自演這老少配的鬧劇。真妮的母親蕾莎十七歲就被連興的「錢海戰術」征服。對一個衣不蔽體，食無三餐的窮家女孩，看連興皮夾裡的錢好像用不完，給她買新衣，買手錶，汽車接送，看電影，上餐館吃大餐，蕾莎乖乖地上勾，老少還上碧瑤渡蜜月。有人以一樹梨花壓海棠形容老少配男女關係。若是梨花盛開時配海棠，還有些看頭，然而連興兄是開爛了的梨花，五、六十歲了，跟海棠似的蕾莎走在一起，是令人瞠目，醜不堪看的；如此老籐纏小樹的枯槁，小樹的嫩葉。我沒有冤枉連興兄，他是癩痢頭一個，眼尾魚尾紋深刻拖長，把上唇拉到極限也蓋不住大暴牙，一身精瘦，公狗腰，人是一個醜字包容一切。又老又窮，只是膽大包天。他說是蕾莎給他帶來好運，與東主鬧翻，失業好久的他，竟然有人賞識他對機械的常識，聘他去宿務打理一家食品工廠。再複雜的機器，只要看過安裝，他就會修理。食品加工的技術盡可靠的。連興丟下「咱人婆」母子四人，帶著蕾莎新歡輕快上路，到宿務卿卿我我鴛鴦配對去。

連興嫂一把鼻涕一把淚向人哭訴著：「這老鬼，親人湊和幫他換居留手續的錢，不去換手續，拿去娶少年番婆，生的『出世仔』鬼，用紙尿褲包臭×吃的罐裝『野馬』（GERBER），我生的三個子女八字差，都是吃米糊長大的。」是不是真妮一出生就穿好吃好，八字好，今天的她挑吃的很，店裡的早餐不吃，掏錢買漢堡包，或嵘嵘的燒賣、肉圓粥吃，更有一次大手筆，買一顆西瓜一百廿塊錢自己吃……這樣暴飲暴食，從初來乍到竹竿似九十八磅的身材，膨脹到後背門板似的寬，找不到腰圍，牛仔褲買三十六碼腰圍的，走路時左腿肉摩擦著右大腿肉擦破了皮。真妮不知為自己的癡肥驚心，我真看不下去了，不由地整天對她嚷嚷說：

「妳該減肥了，妳有沒有想到，妳婚後首胎流產，幾年來再也沒懷孕，跟妳的日漸膨脹的體重不無關係，還有妳沒孩子，盡多閒錢讓妳用來吃個不停，口是無底深坑填不滿的，妳該儲蓄錢以備不時之需，看妳這樣口不停嚼，一定沒有存什麼錢……」真妮對我笑笑點頭。

她該以笑臉面對她的人生。除了第一次工作吃了幾天玉蜀黍飯，苦了胃，皺了臉，再也沒有吃過苦。就連打「愛情爭奪戰」她也是贏家。論相貌露露臉蛋圓圓，笑容甜美，身材小巧玲瓏，她跟祖易相識在先，兩人相遇時彼此帶笑看，兩人有情有意在先，是真妮從冷巷竄出，蓄意奪愛。真妮是肌膚白晰如乳的「出世仔」，是東家的親戚，這兩個優點，是真妮致勝的籌碼。當兩個女人當面鑼對面鼓向綽號咖啡的祖易表態，兩女選一個！祖易很現實很功利的棄露露而選真妮。露露黯然離開。她的死黨對真妮的背影橫白眼撂下一句夠毒的話：

「母女一個樣，專搶別人的男人！」

幾個月後，欣聞露露被韓國人東家疼愛，與她正式結婚。幾個女店員七舌八音的拼出露露韓人丈夫的姓名，我沒猜錯的話，應該是金東哲先生。以前和露露好的工作夥伴，更刻意在真妮面前渲染露露婚後的幸福：

「露露的家好好看，傢器應有盡有，都是新的呀！」

「那個KOREANO待我們很和氣，不停的叫女傭人說：『拿汽水來招待太太的朋友。』又叫比薩外賣請客。」

露露的初愛像是碰碎的琉璃，那知蠔殼堆上站不住，跌到棉被上舒服著呢！

真妮橫刀奪來的丈夫，不過是個二廚，她的職位待遇比祖易高得多。祖易小學都沒唸完，蠻牛一隻，四肢發達，頭腦簡單。他因為娶的是真妮，所以有自己的居室。他自以為沾親帶故的，比廚房裡的任何夥伴秤來多些斤兩。自視是特殊的階級，搞一些小動作惹人氣。譬如：市府衛生署規定廚房的工作人員不能穿背心露腋窩。祖易偏偏把紗衫的衣袖剪掉，衣身兩邊縫線直剪開一半，兩邊受風涼快著。他搞怪已有兩天，我沒注意。第三天我立刻斥責他說：「市府衛生署規定，廚房的工作人員不能穿沒衣袖的紗衫，明天不要穿這樣的紗衫來上工。」

隔天早晨，我一進廚房，目光探照燈似搜尋祖易的身影。一看到他仍然穿一件他搞怪兩邊透風的背心，一腔火往上竄，剛想開口叫祖易速來面前斥責，轉眼看到兩個清潔工，也有樣學樣，剪掉衣袖，無疑火上加油，我怒吼一聲，叫祖易過來，吼聲之大，令待在廚房所有的人轉頭過來。我先怒指祖易，再指著兩個清潔工怒吼說：「你，你，你，現在就去換上有袖的紗衫，不然，你們三個今天停工，扣薪，不用工作，今天就不能在店裡吃三餐。你們要看清楚，今天你們三人不做，廚房仍然運作自如，不要太高估自己，總統都可以換人做。

相信不？我一人可做你們三個人的工。你們想清楚，想在這裡做，就得遵守本店的規則，若不，我介紹你們去可以不穿衣只穿短褲就可上工的地方──」三個人被我機關槍般掃射的怒火，燒得一愣一愣的，最後，我告訴他們說：「你們可到建築工地去搬空心磚，篩沙，可以只穿超短褲就可上工。」

牛就是牛，牽到馬尼拉還是牛。祖易這隻水牛有漂亮的皮囊，面貌英俊，體格壯碩，討女人喜歡的型。人不笨，但太自我愛現，不好好聽調教；炸油條時，告訴他油條粿拉長下油鍋後，要用笊籬把油條壓下油面，讓油條舒展膨脹，要我一再耳提面命，他才會炸出像樣的油條，然而有時會發現他炸的油條，木棒一樣堅實；教他蒸芋圓，五公斤芋頭銼絲要拌薯粉兩公斤，和兩公斤的水。有一次祖易不知是那根筋短路，加二公斤半的水，蒸出來的芋圓糊不成形，我一眼看到蒸籠裡的成品，就知壞事了，要全部倒掉不能用，這不是明知故犯嗎？氣不過把這批蒸壞的芋圓的本錢幾百塊錢扣在他的薪水上──又不是第一次蒸芋圓。我不狠狠地罰他賠錢，他是不肯好好的做。

炒飯要熱鑊飯粒才不會沾鑊，冰凍的什錦豆（青豆、玉米粒、胡蘿蔔粒）要開水燙過才放進炒飯一齊炒。當我看見祖易將還有冰屑的一把什錦豆直接放進鑊裡摻飯一齊炒，我為之氣煞，搶掉他的杓子，熄了火，命令他一顆一粒拾起什錦豆，再用水燙過，才放過他。

調教幾個廚司到可披甲上陣，同我在油煙世界轉戰討生活，不知怒吼了幾十回，氣煞要吐血幾十回，調教祖易是最吐血的一個，看他差勁，難修成正果，只好把他當後備輪胎應急來用。

祖易對真妮俯首稱臣，死心塌地的做她的聽差——不時聽見真妮對廚房窗口喊道：

「下雨天，祖易給我燒熱水，我要沖涼。」

「祖易，給我沖咖啡。」

「祖易，給我煮一包泡麵。」

「喂，燒一點熱水來沖milo吧！」

有時我看不過去了，責真妮說：

「妳不要太過份，他是妳丈夫，不是妳傭人，不要這樣差牛使馬的使喚著……。」

「照常理我比你老，會比你先死，你還年輕，有很長的壽命等這碗糖醋醬滴完才包好糖醋咕嚕肉。你看這麼多的醬汁留在碗裡，少給了顧客，就沖洗掉不可惜嗎？你要知道許多菜餚，精華在醬汁，許多顧客都要求多放一些糖醋醬，都說孩子們想拌飯吃……」祖易的工作態度就是「夭壽工計」，迫不及待，無論包什麼菜，拿起碗把菜往膠袋一倒，沒命多等三秒鐘立即把碗擱在桌上，醬汁留好多在碗裡。

說祖易是水牛，也是鼯鼠，有幾樣技能，就是不精。廚房的菜餚幾十項都學會，就是水準波動：太鹹或太淡調味料醬油、糖、鹽、醋、薑、八角。蒜，隨他高興多放，少放或不放，他的成品要時時抽嚐，嚐到像樣的味道，我也會對他微笑或點頭。

真妮很會享受人生，怕吃苦，自己穿的衣服不自己洗，藏到一堆才裝袋送洗。她的房間在樓上，晚上懶到不下樓梯上廁所。每天清晨會看到兩人「婦下夫隨」下樓梯，祖易手拿著綠色膠塑有蓋尿盆下樓，雙雙進浴室同沐浴。可以想像浴室裡，濃咖啡色的祖易在為白皙如乳的真妮擦背，這不是咖啡加牛奶的浴室寫真是什麼？

因為年輕真妮就像剛出礦的礦石，經幾年的淬礪打磨，成了發出光彩的玉石。她從學習中成長，可以獨當一面。這十年裡，她哭過百多回，我也為她的愛哭氣煞百多回。認真說起來，沒有什麼大事值得她眼淚飛灑……

「真妮，為什麼不把這些文件送去營業社？都幾天了。」

「這些紙盒和膠袋，要不時查看點算，要早一點向廠方叫貨，不能用到完，才十萬火急到菜市口採辦。」

「這些要付還的支票為什麼不送去雜貨店，菜行，都過期了。」

麵條要算好母店和分店的需求量才叫貨，不要叫多了，塞滿一冰箱，不要叫少了不夠用，我們的麵條是特定做的，味道和菜市賣的麵條不一樣，不能替代……」

「要點算冰箱裡雞的存量，才叫貨，冰凍兩天解凍味就差了。」

就是這一些問話，會忽然看不到真妮，問女店員：真妮呢？她們會手指指樓上說：「在樓上哭。」

也許是我老了健忘，問過的話忘記再問一遍，也許是火氣大，說話大聲一點，但是這些芝麻蒜皮的小事，應不致於讓她學孟姜女哭倒萬里長城。真妮會整天不下樓，杵在樓上，眼晴哭成苦桃。

愛哭是真妮唯一的缺點。她聽話，工作能力強，誠實，帳目清楚不誤，肩負店裡的重任，我的孩子們，有各自的生意，沒辦法全天候幫我打理母店。只能各自騰出半天的時間，或上午或下午或晚上來幫看店。看真妮可以擔當，所以店裡的主要工計，慢慢移到她的肩上，要詢問有關店裡的大小事，問真妮就對了。她管入貨、出貨。記帳、管工人……她堂兄姐不在看店的時刻，生意都是她一個人在運作。

祖易有特殊的任務，我封他為「鈔票運將」，他負責到銀行存錢與領錢。看他四肢發達頭腦簡單，其實「歹歹驢一步踢」，他自己懂得把錢一紮一紮分裝在前面兩褲袋，和後面的褲袋，用紗衫蓋住，騎著單車往銀行去。他雖不識字，一切交單和領錢的支票，都先填好，也打電話先吩咐過。祖易就輕鬆地完成任務，說他不識字是瞎牛，他知道天天走不同的路，不固定時間去銀行，他應該不是笨牛吧！

上個月我店附近發生搶劫重案，強盜槍轟從銀行出來身攜鉅款的年輕人，年輕人撲倒在血泊中，流淌鮮紅的血讓人看了感覺血還是溫的……機車倒在死者的身邊。店裡的送菜車手，都蜂湧去命案現場，祖易當然去啦。回來，真妮急拉著他的手，深情似海的眼神盯著祖易說：「祖，我好擔心你天天去銀行！」

「別傻了，我這模樣，誰會相信我身上有錢，就是強盜看到我，也會猜測我是那一條線上的同途人。」真妮很撒嬌的白了他一眼，輕拍他的手，笑容甜到可把祖易蜜死。真妮把祖易手到擒來拜倒牛仔褲下，天天一身香噴噴的日夜薰惑著他，而她「一白遮九醜」，相信祖易的親戚朋友間，甚至全鄉找，沒有一個人的老婆會比真妮白皙細嫩……跟祖易一樣鄉音的男女老少，皮膚不是咖啡色就是巧克力色的肌膚。這一點就讓祖易沾沾自喜，他娶了一個白皙的「出世仔」，這咖啡加牛奶的絕配讓祖易可以鼻孔朝天，虎虎有風，挺胸走路。

四、雞首亞米

二十年來亞米經手烹煮的炸雞，讓牠首尾相銜接成鍊，不知要繞地球幾圈未算過。

他還是大孩子的少年時，就離鄉來岷謀生。窮困的鄉下人又生育眾多，孩子來不及長大，就放他或她來岷做工幫傭，問這些大孩子，都說我下面還有幾個弟妹，更莫明其妙的會聽說有同父異母或同母異父的弟妹幾個幾個幾個……

亞米個子小，在我店裡二十年，人不長高卻橫向闊展身材，所以是矮矮壯壯的。鼻樑低低，鼻孔展展，雖然無鬚，做事牢靠，二十年配滷雞的醬汁，從不差錯。他經手煮叉燒，脆皮三層肉，炸雞和炸排骨，就夠勞其一天筋骨。特別是節日，如農曆春節、聖誕節、過年，他淩晨三點鐘即起，要滷幾百多隻雞，十幾支羅脆皮三層肉、幾十支羅的炸排骨，他就像子彈火車直衝，到下午六時，看他精疲力盡，虛脫的拖著腳步下班，體諒他的苦勞，隔天放一天假，給兩百塊獎金犒勞他。

他唯一的缺點，就是聽不得別人糾正他，一定要頂嘴幾句才甘願。

「亞米，告訴你大鍋滷雞汁，天天要濾過，早晨起竈火滷雞時，大鍋不要蓋蓋，滷汁將沸未沸時，鍋面浮起濃濃的浮沫，要趕快舀掉，這樣滷出的雞才不會醬色太重，炸起來才不會黑焦色——」

「天天賣出這麼多的炸雞，也不見減賣……」他嘴裡咕噥著

「你就是這樣橫柴入竈，當顧客抱怨炸雞炸黑焦了，我叫你聽電話！」他嘴巴才停止蠕動。

常常吩咐他：「在排骨調味時，太白粉不要放這麼多，你看桶底沈澱厚厚的一層濕太白粉……」

「就是要放太白粉才好吃，味道被裹住，肉汁不會滲出在油裡」

「亞米，你聽好，我是叫你不要放太多太白粉，徒然浪費，排骨炸完，桶底厚厚的濕太白粉你不是挖水泥似挖掉？」

他張大牛眼盯住我。不要以為他聽話了，我也不可能時時守住他，他依然放一大腰型塑膠盆的太白粉於二十支羅的排骨中，他強調他調味的排骨再多也賣完。

炸脆皮三層肉要先煮過，用叉子密密戳皮，抹鹽和酒風乾才炸，亞米不是嫌煩，是多煮了三層肉塊一天賣不完。而我最忌賣隔天的東西，切切吩咐要計算好一天賣的數量，告訴亞米說：「你是活得不知今天星期幾了？」他的牛眼裡在猜度我說的話什麼意思。

「今天不是星期天，為什麼煮了這麼多塊三層肉，一定賣不完。」

「明天可以賣嘛。」

「不是告訴你我不喜歡賣隔天的東西嗎？肉塊明天乾巴巴的，要蒸過才可以再炸，不是多一番工夫嗎？還有煮過的三層肉塊，要用大膠袋封好，放冰櫥裡肉香才不會揮發掉，有一股冰櫥味。」

我餐館裡重要的幹部——廚師，幾個都跟我十多年的，從小夥子到結婚生子，家眷我都給宿舍住，是安人心別跳槽。都是長頭髮的女人惹的是非，本來相安無事，有一天我發覺宿舍裡的水電費暴漲，我立刻去宿舍看看，進門看見洗衣盆裡的水溢出，水龍頭的水直流，我為之氣炸，隨手關了水龍頭。爬上二樓三樓察看，看見二廚的老婆羅里沓用電竈在煮菜，看見我嚇得好像看到鬼，臉都青了，忙拔了電插頭，手足無措，我怒不可遏，叱責她：「妳為什麼用電竈煮東西，妳不是有煤氣竈嗎？！」

「我……我……煤氣用完了，還……還……還沒買……」

「不要強辯，妳有錢有時間買電竈，根本存心佔便宜。你們這樣存心不知好歹，好，限妳們（我看到其他三個廚司的老婆在伸頭探腦，知道雷響也擊到她們）一個月內找房屋搬遷，我加幾千塊錢薪金給妳們的丈夫，看妳們那裡找這麼舒服的居屋，水電充沛，兩個廁所……妳們三個過來，（她們三個低頭拖著腳跟走過來）妳們誰洗衣後不關水龍頭，放水直流，（當然沒人承認，都是些蠢女人）」

放工後亞米找上我，跟我商量說：「ATE，我想把我的家眷送回家鄉。」我注視他注意他想說什麼，我點頭等他說下去。

「您答應給的屋租錢可以不可以給我，我要用這筆錢給孩子們唸書用，我已生三個孩子，薪金不夠用，多了這筆錢，家用會寬裕些，我大女兒新年要唸中學了，要多花錢……」

我不多考慮，立刻答應他說：

「也好，趁現在暑假，收拾停當把家搬回未塞亞吧。」

「ATE，下個月的屋租錢，我要先領，因他們母子的船票就要幾千塊錢。」

「可以，什麼時候買船票，找我拿」他舒放了一大口氣，滿臉帶笑離開。

這些元老級的夥伴，應該照顧他們。亞米在我店裡遭回祿之災時，一個人守在火災現場過夜，我幾年心血，毀之一旦，心焦神亂，也不知找這些工人，以為他們各找安身之處。隔天早晨，我到災場巡視，預備重建，看見亞米伏在後門睡覺，我焦急的叫醒他，他惺忪著雙眼，放眼四望，用手指擦眼睛，恍如在夢中不敢相信的樣子。他回過神來後，對我說，店裡和廚房沒有燒毀，是屋頂燒陷下來，所以我守著後門，怕有人進去偷東西……」

我聽了，感動得想借題流淚。沒流淚，是把淚水化成從廢墟中站起來的力量。

「你怎麼可以在露天睡覺，你會生病的，為什麼你不去找親友借宿一夜，或者到我家裡……」

「ATE，您不住在店裡樓上嗎？」

「是呀！我住家也燒了，我怎麼忘記了」

「亞米，你快到彼得家裡，先找他借紗衫穿。」

「ATE，彼得身高六尺二，我穿他的紗衫不像穿DUSTER」（衣連裙布袋裝），我不禁失笑連忙說：「找彼得家的女傭借她的一件紗衫穿，到那裡先吃早餐，我再安排你的住處。」

我當然對亞米的忠心護主銘記難忘。

亞米結婚後，連生了兩個女兒。他大呼說：「我對女人沒有罪，為什麼生的盡是還債的女兒。」

他停了四年不敢生孩子。怕又生賠錢貨。他終於生了一個兒子。當他從醫院回來上工時，他雀躍著進門，滿臉喜色，看到我就說：「ATE，我終於生了一個兒子，我已經叫她結紮絕育……」

他之所以強調著他老婆已結紮絕育，（我答應結紮絕育的費用我出錢）因我這「頭家」是認同中國大陸的計劃生育政策。我無能力談社會事，談國事，管管我的重要幹部廚師們的家務事總可以吧！放任他們多生，總統都管不來，我為什麼要「狗抓老鼠」越界縱事，就憑他們多生一個孩子，就多借薪度月，這理由夠勸阻他們多生吧。我半認真半開玩笑的對他們說：

「當你們生第四個孩子的時候，別想說我要加薪（他們年年加薪），我反而要扣薪，因為你們是用而有餘，有能力多養孩子……」

不知是不是我這「頭家」的霸道，我的廚司們都只生三個就掣車。

亞米常常接到長途電話，老婆催他寄錢，也問他什麼時候回去。他只能半年回一次家，因省船票錢，還有工作丟不開。他每一次要回去的時候，我到菜市口買亞米老婆，兩個女兒，一個寶貝兒子的衣服，一人三套，包括內衣，內褲成打買，看時下童裝流行什麼圖案，買給他的兒子。還有一人一件雨衣，他老婆一把雨傘，母女各一雙拖鞋，看他們需要的衣物，我儘量買周全給他帶回去，當我遞給他大包小包的衣物時，他笑逐顏開，牛眼濡濕。因念他為工作拋妻離子，像以前出外的番客，現在他不需要像以前回鄉的番客帶針線，肥皂，布料回鄉，帶回新衣新鞋給他的家人是最好的見面禮。

我去美國前三天問亞米：「正月要回去看家人嗎？」他說：

「ATE，我三月底才要回去，赴大女兒的中學畢業典禮。」

「向你的女兒說：『阿嬤恭賀她中學畢業了。』三月我大概回來了，我要你帶份禮物給你女兒，畢竟她出生在我的宿舍裡，我看她長大的。」

五、情人‧看刀

曾經聽父親說過「寧牧一山頭的牛，不管三個人」這句話。經過幾十年的歲月才印證這句話。

我做餐館生意二十多年，工作夥伴從五個人、十多人到二十多到三十多人，有男有女、帶領這些夥伴謀生，我累，我氣，我煩，我喜……

每天風雨無阻，清早六點鐘到菜市場報到。在百味雜陳的市場裡，嗅覺受到了考驗；這是肉腥味，那是海鮮腥，這是雞鴨的氈臭味，最受不了的是身邊同是買者腋窩的汗臭味和久日子不洗頭的頭垢臭——在這百味雜陳的傳統菜市場裡跋涉採辦兩三小時，不燻成一身的百合一獨特的菜市場味道也難。

像我家這小型的家庭式的食品店，稱不上餐館，因為我們沒有排設桌椅。四座電話等人叫菜即煮即送，十二輛單車專做外賣生意，這麼小的規模，請不起大廚，只好「五虎將不在魏延稱大將」自己提刀上陣，買不起烤叉燒肉的烤爐，只好自創鑊炒叉燒肉。也想年輕人都喜歡吃炸雞，炸排骨，所以就先把這三款菜餚推出作先鋒，憑著素材要新鮮，鹹淡注意的理念，大膽在食品業起步，上帝的恩典，賞我一口飯吃，像當時以嗎那養活在曠野出埃及的以色列人。在我精疲力倦慘淡經營下，營業額從日賣幾百塊至上千塊到成萬塊到幾萬塊。這二十多年來讓我累我煩的是工人的問題：工人沖涼後水淋淋地走出浴室，隨地吐口水，吃飯是一大盆壓實的分量……這一定是新下山從「山頂州府」來的「馬尼拉新客」，要費九牛二虎之力糾正他們的生活習慣，教他們如何生活在馬尼拉，教他們做餐館的工作。最困難的是培訓廚師，從刀功到調味功，我也是邊學邊教教學相長的。準備好素材，以便下鑊，我是不離他們左右，示範從握刀到切絲、切塊、切丁、下鑊的火候，鹹淡的拿捏……告訴他們要成為廚師會被刀割、油燙、鑊沿烙傷，要耐火烘水浸……這二十多年來我培訓過幾十個廚司，有專司炸雞、油炸食品，有專炒菜餚、炒米粉、炒麵及各種點心的製作，有十多人從二十歲左右的大孩子呆到今天兒女都大學畢業了，這些開業的元老功臣，我感激他們，善待他們，他們辛苦了。

我店的工作夥伴包吃、包住、包醫藥（幾個男女工人進醫院動手術過）、包殯葬（一男一女的工人返鄉渡假回來罹患高熱症出血，把他們送醫急診，女的父母從鄉下趕來堅持要把女兒帶走，說巫醫會醫好她的病，是中邪的。醫院給她父母簽字不負責她的性命。後來聽說她死了。男的工人急病給他換了兩家醫院；寄路費給他的父母來看他。病中他要我買葡萄給他吃，說他從未吃過葡萄，我買了給吃，醫生說要輸血，我吩咐輸多少袋給他都要救。結果他死了。

他的同鄉他的父母都知道我盡力了。殯儀館說運柩回鄉要三萬塊，我也付了，對他是盡情盡義了。

分店有一女店員，晚上好好的和同伴說笑聊天，早上同工見她睡過頭了，叫醒她，驚覺她沒了生命的跡象；叫醒她的同伴，駭絕尖叫，渾身發抖，臉色死灰；今天不能上工了。

廚司巴洛家眷在鄉下，每兩個月都請假三天回去探望妻小。幾年來相安無事，食宿在店裡貪便利——一早醒來沖涼後，就可以上工了。

一天清早打理分店的老大接到工人的電話說：「巴洛死了，醒不過來，僵死在睡鋪上。」我聽了頭皮發麻打冷顫，驚呼為什麼？無獨有偶兩死者都是同一分店的員工，不同的男廚師死在店裡，女店員死在大廈的宿舍裡，先後同是「睡眠猝死症」死的，可傷的兩死者都是店裡重要的員工。

還有讓我頭疼的，不知從何打理起，我像一隻母鴨孵育著不是我骨肉的一群雛雞，被迫擔起不是我的責任的責任。我的員工都是二十歲左右的年輕人，女的是少女懷春時，男的是，剛紅雞冠的公雞，都是少不更事，順著生理的脈動而出擊——生活起居，工作，天天在一起的男女員工，因接觸而擦出了火花，捉對談起戀愛來，戀愛中的男女，四眼交集時，他或她的一顰一笑，一舉一動，都會牽動她或他的喜悅，心跳加速，顏面發紅。（愛情的科學研讀是科學家經過研究發現，愛情之所以令人神魂顛倒，完全因為人腦中「戀愛興奮劑」在起作用，女性在戀愛期間，身上出現強大的生物場，並產生輻射，有時這能量很大，使人迷迷糊糊，同時也使女人容光煥發嬌媚異常，男性在熱戀時則體力增強，所以一個瘦弱的男人，往往在其戀人遭受欺負時，能將一個彪形大漢打倒在地。）我店裡的小母雞與小公雞就這樣亂愛一場。不時聽到某人和某人亂在一起，搞大了肚子，闖禍的他束手無策而她要辭工回鄉下待產。也是，本店的廚司才有配給家眷的住處。其餘的員工都沒有這優待。

廚師西剎專司油鑊，炸雞、炸蝦仁豆腐磚、炸春捲、炸蝦圓、炸鳳尾蝦、炸肉圓、炸魷魚圈，工作時間十二小時直落，知道廚師的辛苦火烘水浸，所以廚師有配給家眷的宿舍，一家水電住屋安穩，他們無後顧之憂，不用情人肚子搞大時，忙把孕婦往鄉下父母處安置。

西剎和他的老婆安妮大一口氣生下了三隻小公雞。他們的住處在老二和老五家的後座。和十二個單車送菜員同住，特別吩咐安妮大注意這些未婚單身漢的一舉一動，怕他們無人管束亂來，賭博、喝酒、吵架……

「媽，安妮大再生的兒子，哭聲震天，好像正被毆打，或被刀砍，哭聲慘烈，一晚哭到天亮。我的後窗對著他們的窗口，雖開著冷氣，孩子的哭聲入侵，我被吵得不得安眠，頭昏腦脹。」

「西剎，為什麼你的兒子哭聲震天動地，吵人睡覺，不可能夜夜肚子疼吧？」

西剎皺眉蹙額，不敢直視我，細聲的說：

「這孩子不知何故，安妮大一放下他，就哭直了喉嚨，我也被吵瘋了，要不是太幼，我真想揍他一頓。」

「西剎，說麼奇怪，為什麼不知掣車，一生三個，以你的入息夠栽培三個孩子讀書嗎？我下令不要再生第四個，我一知安妮大再懷孕，對不起，你一家要回鄉下居住。你們的神父不讚成節育，當你們無米可炊時去向神父要米，看你們可討到米否？聽我的話，會幫助你的是我不是你們的神父，聽我的沒錯，你看大廚底素三個兒女，大兒子大學畢業了，在掙錢了。大女兒在唸大學。次女在唸中學。去問問看，要花多少錢給唸書，而你的大兒子還未讀書，想明天你不頭大嗎？」西剎低著頭不敢看我，只點頭以應。

安妮大是本店的女店員，聰明伶俐，算帳從不算錯，還幫著看同工算的單據對否，眼觀四方，耳聽八面，同工男女有什麼她都注意到，外賣的食品裝袋從不多不少，她是櫃檯得力的助手。我們很倚重她。

西剎剛升廚司，薪金比安妮大少。他一定認為在愛神面前，國籍，年齡，貧富不是問題，在別人的眼光中他高攀了。他是癩蛤蟆想吃天鵝肉，他被愛情沖昏了頭，正如菲俗語說的為愛情我挑戰一切——

安妮大有時要進廚房催廚司先煮在店內等的顧客的菜。西剎一看安妮大進廚房，就心跳加速，顏面發紅，喜悅感隨著血液流竄四肢百骸，安妮大正眼都不看他，他管的油鑊正對著廚房的門，他一看見安妮大的倩影，深情款款的凝視她，一看到她都不看他一眼，情急的吹口哨引她注意。全廚房的員工，齊為西剎助威，齊聲說：「安妮大，求妳看西剎一眼，他快要傷心死了！」

安妮大回到店裡，氣得跳腳。一個臉龐紅紅的。

「為什麼生氣？」問她。

「那個人癡心夢想，叫人生氣。」

「別理他，愛一個人不是罪過。只要不理他，他會死心的。」

大牢裡餐廳的女領班請產假，專司油鑊的廚司是她的丈夫（又是一對油煙世界的夫婦）至少三天要在醫院陪老婆。老大亂了方寸，不能一天齊缺了兩個重要員工，情商我借他西剎和安妮大去幫忙，因正逢大牢幾百個守衛放薪日，不借將助陣，一定忙不過來。

西剎一聽到要借他和安妮大去蒙地俞巴的大牢餐廳幫忙，喜翻了心，雀躍三尺。大牢裡的餐廳很小，廚房和店面只一牆之隔，桌椅都排在店外的大樹下。這樣的環境，看安妮大一眼的機率是分秒可期的，或者因店擠有可能和她擦身而過，這更是他夢寐以求的，安妮大的一顰一笑，一舉一動都會牽動他的喜悅之心，正如俗語說的：「愛著較慘死」，安妮大就是氣他橫他白眼，他都甘之如飴——只要她看見他的存在，知道他愛她。

安妮大則不然，嘛著嘴不敢不答應，因十年前我就把管理工人們的重擔卸給了老大，工人們服管，對老大唯命是從。他和她拎著簡單的行李跟著老大的車去上工。

她一進廚房催菜，西剎的目光就隨著她的身影轉，安妮大對他不理不睬，西剎恨不得剖胸獻心只要她答應。

午後兩點鐘午餐才結束，點心的時刻未到，正是最閒的時間。老大正在點算進帳，西剎忽然來到桌邊，遞過來一張藥單說：「BOSS BEN請給我買藥，醫生說我需要吃這種藥。」老大接過藥單一看，即刻抬頭看一下西剎，猶豫了一下說：「這藥好像是治性病的藥，不是嗎？」西剎疾低下了頭，臉有愧色，無言以對。老大叫一聲「西剎」，他抬起臉怯怯地看老大一眼。

「我們店裡工作的夥伴雖然有負責醫藥費，但應該不包含治性病的藥在內。」西剎又急又羞支支吾吾話說不成句。老大不為已甚、網開一線的說：「我也是男人，也曾年輕過，知道有成人生理的衝動，但絕對不能去那些低級的地方解決問題。你們可以在工餘打球運動，最根本的方法就是娶個老婆過日子吧！」西剎對老大有知遇之恩感動不已。

「這次我負責你所有的藥錢，要遵醫囑再去診斷到痊癒。為了我以後好帶人，去告訴別的夥伴，醫性病的藥不包含在店裡醫藥照料員工的福利內。你花的藥錢要在你的薪水內扣。扣不扣你知我知，就這樣辦。」西剎感激涕零地走了。

打佯後，因為天氣熱，大家都不立刻回坡下的宿舍休息。散坐在大樹下乘涼聊天。西剎被BOSS BEN剛才說的「娶個老婆過日子吧！」的話所鼓勵，換過汗濕的紗衫，稍微梳洗後，大膽坐近安妮大坐的那一棵大樹下。不敢坐近貼身她，只是深情款款地看著安妮大笑。安妮大寒著一張臉，不理他不看他一眼。

世上盡多說是「你知，我知，天知，地知」的事被天下人知了。午後西刹和BOSS BEN兩個人談論的有關西刹罹患性病買藥的事，不知如何被耳聰眼尖的安妮大知道了。她倒是放在心裡，二話不說，心裡醞釀著可成颱風的氣壓。心裡嘀咕著說：「只要他不來惹我，我不管他那東西爛不爛掉呢。」

西刹不知死期已到，額頭發黑，看見安妮大進店裡喝水，緊跟她身後回店裡，鼓起勇氣在她身後出聲說：

「安妮大請接受我的愛，我們結婚吧！」她聽了意外的一怔，呆站著一秒鐘，忽然疾如閃電似地衝進廚房（廚房還有人在清掃著），握起西刹砧上的菜刀，怒貓般毛聳齜牙衝出來，西刹見狀嚇得起腳快跑，安妮大在後面作獅吼：

「你這臭男人，髒鬼，敢說要我嫁給你，別作夢吧，我都想一刀砍了你——教訓你，你這風流鬼……」西刹早一溜煙跑得不見蹤影。

樹下乘涼的同工們嚇壞了，早有人急下坡去叫敏上來。安妮大一看到BOSS BEN的臉，洩氣的輪胎似軟下來，垂著發青的臉，握刀的手也垂著地。敏把刀拿掉遞給別人回歸廚房。安妮大跌坐在椅子上，捂著臉大哭著。

敏好言相勸說：「愛一個人不是罪過，只要他不犯妳，妳接受也好，不接受也吧，犯不著拿刀追殺人，我看西刹不是壞人，他勤勞，學成廚司，算是有一技之長，可以謀生。看他身體健康，長相不錯……」

菲語有句話說，「要耐心熬湯才有好湯喝」，我們中國人有句話說「不打不相識」，就是這樣，西剎的真心感動了安妮大，這尊西剎心目中的聖母瑪利亞點了頭，兩個人送作堆，形勢一百八十度大逆轉，到今天愛情股漲停板，我這老東家放話叫他們別再生了。

六、老馬閃蹄

聽老五在電話裡說：「什麼？JONAS在警局被拘留。他不是我們在仙範市餐館裡的老廚師嗎？嗯，好，我找人保釋他出來。」

「JONAS怎麼啦？為什麼被關在警站裡？」三軍總司令的我不能不管。

「他被關在一號警站裡，因酗酒發酒瘋，伸爪向女侍襲胸，扯破了女侍的上衣，抱著女侍的臀部不放，又吻又咬，女侍尖叫聲驚天動魄，酒客免費看『真人表演』，也HIGH得嘶叫吹口哨，亂得失控，主持人只好報警逮人。」

「真的是JONAS嗎？」老五點頭。

「這老皺皺的他怎麼會？」老五聳肩微笑作答。

十年前JONAS的老婆出國幫傭。他向我辭工不做了。我問他說：

「不要以為你老婆現在賺錢多，你不用工作了，你一個大男人，四肢不動，吃喝拉睡，好意思嗎？」他抓抓後腦勺，靦腆地笑著，仍堅持不做了。

他是一個動作慢吞吞的，走路拖著後腳跟，三十左右，看來像活過半世紀的人。若是蒼蠅在他的額頭上竭足，等他揮手來趕，蒼蠅感到破空之聲，早飛到一里之外搓腳。

他確實像電池LO-BATT的機器人，動作都比人慢半拍。為此，他掌廚因為慢手慢腳而錯誤減到最低——慢功出細活。掌廚十年多，煮的就是那十多樣菜餚，閉著眼睛掌鑊，也不會錯得離譜。

JONAS回來了，他去了一個月，在家鄉閒坐，等老婆的美援。不應該人瘦了一圈，像是被吊著風乾的玉蜀黍條似地，失去了滿臉的油光潤澤，鄉下再怎樣不用勞動流汗，那有三餐魚、肉、雞、蔬菜排好流程上桌，兩次點心怕餓著他們，工人待久了仍骨瘦可彈的話，罪不在我，我盡量了。他回來一做十年整。他老婆人有回來或有寄錢回來嗎？不去問他。這十年裡他沒有請假回鄉過，沒有預支薪水過，他點點的做，慢慢的磨蹭著，牛似溫柔地與人無爭……今天他的酗酒，他的閃蹄扭筋，歸因於他收到老婆的信，告訴他；她不回來了，囑咐他可以再婚。

威利一頭鬈髮，粗硬得刷鍋用的鋼絲團般，乾瘦的身材，走路像猴子似的微拱著身腰，工作倒是乾淨俐落，廚藝算是中上，可以獨當一面，所以派他去大牢的餐館裡主廚。有宿舍供他一家住，他老婆是我以前的女店員，現在她一子一女都長大唸中學了。我安排她在餐館裡工作，他們夫妻一齊工作，食住沒有問題，連兩個孩子的伙食一個月意思意思貼兩千塊錢，這樣威利就不用另為兩個子女開伙。

大牢的範圍很廣，除了行政大樓，和拘禁罪犯的幾號大小監獄外，從大門的鐵閘門進去，（閘門上有槍和鑰匙交叉的圖騰）保留地非常廣闊，守衛和行政人員的宿舍星羅棋佈，人多到可以稱為一個社鎮。一個地方人多就複雜，那麼多大牢裡的工作人員的眷屬，交織成巨大無比的人網、良莠不齊，什麼樣的人都有，我家餐館十多個職工和他們的眷屬共二十多個人，就是新遷進的戶口；百句話歸一句話說：進了大牢的大閘門，好人和壞人關在一起，生活在一起。

威利過了八年風和日麗，海不揚波的舒服日子，子女都上大學了。然而人都有犯賤的時候，嫌日子淡而無味，老婆臉黃，衣著土裡土氣，洗澡捨不得用香皂，就用洗衣肥皂洗，一點女人味都沒有，夫妻兩忙了一天，一倒在床上就癱了，背對背睡成一個北字……這低氣壓醞釀成來襲的命名奧玲的颱風。

熟悉守警行情的人，把守警封為「女傭人的殺手」。為什麼？這些女傭人，特別是年輕初下山的女傭人，看穿制服佩槍的守警，崇拜得不得了，尤其是年輕英俊的守警，鐵迷倒整座大廈的女傭人。鶯鶯燕燕或長相像貓頭鷹的女傭人都有，各展風騷，使盡渾身解數向守警示好——把主人家吃剩的好菜好飯帶下給守警吃，甚而泡主人的TASTER S CHOICE咖啡或MILO給守警喝，主人差出門，能看到守警一眼，互笑一笑，她一天是輕飄飄快樂著。孰不知這些老中少的守警都有了老婆，情婦編號一、二、三。這些女傭人等搞大了肚子，找不到該負責下種的人。奧玲扮的角色就是守警西洛姘上的情婦。他不是某大廈僱的守警，他是大牢裡的守警之一。他的老婆在鄉下待產，奧玲就鳩佔雀巢組其臨時內閣。結果風聲傳到西洛鄉下老婆處，他老婆不是麻糬軟的角色，立即拚擋一切，搭船來岷。到西洛家時，演出一齣全武行的戲碼。

兩個女人的戰爭，打架罵聲吵醒了鄰居幾家，各家都開燈推窗看究竟，睡夢中以為是大牢暴動了！

「妳這臭婊子，你知道西洛有老婆的，妳認識我的不是嗎？妳趁我回鄉下生孩子坐月子，來勾引我丈夫，妳不要臉，妳什麼男人不好要，要搶我的男人——」棗玲愈說愈氣，疾伸手扯住奧玲的頭髮亂拉，奧玲哀哀叫痛，雙手也拉扯著棗玲的頭髮纏鬥著，兩個女人在地上翻滾著，衣服都扯破了露出乳罩和內褲。兩女人的尖叫聲臭罵聲，響徹周遭，鄰居探頭探腦地看熱鬧，幾個正牌老婆的婦人，挺棗玲也參罵一通，不要臉；淫蕩；搶別人的男人；扯光她的頭髮；活該……

值夜班的西洛被鄰人十萬火急追回來，見戰況慘烈怒吼了一聲：「都給我停手！」兩個女人聞聲，被拔掉電插頭的電視機似地聲光俱滅。兩個女人都僵住了，當棗玲看清丈夫的臉一剎那，怒火轉向西洛，即彈跳起來，對西洛一陣搥打，一邊哭訴著：「你沒良心，我才離開多久，你……你就急著……」棗玲急轉過身去，怒指奧玲的鼻頭接下去說：「姘上這女人，你不知道她是公共汽車的嗎？什麼男人都可以上車；造這房屋，裡面有我的一半多的錢——你，怎麼可以讓這女人住進來，你們要爛在一起，滾別的地方去！」棗玲氣瘋了，又抓住奧玲的頭髮，把她往門外拉，奧玲痛的慘叫連連……不敢不出去。

奧玲滾回她原來寄居的遠親處。為了她沒別的去處，就天天幫著做家事，所以也幫著去餐館收餿水飼豬。

她就喜歡穿細肩帶、低胸、緊身衣，熱褲再短點內褲就露餡了，奧玲就是這樣刻意暴露招蜂引蝶的爛女人。

餿水桶放在廚司威利的竈邊，所以奧玲俯身在提餿水桶時，她的乳溝和內褲一覽無遺，威利誤觸高壓電般被電得死死的，即時血脈噴張，古井揚波——女的是張網的黑寡婦蜘蛛，男的是自願投網的飛蟲——這樣凹凸兩字一拍即合，合一無隙，兩人戀姦情熱，無視周遭蝟集的一切目光。

巴示省發覺威利最近變，變，變成一隻JOLLIBEE（快樂蜂），整天嘴裂到耳邊，煮菜時還會耍馬戲把杓子拋高翻兩翻再接住，引廚房裡的同工嘩嘩歡呼著；巴示省探頭廚房，威利還會對她輕佻的擠眼；三天兩天放工後，邊洗澡邊引吭高歌，然後對巴示省丟下一句：「我散步去。」一邊吹口哨邊開步走……

對威利的反常，巴示省滿腦子的疑惑，他不像找朋友喝酒去，因為他回來身上沒有酒味，就是想不到他有外遇，配偶都是最後知道的多。

巴示省開始盯上威利，他的一舉一動全收錄眼底，病竈不在餐館裡，手術刀該往那裡解剖？一天威利在洗澡時，又在引吭高歌菲名曲「DAHIL SA IYO」（因為你），巴示省不動聲色準備跟蹤他。

「我出去散散步，天氣悶熱。」威利把他的衣領前襟拉拉搧風，眼睛看巴示省，她微笑頷首讓他走——她猜到威利外面一定有女人。

「跟著前面的三輪車走。」巴示省吩咐自己坐的三輪車車夫。「別跟丟了，我多付你錢。」她刻意叫女兒跟著去，是想多一個目擊者，讓威利無從狡辯。還有使他面對唸大學的女兒感到羞愧，揪他臨崖勒馬。

威利已陷下去，來不及算多少次的幽會偷情，激情似火如焚，他和奧玲在JOLLIBEE吃炸雞套餐。相對眉笑眼笑——奧玲看威利的汽水喝完了，把他的吸管拿過來，插在自己的汽水杯裡，示意他俯首過來，兩人同時吮吸一杯汽水，鼻尖抵著鼻尖，互視吃吃地笑……玻璃牆外的巴示省氣炸了，她女兒說：「爸爸很可恥，好噁心！」巴示省火箭似衝進餐館裡，一掌劈下，把相觸的兩座鼻尖，劈成兩岸，隔著的不是臺灣海峽，是命名COKE的濁水溪……公共汽車的奧玲，再一次被另一位正牌老婆痛毆揪髮……

有說中，老年人的激情像火燒日本屋，紙窗紙門，一燒不可收拾。

聖經也明示淫婦的嘴滴下蜂蜜，他的口比油更滑，至終苦如茵蔯，快如兩刃的刀……

七、麵包店

吃過數不清的麵包，想不到我會親臨其作坊，看製造麵包，聞出爐麵包的香味，讓人有乘熱乘香食之為快的饞念。

用大型攪拌器和麵，切塊秤過壓成大圓餅放在大塊圓形的膠板，進壓切機，切割成大小不一的麵團。最後才用手搓成形，或包餡，還要進恆溫爐讓其發酵。我能幫忙的是把「班黎剎」排列在烤盤，要整齊成列，壓切機切割出來的數目是一定的，要排多少盤，不多不少剛剛好，少了一個就要在二十個烤盤裡找出那多出來的一個歸隊。看容易排起來要又快又整齊實在不簡單。

本店的「班黎剎」（菲式圓麵包）是全天候供應的，買者都說：「有熱的『班黎剎』嗎？」一白紙袋固定是十二個，買的人只說一紙袋，不說買幾個。我看本店的班黎剎是做的多種麵包中最好的，又香又鬆，熱熱吃還脆脆的，吃的時候不必夾餡也好吃，我的早餐就是黑咖啡和熱熱的『班黎剎』，吃得爽心合意，就是一天添油後好起步全力以赴於工作。

前任的麵包店主答應我們，一個月時間和我們在一起，看我們閉著眼都可熟悉的操作生意時，才放手離去，好返菲退休。

到美的當天晚上，麵包店的前任女主人DELING帶著一束鮮花和一盤炒米粉來看我，說：「歡迎您到美國來和我們在一起。」

「我在女兒的電話裡早認識妳，妳接待他們一家人，照顧他們，在他們學習店務時，還發薪水給他們，我要謝謝妳……」

她笑出一串響亮的笑聲說：「我有許多兄弟姐妹，CONRAD更多有十四個兄弟姐妹的，我們習慣許多人在一起才熱鬧呢。」

DELING皮膚白，有一對鳳眼，她說：「我祖先一定有華人的血統。」而她的丈夫CONRAD說：「她是看連續劇為哭哭啼啼的劇情，感動的兩眼腫成兩條細縫。」

CONRAD身材只有五尺高，算是矮子，面目清朗，高鼻樑多肉的鼻子，使人一眼就看到他的鼻子。

他有一頭好看染成棕黑的頭髮，據說他本是禿子，（看他以前的照片都是戴著帽子）一片地中海的禿法。他花三千塊美金植髮（受了不少皮肉之苦），看他現在一頭好看的髮型，花三千塊美金值得，他有錢嘛，而且賺的辛苦錢，花再多的錢在自己身上都值得，為他自己贏來多少的自信。有一頭漂亮的頭髮是一個禿子夢寢以求的，擁有時夢中都會笑醒。所以他惜髮如命，不時聽說他去「護髮」，給替他植髮的醫生看，然後去理髮，幾個月染髮一次，有特定的染髮劑和染髮師，一點也不可含糊。

GEORGIA的一個顧客來訂一千二百個「班黎剎」讓全店的人忙得人仰馬翻。限於發酵的恆溫爐兩大座，一次只能擱四十盤，一盤裝三十六個，而且有幾種麵包固定天天得烤的，所以要加班到很晚，每個人都精疲力盡，不過還能保持笑容，歡喜做甘願累就是。

麵包店有兩個鐘點計薪的麵包匠，兩個人都有固定的工作，JIMMY做夜班清潔工。下午六點到清晨三點。我們跟他開玩笑說：「晚上渴睡時，你可以偷懶睡個覺吧。」

「不可以，只要多十分鐘在監視的電視螢幕看不到你的身影，就有廣播呼叫你的名字，問你在做什麼？」

「你又沒有家庭，拼命打工幹什麼？」

「錢誰嫌多，有備無患是嗎。」

「你都四十歲了還不結婚，別揀呀揀，揀到一個鬥雞眼或兔唇的。」同事問他。

「還未讓我遇到讓我心動的女人，只要讓我看上眼，鬥雞眼或兔唇都無妨。」麵包作坊裡一片笑聲。

DANNY星期四，五才來上工。他在養老院作廚師。星期四，五是他的休假日，就來店裡兼差作麵包。他個子不高，一頭黑髮又濃又捲，剪短短看起來像黑而厚的帽子，覆蓋在頭顱上。兩眼大而露，看起來狠狠的，但他說話溫柔，很有禮貌，安靜在工作臺上做麵包，手腳比JIMMY是慢一點，但他不偷懶，不停做，有時在等蒸燒包時，他會掃地，把垃圾桶裡滿滿的垃圾袋拿去外面扔在大型的垃圾桶裡。（卡車車廂大似的垃圾桶一個月付租金七十塊美金包括倒垃圾費在內）

來美幾年了，才有積蓄讓他的妻子和一子一女來會面。他屈著指頭數著他妻小來會面的日子。都是離鄉去國的出外人，為錢拋妻棄子輕別離，讓人感嘆不已。

本店的顧客多是菲律賓人，做的麵包都是菲律賓的風味，什麼PANDESAL、MONAY，HOPIA，麵包餡有MACAPUNO，CHEESE，UBE，燒包餡有雞肉的，豬肉的，不過是菲式的滷法（肉都絞碎滷一大鍋），燒包幾年是這樣賣銷，就不想去改變它、動它，我只想多做肉圓包一項。還有菲式的糕點，米糕，CASSAVA CAKE，PUTO，KUTSINTA，BUCHI KARIOKA，一切道地傳統的甜點都搬來這裡製作販賣，所以週末兩天最多人來吃，來買菲律賓風味的食品，人多時還排隊呢。

甜粿是菲人喜歡吃的華人食品。這裡菲顧客有人提起，他們好想念華人甜粿的味道，幾年，十幾年沒有嚐到甜粿的滋味。次女佳玲跟我一道赴美，買了一匣華人區某餅店的著名甜粿帶去，這家餅店為投菲顧客的口味，製作四種口味就是PANDAN，PINYA，STRAWBERRY，UBE的甜粿，我試做了傳統的甜粿做樣品，承嘗吃的店裡男女菲人夥計捧場，都說好吃。

ONOR是餐廳廚房的助手，幫切菜洗魚切肉，兼洗滌鍋鑊。她是美菲混血兒。有一頭淺棕鬈髮，膚色白皙，五官輪廓深，年輕時是美人一個，現在徐娘風韻猶存。她十七歲就被她丈夫盯牢，二十四歲才結婚。

她是遊客身份，不打工本可以，就因耐不住沒事做覺日子很長，聽說有這份工，就自動請纓上工。她和前任的店主是朋友，一拍即合。她女兒是護士，生的兒子送菲給ONOR撫養，孩子已三歲，所以帶外孫回美還大女兒。夫婦一齊來，她丈夫是電公司的職員，提早拿退休金退休，悠閒過日子。

在店裡的工作，她勝任愉快，要延期再做六個月。她說：「有誰錢嫌多。」美國衛生律，執法嚴厲，對餐館定期檢查廚房衛生——爐竈的安全，通風設施，檢冰櫃的冷度夠不夠，肉類和蔬菜不能同冰櫃，切肉和切蔬菜的砧不能並排接近，被看到會命令把肉和蔬菜拋進垃圾桶，說肉有菌會污染蔬菜——連店裡擱菜的恆溫爐有一定的溫度，檢驗者甚至會把溫度針插進菜餚中看溫度夠不夠；大水槽一定要有熱水燙洗油污的鍋鑊，用過的鍋鑊要立刻洗滌，不能堆積在水槽，水槽常保持乾淨，廁所裡要有洗手的水槽，有香皂精，有白棉紙擦手，待在廚房的員工要戴白帽子，好在沒命帶手套，否則怎樣操作。

我在菲律賓是在油煙世界討生活；來到這裡仍然是在油煙世界呼吸。好在出廚房，外面的空氣清新沁人心肺，綠樹成叢，處處見小池塘分佈，問不知是天然的或人工造的？答：不知道。在池塘有游水的鴨子，座座木造的平屋，圍的木柵欄，頗有田園的韻味，我告訴自己，我喜歡這裡的環境，但是我還得回來處去，不由地屈指算算歸期。

在歸去以前，我來得及看到幾隻在池塘裡的鴨子相邀外出慢步過街。在我們車前的一輛車子，是老美駕的車，他停車讓鴨子過街，搖下車窗，朝慢步的鴨子喊道：「快，快，你阻礙了交通。」這是不是老美的幽默，把鴨子擬人化，卡通化。

八、狀告何人

「為什麼請這又胖又黑一副蠢相的女店員？」我問五妹。

「她是大廚的妹妹。」

「我不信，大廚眉清目秀，高大白皙，那來這樣的妹妹？驗他們的ＤＮＡ一定差之千里。」

「你這麼會看人，她是大廚的繼母帶過來的拖油瓶，沒一點血緣關係。」

「我說嘛！人已是髒兮兮的蠢模樣，為什麼給她穿抹布似的舊衣，模糊得分辨不出本來的顏色，上衣和半長褲兩塊不同的調色盤似的各自彩色斑斕，放在家裡做女傭都嫌，怎可以給她出現在食品店裡，我們又不是開五金店，還有女店員不是有制服嗎，為什麼？」

「大姐，妳看她像塊落水的麵包，店裡的制服那能穿！」

「至少去買特大號專色的T恤和長褲給她換下，她從鄉下帶上來的不三不四的衣服，做抹布都嫌棄……」我下達命令說道。

「她雖然是又黑又胖又矮，但做事很勤快，又時帶笑容……」五妹為她撥開雲天說。

我注視一下她的臉蛋，她對我一笑，果然笑容討喜，這是不是十濁一清的相格？

我喜歡另一個女店員羅絲，她肌膚白皙細嫩，笑容媚媚的，就算忙碌了半天，髮絲垂額，鼻頭見汗珠粒粒，看來還伶俐潔淨的好模樣，我心裡想：這羅絲一定很快被同工男孩擄獲，（看多了男女工人的「貓行」；屋頂追逐喵叫慘烈，不久成雙成對，肚子都搞大了）羅絲像在狼群裡狼視眈眈下的白兔，危機四伏……果然出事了，五妹在電話裡氣急敗壞地說：

「大姐，出事了，警察都來了，要怎樣辦？」

「好好說，慢慢說，店裡發生什麼事了？」

「二廚在二樓的棧房強姦一個女店員。」二廚的臉孔立刻輸入我腦際，他是不錯的年輕人，勤勞而能幹，身架子寬肩瘦腰，一身是勁力，但他不像粗暴的人，事情發生在他身上是令人料想不到的。

「為什麼說強姦，女店員有呼叫嗎？」

「沒有。」

「沒有呼叫不是強姦，女店員是同意的，又是怎麼知道這件事的？」我客串警察偵訊著。

「女店員仁仁上樓拿紙匣來折，白日見鬼似地，匆匆奔下樓到店裡嚷嚷，強姦，強姦，大廚搶先奔上樓去瞭解情況，看見非常男女主角急急在穿上褲子……大廚火冒三丈，一拳擊向二廚的下巴，二廚被襲，倒退到牆壁上，撞上放膠袋的擱版，各號大小膠袋散落滿地……」

「這樣看來不是強姦，兩人若是未婚，就告訴他們去辦結婚證，這不關我們店主的事，為什麼急得火燒屁股似地？」

「大廚自作主張呼警把二廚拘捕到社府，連帶要我去接受問話，關我什麼事，氣死我了。」

「去就去嘛，不關我們的事，不用怕煩，去看看也好，不然頭廚、二廚都逗留在警察局，等下怎樣開店，誰來掌鑊……憑良心說，二廚配羅絲很登對，可說是店裡的好事，好店員和好廚司難找，兩個人在我們店裡長久做下去該多好。」

「大姐！等一下，妳說二廚和羅絲配成對，妳大錯了，是二廚和大廚的妹妹黑熊沙莉在二樓棧房黑白配！」

九、天鵝與黑牛

有朋友問我老大說道：「她是你的秘書嗎？」

「不，她是我家傭人，孩子們的保姆。」

難怪有這一問，她穿T恤，牛仔褲，或穿長裙，都好模好樣。出門戴帽子，耳環大小長圓搖曳生姿。說話柔柔輕輕，肌膚白晰，臉蛋清秀討喜，衣著跟著流行跑……所以學校裡好多人以為她是我孫兒的媽。她在老大家做了七年，照顧了三個孩子。大媳婦在娘家做事，早出晚歸。孩子們一出生就交到NEK NEK的懷裡撫育。洗澡，餵飯，吃維他命，打預防針，孩子們生病找醫生都是她，甚至孩子生病住院，都是她在醫院日夜照顧。

她不煩，不氣，不粗聲喊孩子。孩子們有什麼不對，她溫柔的說：「××你不乖，我要告訴媽媽」或「媽媽不是說不可以喝汽水吃糖果的嗎？」或「不穿拖鞋肚子會生蛔蟲」或「不許看電視，做功課吧。」一凡是一個媽媽唸的經，她是又唸又遵行。

週末沒上課的日子NEK NEK就帶著白鵝似的三個孩子（他們比所有的堂兄弟白晰、整齊，粉香撲鼻的）來看我這祖母，和隔壁住的三姑。做三姑的特預備了多樣糖果。因她知道姪兒們家裡是吃不到糖果的，讓姪兒們偶而解解饞。孩子們看NEK NEK微笑點頭，才歡呼一聲拿糖果吃。

看這鞠躬盡瘁，萬中難求的模範傭人，我是另眼相待。她有什麼難處也向我說，她知道我會伸援手的。一次她弟弟要上船做海員，還缺五千塊錢做手續。剛好我接到徵文五千塊錢的獎金，就把支票轉手交給她，叫她向老大兌現。我這是不想給店裡別的人知道這筆借款。事後證明我沒錯借錢，她弟弟的第一封家信來，她唸給我聽；向我問好……謝謝我的幫忙，不然他上不了船……信中還付上兩千塊錢還我。真是姐弟都忠誠感人。

NEK NEK說等我小孫女上學了，她要學裁縫，然後回鄉奉養父母，不再打工。我答應她我付學費，還答應她送她一座縫衣機回鄉討生活。我要她知道，對她的盡忠職守，我們不是無知無覺的僱主。

NEK NEK被號稱愛神的大卡車給撞了，魂魄離亂！愛上了我店裡的廚房工人，一位比她小十多歲壯如黑牛的粗人，這段情在我們的生活圈裡，嚷嚷或細語，都是熱得冒煙的消息。NEK NEK對我剖白說：「追求過我的，有律師，有海員，有雜貨店老闆……我就是對DILPIN看順眼，動了心。」哦！老天！感情的事就是沒道理可講。

晴天霹靂般的案件發生，像龍捲風颳得地動天搖，DILPIN和JOE夜裡去搶劫得士被關在牢裡的消息傳來，叫我盛怒，決定不去出面理會，把兩人關臭教訓他們，然後把他們辭退。

一個是NEK NEK的情人，一個是洗衣婦的兒子。一老一少兩個女人驚絕了，少的花容變色，老的臉上的皺紋刻深了，都死不相信兩人會去搶劫。

探牢送飯瞭解真相——兩人和一個同鄉去喝酒，回來坐得士，途中至一僻靜的地方，另一個人忽然用ＢＢＱ竹籤抵住司機的喉嚨叫搶劫。司機見三人半醉，握的又是ＢＢＱ竹籤，就奮勇抵抗，喉嚨被竹籤刮破皮流血，手臂也掛彩……幾分鐘內，路人圍來，搶者先溜，DILPIN跟JOE被突發的事件驚呆，愣在一旁。經司機一喊三人搶劫他。路人就圍毆兩人，把他們扭進警察局。

知道兩人是冤枉的，也被關了幾天。NEK NEK和洗衣婦就來求我幫忙，保釋金要六千塊，因已成案要三審才會銷案，報案的司機都不露面，案情拖了幾個月，三堂原告都不出席，就此結案。

大家都想這下子NEK NEK該會醒了吧！不，她相信黑牛是被冤枉的——兩人隔著鐵欄對望，黑牛號啕大哭，淚下如豆大，天鵝眼眶含淚，安慰他一定為他奔走，洗脫冤情……

二月初，天鵝帶著黑牛回家鄉見父母，老人家高興地為他們主持婚禮。展開雙手歡迎這又黑又壯的女婿。因為老人一大片田地做不動了，正好來了一匹又壯又年輕的黑牛。全看他啦。

輯二・市井故事

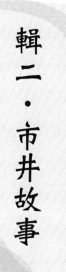

市井故事

前言：

市井，古代買賣的地方。

易經，繫辭下：「日中為市，致天下之民，聚天下之貨，交易而退，各得其所。」

史記正義雲：「古者相繫於井取水有物便買，因成市，故雲市井」

市井後來也成為市街之通稱。皆指人多而熱鬧之市街也」

「古時重農輕商，故市井之子孫（商賈之子孫）仍不得出任官吏。因此市井之民含有貶意。」

時代不同，今天市井之民，皆為腰纏萬貫之巨商，古人是「學而優則仕」今天則是「商而厚則仕，各國商人在政治上的地位，已成為炙手而熱的人物，再也不是昔日默默無聞，身居士農工商社會基層的「市井」之民了！

我認為大商場建築宏偉，冷氣襲人，民生衣食住所需萬項萬物，包裝漂亮擱在各式架上，凍在玻璃門兩扇的冰櫥裡，這樣的大商場，不能以市井稱之。傳統的市場裡，有活蹦亂跳的魚蝦，亂爬的鱉，在大水桶裡遊的鰻魚，在魚網裡待剝皮的青蛙，新宰的豬、牛、羊、雞、鴨，有時尚有餘溫。各種蔬菜鮮而翠綠，試折一下，卜的一聲脆響。各樣果子，剛開箱啟簍，你可以揀得不亦樂乎，果子剛出冰藏廠，握著顆顆涼透手心，賣西瓜的小販，會用手指敲看西瓜，憑響聲告訴你這西瓜夠熟夠甜；賣香蕉的會告訴你這串香蕉後天才熟才好吃。

傳統菜市場才見活生生的民生百態。赤膊露胸的苦力吆喝著像可以減輕所扛的重物；屠夫手起刀落，砍、剁、切、絞，圍巾油垢成層，血跡斑斑，賣海鮮的擦腥味的香水，魚鱗客串晶片貼在臉頰手臂，圍巾淋濕的、有雨靴的穿雨靴，沒雨靴的，克難地用大膠袋包著雙腳，穿進橡膠拖鞋不也一樣不會弄濕雙腳。賣寵物的攤位，老遠就聞著鴿子、雞鴨、貓狗，小老鼠、果狸、四腳蛇、猴子，各樣禽鳥畜類混合的糞便臭，和濃濁的腥羶味，想到禽流感的可怕，我越對面街繞道而行，不嫌煩。

我看到穿著絲襪打扮光鮮的主婦到傳統市場買菜，滿地水污泥濘，豈不令絲襪受委屈。也看到和聽到買菜的大叔（多是餐館採辦員），和排攤賣魚蝦的老少婆娘說黃色的葷笑話。我忽然想起孔老夫子說的「食色性也」不覺莞爾。

傳統的菜市場，有市井的規模和味道。買者可以揀選自己要的東西，可以討價還價，民生吃的用的，穿的，隨人採購，隨人意愛，整個市場的脈動，是隨著供需律這運輸帶運轉著。上帝把我的生命軌道安排在市井穿梭，我感恩，我順服，不嫌市井，髒，亂，吵，我從市井採購餐館所需，在廚房，蒸，烤，炸，煮後換來生活所需，倒也綽綽有餘。

在古時我是屬於市井之民，腳踏社會基層。古時重農輕商，市井之子孫不得出任官吏，好在昔是今非，我沒有要為官的想法，也沒有問政的資格。我在市井另一大收獲是溜踏二十幾年俯拾許多故事的素材，寫來與大家分享——

一、憤世的菜販

天天從她的菜攤經過，聽她呼叱著工人。

「把發黃的蔥尾摘掉，還可以賣出去，今天市場缺蔥。」然後，嘴裡小聲嘀咕著：「一做風雨，菜葉類，如蔥、韭、麗珠菜，都泡爛了。」

「巴洛，你杵在那裡幹什麼，把各種菜整理，各歸各位，該吊在籃裡的，該疊在架子上的，這些天天該做的工作，還要吩咐嗎？」她的攤位不夠四尺寬，至多三尺半，看了令人發寸土寸金的慨嘆。她在兩柱之間，釘上一塊一尺乘二尺的木板作為她結賬找錢的工作桌。她是窩在菜堆裡，左右後面都是各種的蔬菜，她不是巧笑嫣然的促銷蔬菜的蔬菜皇后，而是一副苦瓜臉一年三百六十多天面對顧客，在菜攤前憔悴乾癟的女人。

她整天都在懊惱埋怨著：

「他媽的，白菜一縛說是半公斤，那有半公斤，四百五十公克而已，十縛就少了半公斤，偷秤頭嘛。不是說詭詐的天秤為耶和華所憎惡，公平的法碼為祂所喜悅嗎？」

她邊從網袋裡拿出一顆顆的洋蔥，邊罵聲連連：「這是什麼世界，一袋洋蔥爛了多多，還有什麼賺頭，應該買揀選過的貴些也值得，我滿頭腦是豆渣，只會後悔，不懂事前三思。」

「菜賤傷農呀，介蘭花一公斤才賣五十塊錢，曾經幾時它是一百多塊錢一公斤的，真是蔬菜金蔬菜土，離土時的八字呀，嘆收不逢時。」

「太太，妳這樣剁掉，四葉白菜葉，叫我們虧本死，妳不要買嘛！」她的臉色是苦瓜炒辣椒又苦又辣又嗆。

「白蘿卜，胡蘿蔔，芋頭，洋蔥，番茄這些粗菜類也要進口，非要迫死本地菜農方休。本地蒜頭一公斤一兩百塊錢，怎能敵進口幾十塊錢一公斤的蒜頭，無疑是雞蛋碰石頭的商戰，進口蒜頭橫掃壟斷本地市場也罷了，進口粗蔬菜的商人，非要踩在本地菜農頭上，叱喝販賣你們便宜的蔬菜，真要這樣趕盡殺絕嗎？」她說的這些有感而發，為本地菜農請命控訴的話，有血有淚，不是無謂的呻吟。

她是羅莎，小一碼的身材，燙一頭鬈鬈的頭髮，大概她沒有精神注意到，現在流行剪頭髮，很少人燙頭髮了。

天天從她的菜攤前走過，注意到從未見過她笑一下。說話的聲調用喉底聲，有咬牙切齒的味道，任何時候都熱鑊熱竈上火著，憐憫她壓在車輪下似地吃苦的人生。一天忽然看見她在我居住的大廈前的新大廈店面分租半爿店，在賣蔬菜，我從心底可憐她，不知她作何想法，菜市場近在呎尺，大家心裡算計大廈店面租金貴，妳賣的價錢一定貴，走幾步就是菜市場，走過的人會看一眼，但不會進來買菜。果然一個星期後，不見她在賣菜，她租的店面仍然開著，空蕩蕩的像終場後的戲院。

認識羅莎的敏玲說：「羅莎是工作狂，上午A市場賣菜，下午又去兼差，天天從錢孔裡鑽進鑽出，能賺十塊錢要流一瓢汗也幹。」

「她未婚，又沒有父母要奉養，這麼拼命賺錢為什麼？」

敏玲欲言而止，好像羅莎有難言的隱私。我不為己甚，不強要敏玲回答我的問話就匆匆分手。

羅莎的言行舉止，在在顯示她的憤世，臉色永遠是濃陰蔽天，好像這世界欺侮了她，人人都欠她個公道，她沒有一天笑過，接電話的語氣不曾禮貌一點：「是，不是，可以，等一下吧，你看著辦吧！不要催我，我自己會去的。」聽她講電話的語氣僵硬，恨不得一箭把人釘在牆上。

不知何故，菜攤上不見羅莎的苦瓜臉，聽不到她永遠在憤怒狀態中說話狠狠的口氣，差一點就咬牙切齒的表情。不想追問，沒那多閒工夫，只是每天走過她的菜攤看不見她，心中叨唸：為什麼不來排攤？她是「賺錢狂」一塊錢都不放過的呀。

我再遇到敏玲時，我問她說：「有兩個星期不見羅莎來賣菜，發生什麼事了？」

敏玲一臉憐憫之色，搖頭嘆氣說：「她得了肝癌，在化療中，看來是沒希望，唉！盡人事聽天命吧！」換我意外的傻著，替她煩憂，又愛莫能助。是敏玲告訴我向羅莎買菜，說她很需要錢。但是二十年來有固定的菜行在供應餐館所需，所以未能和羅莎交關。就是這樣認識羅莎的，跟她雖是泛泛之交對她的不幸也不能無動於衷。

「妳不知道她是多麼不幸，未出事前她是開朗的女子，大聲笑大聲說話，什麼樣的人都跟她合得來，她是一位銀行上班族。」

「這樣單純的年輕人能出什麼事？」敏玲看著我思考著要不要告訴我，怎樣告訴我。

「羅莎被人陷害坐過牢。」

「什麼？」我驚呼著，意外的意外，從未聽說過有華女坐牢的事。我有個混血兒的姪女半工半讀唸法律系的，是女牢獄的守警。她常跟我講述女牢的形形色色，就是未提過有華女的囚犯。或者是我孤陋寡聞吧。

「羅莎有個大陸來的她父親的遠親，說來菲律賓找生意做。利用羅莎的菲籍身份申請營業執照，給羅莎一個副經理的職位。他們租店舖，辦公室安冷氣。給羅莎請了一個女秘書，幫她聽電話應對。銀行戶口就開具羅莎和她遠親老鄭兩個人連署。半年內，生意做的紅紅火火，營業額破幾百萬。」

「借過一下。」一聲借過敲醒了我的意識，我們怎麼學三姑六婆在路上或市場裡忘形開講，菜市內走道窄，兩人來往時要擦肩而過，我不由地有些愧意。拉過敏玲站在我這邊，讓路給人過，繼續話題，重要關鍵豈可下回分解。

「那時間羅莎意氣風發，高薪高職位，上天送來的好運，不時打電話給我報告今天開多張巨額支票要付貨款。說雖然不是自己的錢，數著也高興。我當然也替她高興。」

「這不是很好嘛，為什麼羅莎要去坐牢？」

「可憐可傷呀，一天晴天霹雷在羅莎耳邊腦際炸開。」

「什麼情況？」我迫不及待的插嘴。

一個星期一的早晨，電話響聲爆米花似爆開，羅莎接得手軟，臉無人色，幾乎暈倒，她一直答說：「不可能，會不會弄錯，我們開出去的支票都有存款的，帳目是我在核算的，星期五我們銀行存款有三百多萬，因為當天開出兩百多萬的支票還貨款，我是算好的……」

羅莎的答辯聲，從不相信氣急敗壞的尖聲駭叫，到有氣無力的呻吟。她打電話到銀行查問，經理說老鄭開一張兩百八十七萬的支票領了現金，戶口裡還存了五萬塊錢……羅莎的天轟然塌下來，她驚駭欲絕，營業執照是她的姓名，支票是她連署的，面對四面八方討債人，她要發瘋了，追蹤老鄭的行蹤說回大陸去了——他是十元買八元賣套現金這樣坑人的。

不饒人的債主，砲火對準羅莎轟，說是要殺雞儆猴，他們可知他們炮轟的不是咬人的老虎而是站在老虎背上的麻雀，他們以欺詐罪讓羅莎入獄。

羅莎任何時候都是熱竈熱鑊上火著，認為全世界欺侮了她，全世界人欠她個公道，所以從未見她笑過，一臉寒霜面對這世界。

羅莎坐牢時，有牧師來探訪講道，送一本新舊約聖經給她。她以讀聖經渡日，她幾次想自殺，但不忍心傷害年邁的父母親。她從聖經得到寧靜，心靈得到釋放。

一天，她讀聖經讀到箴言第六章一節到二節——我兒，你若為朋友作保，替外人擊掌，你就被口中的話語纏住，被嘴裡的言語捉住。

羅莎如觸電般的顫動，她激動地擁著聖經痛哭失聲，仰天淚流滿臉說：「我知道的太遲了！」

二、二奶三隻手

我問管帳的老大說：「為什麼是肉販安德烈來收肉帳，一向不是他的姘頭二奶來收帳的嗎？」

老大不立刻回話，看著我，斟酌著要如何給我答案——

認識安德烈是十年前，我在他家的肉攤買肉。

一天，我買完需要的肉。

「安德烈，你算算我買的肉多少錢？」他拿著紙筆在算，我看著他想：這大孩子白皙斯文，他的手是握紙筆的手，這肉砧前不是他該站的位置。

「安德烈，你再算算看，好像算錯了。」站在他旁邊他的父親干拉斯先生橫他一眼對他說：

「虧你是拉剎學院（菲國有名的書院）的學生。」

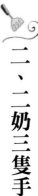

「爸，誰都有算錯的時候嘛。」說著臉都紅了。

他母親伊瑪一個瘦弱、白皙、清秀的女人。她從不穿成衣，都是裁縫定做的，清清秀秀的一個婦人，站在肉砧前賣肉好像站錯了位置，唯一符合屠夫角色的人是干拉示斯先生——他一張撲克牌長方形的臉，大大微突的眼睛，一隻如草扇的大手掌，看他的手握屠刀輕若無物。他掌握斤兩的工夫是一絕，他一刀切下去，一斤半斤半克不差，我常對他蹺姆指稱讚他。他說：

「肉砧前從少年站到老，不學一招兩招工夫算白活半輩子。」

干拉示斯大叔切的大排骨，片片一般厚薄，還把大排骨邊沿切斷一絲絲，問他為什麼？他大眼睛看著我說，切斷筋的大排骨炸起來才不會捲成一團。（日本有切斷大排骨肉筋的鋸形刀子的廚具）。

安德烈是幹拉示斯夫婦的小兒子。看伊瑪拿著雪白的「祝君早安」毛巾擦兒子額上的汗珠，舐犢情深的寶貝著兒子。這肉攤前的一家人有一特別的地方，就是穿的紗衫和用的毛巾都洗得雪白；他們家用的肥皂粉和漂白粉一定用得兇。

夫婦倆叫一個唸拉剎書院，斯文白皙英俊的兒子，站肉砧切肉，斬豕手，斬排骨，可見他們不寵兒子，教他操刀流汗怎樣謀生，曾有一句話說：給他魚吃，不如給他漁網教他去捕魚。」

幾天不見老干拉示大叔來肉攤站砧，當然會問，伊瑪說：他血壓偏高，醫生早不許他站肉砧。這次真的要放下屠刀，進醫院躺著。看來老干拉示斯早有打算，培訓小兒子作接刀人。

我封安德烈做「肉砧王子」因為放眼B市場內排攤的男女老少都是庸俗的市井之民，沒有一個像安德烈這樣有讀書人斯文氣質的，人又長得英俊白皙，他又好客情，嘴巴又甜會哄客人，跟他買肉的婦女排著隊……

聽說安德烈要結婚了，我恭喜伊瑪，她笑亮一雙嫵媚的眼睛說：「是呀！我這小兒子一結婚，我就輕鬆了，把他交給另一個女人的手照顧他，我老了，累了。」

肉砧王子娶的太太不是很漂亮，她端莊大方，溫柔婉約，是不會大聲說話，肌膚雪白，看她一定是出身好家庭，手指頭纖纖水蔥似的，是一個被寵愛手不沾水的女孩。可惜她嫁給了肉砧王子，不容她不嫁夫隨夫一看她站在肉砧前，拿著紙筆幫安德烈算賬，手足無措的，一邊寫一邊問：

「這三層肉多少錢一公斤？」

「這五花肉沒皮多少錢一公斤？」

「這五花肉連皮多少錢一公斤？」

「這里脊肉是一百五十塊錢一公斤嗎？」

安德烈忙得不可開交，問多了，臉上寫著不高興，好像說：笨死了。我看了有點難過，嘀咕著：不是還新婚嗎？就這樣的不耐煩。她是不會煮飯，連煎蛋都不會的女孩子，她婆婆說的。

「新娘懷孕了，我叫她不用來菜市場了。可憐害喜得厲害，吃什麼全吐出來，渾身寸絲無力……」伊瑪這樣回答我問的：「新娘不來菜市場了嗎？」

再見新娘麗絲佳，是一年後，她已是一個女孩的小母親。人豐滿一些，肌膚更柔嫩雪白，可惜她給人的感覺是冷豔木訥，難得看見她的笑顏。此時此刻看她手裡抱的女嬰白白胖胖的雪球似的，一對丹鳳眼，紅唇花瓣初綻放的粉嫩，好可愛的娃娃。

「麗絲佳，妳的女兒TSINITANG–TSINITA」（很像中國人的女孩子）

「我很想捏她紅蘋果似的雙頰」一個說。

「不可以，只能看，不許碰」伊瑪忙不迭的出聲阻止。「我都不敢吻她，都說嬰兒的抵抗力弱，大人不要去吻她，安德烈也不敢吻她，怕鬍椿吻粗了她粉嫩的臉頰。」

「說得也是。」

聽說安德烈的太太又生了一個女兒。時間是換了三本日曆後。

老干拉示斯真的封刀告老。但他的一生都在市場過，他天天衣著光鮮，頭髮梳得油亮，拿張塑膠椅子坐在賣蔬菜的攤位邊，那裡清潔沒有油污。坐到市場快退市的時刻，才回去休息。全市場的人無論老少，對他都禮遇有加，打招呼問好。看老干拉示斯執意生於市場，老於市場，菜市場是他生命的終站，他要這裡下車歸去。

安德烈和他母親的肉攤，忽然出現了一個年輕，眉清目秀，活潑的，眉眼都會笑的少女。

看她和安德烈親熱的有說有笑，有時她還會輕浮的用手指頭挑安德烈的腋窩哈癢，安德烈笑得嘻嘻哈哈，從來未見過安德烈笑得這麼暢快忘形。那女孩也學操刀切肉，笑臉迎顧客，握紙筆算賬。我以為是安德烈的妹妹來幫看肉砧，兄妹親是親情緣深，是件好事，然而親到兄不成兄妹不成妹放浪形骸，我不以為然，然而沒有置啄的餘地。我更不好跟伊瑪提這件事，這是人家的家務事。

早市給安德烈買的肉類，數目少的話，當下付清，二千多塊錢的吩咐來店裡收賬。肉攤多淩晨三點就批來豬隻，切塊分類，劈、斬、剁、切、絞，忙到中午休市，多已精疲力盡，所以中午休市後，沒來收早上的肉賬，要傍晚才來收賬。最近多是安妮來收賬，說真的安妮是漂亮的女孩，她的笑容嫣然動人，我喜歡她，更想要明白她的身份，她是不是伊瑪的小女兒，所以一天忍不住問她：

「安妮，妳是安德烈的妹妹嗎？」安妮聽了嚇了一跳，臉有了羞色，兩頰泛紅暈。

「不是，我是安德烈的太太」她看到我眼裡的疑惑和意外。她當然知道我認識安德烈的太太，更抱過雪球似安德烈的大女兒—對她這闖進安德烈婚姻中的第三者，我無法批判對錯，我不明瞭過程，只看到結果，又不好問伊瑪她的兒媳發生了什麼事？這畢竟是人家的家務事。幾次想問伊瑪，可話到舌尖又吞下去。自己分析安德烈的婚姻——安德烈的太太麗絲佳冷豔木納，跟安德烈是火熱不起來，他們的婚姻是不是父母安排的門當戶對的婚姻，對兩個當事人來說，不是結錯了婚的話，為什麼生了兩個女兒才分開？菲律賓沒有離婚法律，安德烈是停妻再娶，跟安妮是沒有婚約的同居人關係。看他們嘻哈在一起，不時看到激情的火花飛濺，水乳交溶的感情，笑出年輕人陽光般的笑容，不忍心苛責批判。眼看近代的年輕人，他們不懂慎始，終致離婚結局。婚姻不只是兩個人的事，也是兩個家族的事。感覺不對的時候，要離婚受傷害的不是兩個人，要是有孩子更傷及無辜，已知不能和合為什麼還多生了孩子，看單親家庭的孩子，不由地心生憐憫。想到安德烈那兩個雪球似的女兒，應該歸她們的母親扶養，她們的父親只陪新人笑，看不見她們母親眼眶裡的淚水，他剪斷了這份親情血脈，把她們母女擱在一旁，稚女懂事後，要以什麼樣的眼光看她們的生父？

安妮跟她的男人在市場操刀賣肉，看她把整塊的腿肉、三層肉，舉高掛在鐵鉤上，看嬌小身材的她，像螞蟻叼著一粒米一樣的吃力，她是快樂的操勞著，心甘情願不以為累。

「安德烈為什麼不來站砧了？」

「哦，他在唸護理學校。現在的生意大不如前，我想安德烈還年輕，唸好護理科，比較有前途，他想唸，我與他父親也贊成，就這樣他在星期天沒上課，才有時間來菜市場幫忙。」

「很好，我也贊成，現在很多年輕人都選擇唸護專。」

不知道安妮懷孕，到她小腹微凸，才知道她懷了小生命。不見她害喜，她天天工蜂似操刀賣肉，未曾稍息。不時看到她把一大塊肉，舉高掛在鐵鉤上，我想開口阻止她舉物過肩，怕動了胎氣，而看她舉重似輕，一點也沒事就不開口。想到安德烈的前妻麗絲佳懷孕時，害喜得厲害，躺在床上讓人服侍，多麼不同的兩個女人！為什麼安妮不先出現在安德烈的生命中，要安德烈犧牲了麗絲佳母女，跟安妮在一起。安德烈不覺得受傷害的是麗絲佳母女嗎？他真的這麼坦然無愧？事後我猜想麗絲佳得知二奶生的也是女兒時，作何感想。

在老大未回答我的問話的前半刻，我把認識安德烈的記憶急急倒帶放映在腦際，耳邊聽老大說：

「安德烈的情況糟透了，他陷在自己挖的陷阱裡，而啞子吃黃蓮般的無語。」老大話似水龍頭水放盡而停下，我看著他等他把話傾盆倒下。

「安德烈因唸護專，把整攤肉砧放給安妮經營，三年了，這安妮二奶，賬目不清，虧空大筆錢，次次都是缺空幾萬塊，已經有兩次被安德烈逮到——這次是第三次了；賬目缺空了五萬塊。」

「安德烈如何面對？」

「他啊，被安妮懺悔的淚水澆熄追究的怒火；被她撒嬌、煽起激情的火焰燒得安德烈化為繞指柔。」

「這次安德烈親自來收賬，他放棄最後一學期的護理課程，他不讓安妮再到市場站砧，剝奪她的經營權。」難怪我有一個星期不見安妮的身影在肉攤前出現……

跟老大就安德烈的二奶三隻手的話題，聊了好久。

算算只是過了三個星期的時間，我看到安妮又出現在肉攤前，跟安德烈秤不離砣，砣不離秤的一起站砧賣肉，安妮沒事人似的，好像渡假歸來，重握屠刀重賣肉。

再過一個星期，又不見安德烈出現在市場，安妮重掌兵權，發號施令，高舉指揮刀……告訴老大安妮再……

「媽，三天前在路上，看見安德烈駕著重型機車後面坐著安妮，她兩隻手臂水蛇似纏緊安德烈，整個身體刷了強力膠般貼緊在安德烈後背，水汪汪的眼睛迎風瞇著，臉頰貼在安德烈的肩頭，吐氣如蘭在他耳邊遼人，我就知道安德烈翻不出安妮的手掌心。」

聽了，我啞然無語。

三、菜販美琪

生活若是一場無休止的戰爭，現在的我仍是轉戰於前線的老兵。天天增歲月人增壽的緣故，近幾年來我把清早上菜場的時間播慢一小時，六點才出門，去菜市場和在市井打滾的眾攤販打交道。我像法醫檢驗沒了生機動植物的鮮度，而決定購買與否。

將近二十年，天天見面的原因，我偶而早一點，或晚一點上市場，個個都知道招呼我說：「妳今天晚了點」或是說：「怎麼，今天這麼早呀！」，哦！知我者市井攤販，生死相往來，憂喜相聞問。在B市場前後有兩個階梯。第一次上B市場，發現講「咱人話」的美琪，在後階梯下賣菜。矮胖的她，胸突肚凸圓滾滾的，兩隻眼睛「母雞眼」似的圓而露光，我想是她講「咱人話」的原故，顧客都是華婦，生意熱熱滾滾。

一次我在選菜，無意中美琪的手掌觸到我的手背，我不覺一愣，活脫脫是被樹皮擦過，她無奈地對我一笑說：「沒什麼好奇怪的，十多年揀菜賣菜，手掌被菜汁染污著，洗也洗不掉，刮都不用刮。」我想到刮SAYOTE菜皮時，手掌被菜汁塗污成一層膜蓋著，怪難受的。

她的丈夫人人叫他「鬍子」。下半臉亂鬍封嘴，鬍樁如雜草叢生，一對羊眼半瞇，他是碧瑤山地人，所以和張飛沾不上半點親。

說是在幫美琪賣菜，然而他或站或蹲的時候多，美琪不出聲不抽線時，他是木偶手不動腳不踢。他蹲的角落蜘蛛靜悄悄地都可結網了。

認識美琪的當年，她剛結紮絕育。她告訴我說：「我給他也給自己四個機會，要生一個兒子。現在我看破不存希望了，「有子有子命，無子天注定。」我懷孕照樣一天沒休息，臨產破水見血時，直接從菜市場進醫院生產……」我心波動著同情憐憫！

「美琪，妳為什麼要嫁菲人？」我們熟到她什麼委屈辛苦都向我傾訴。連她妹婿為生意糾紛而弒殺他弟弟的慘痛事，她淚滴一滴大過一滴的向我哭訴。我無言地牽著她的手，把安慰借著溫熱的手心傳遞給她。

她遲疑一下，斟酌或組織答案似地：

「我看到我二姐嫁華人，一嫁就如判刑入獄服刑。沒有出門的自由，不能回娘家探望，婆婆如判官魔頭，時刻緊迫釘人，做不完的家事，聽不盡的指斥，他家不是娶媳婦，是買丫環，操勞沒薪金，賞吃賞穿還得叩頭謝恩。二姐是珠圓玉潤漂亮的女生。妳沒看到嫁後的她，對面不敢相認，蓬頭垢臉，脫水似的枯萎，肌膚沒了光澤。坐月子也得張羅大家庭的三餐。她婆婆說，她生了七個孩子，不懂什麼月內，月外的……我二姐一次偷打電話來說：『要不是放不下孩子，我真想越獄走人……』」

「她婆婆不是教她持家之道，是以虐待媳婦為樂，錢這麼多，用三代都用不完，用不著媳婦做牛做馬的……」我情緒化的嚷嚷不平。

「妳姐夫無事人似地，不為太太說幾句？」

「那敢，在母親積威之下，只有俯首的份，在大家族的生意上幫忙，拿薪水而已，無置喙的餘地。當時親友都恭喜二姐嫁入豪門，婚禮極盡舖張豪華，孰知『好名沒好命』……」美琪愈說愈憤憤不平，不覺罵出一句「我嫁什麼他媽的華人！」話溜出口，駟馬難追，美琪有些羞顏，知道失言不該。

「妳最後的一句話才像是菜市賣菜的菜販。」美琪輕打了一下我的手臂，疏解自己的窘態。

一早，踏上B市場的階梯，感到氣氛不對，好像有什麼不平常的事發生。先到肉販ATENG處，他一看到我，迫不及待的對我說：

「楊太，妳知道嗎？美琪昨晚自殺了。」

「那一個美琪？」

「你買菜的主顧美琪呀！」我驚呼駭叫了一聲，頭皮發麻，汗毛豎立……

「為什麼？昨天早上，我一貫開玩笑地向她借錢說『VICKYBANK』（美琪銀行）預支五百塊錢，中午收市後到店裡收錢『沒利息的』她笑嘻嘻地說『過午不收利息，過夜的話，收五，六高利息』，言猶在耳，她的笑容猶在我眼前，叫我怎樣相信呢！」

整個菜市場議論噪噪；都說美琪沒有自殺的理由。她開朗活潑，笑口常開，又有積蓄，沒錢的困擾，最近剛買了地，說要存錢蓋房子，人人想不透她會自尋短見，自縊而死。

綽號「流涎」的卑炳說：昨天下午我看到美琪和寡婦蘇珊在吵架，美琪罵她不要臉，常找她丈夫講話。蘇珊不敢回嘴，臉白白的一再否認，說美琪錯了，她與雷示之間沒什麼……」卑炳講時口水似風雨飛灑。

眾說這件事，不過是疑雲醞釀，不至於成暴風雨似的姦情……

雷示被警局殺人科約談竟日。美琪縊死現場疑點重重。美琪曲膝半跪樓板上。綑在脖子上的繩子掛在屋樑上。一人多高的屋頂，其高度不足吊死一個人；屍體旁邊也沒有墊腳的凳子。根本不需要什麼墊腳的東西，美琪可以站在樓板上掛繩子，屋頂實在不高，又沒有天花板，樑木畢露，繩子想掛那裡由她選擇……

「這是美琪的日記本，請你過目。」雷示灰白著臉色，繞嘴刺蝟似地的鬍樁怒豎，鬈髮像亂麻糾結成一團，握著日記本的手，不由自主的顫抖著，不說話時，他咬著牙齦，頰肉抽搐，他被突發的慘劇駭絕，嫌疑的箭頭又指著他，讓他魂飛魄散，百口莫辯。

美琪的日記上記載自殺前的一些話，其中一句說：「……這件事讓我傷心欲絕，真想自殺一了百了……」

「我問你的問題，你要小心作答，你可以不回答，等你的律師來，因為你所說的每一句話，可能做為審堂的供證。」做筆錄的警察提醒雷示說。

雷示心急如焚，只欠吐血，情急地，幾乎用喊的口氣回答說：「我沒有不可告人的話，我被美琪的自殺嚇壞了，我不明白她為什麼放下四個女兒……」雷示老半天滴水不進，嘴唇乾裂，啞了嗓子，話不成音……被美琪的死嚇壞的四個稚女，淚痕不乾，時不時哭成一團。她們深深體會母親的重要，母親是培育她們的玻璃溫房。母親一死，她們將暴露在烈日風雨下，父親鐵定沒條件供她們唸私立的天主教修女辦的學校。父親沒有能力翻建母親買的舊屋……甚至可能保不住而賣掉，想到母親意興風發帶著她們四個姐妹踏進所買的舊屋時，計劃著，指著左右都有兩個窗戶的地方說：「這裡格兩間房，一個房間給妳們姐妹四個，我買兩架雙人床，各人都有床鋪睡，妳們都大了，不讓和爸爸媽媽睡在一起……」

事發當天晚上，美琪獨自一人在新買的舊屋那裡算帳。她常常自己一個人睡在那裡，嫌婆婆家吵而悶熱，睡到凌晨三點鐘，她會過來叫雷示駕車去批菜，直接到菜市排攤。

雷示的母親珍娜見證她兒子夜裡喝了兩瓶啤酒後就睡了。她說：「雷示睡在我身邊，一睡到凌晨四點。奇怪美琪怎會睡過頭，三點鐘不過來，叫雷示駕吉普車去批菜。我和雷示匆匆趕去新屋，門鎖著，叫美琪不應。雷示爬窗進去，我……天主呀，我在門外聽雷示慘叫一聲DIYOS KO！」然後一聲重物墜地的巨響，就無聲無息。我在門外情急的擂門，門本不牢，給我擂得格格作響，我一直喊雷示開門，一直問：發生什麼事了？門開處，雷示臉無人色，嘴巴開合著說不出話來，一個人僵立如木雕。我立刻闖過雷示的身邊，看到……看到美琪……她……她……」珍娜說不出話了，她無法表達自己的受驚膽顫，楞住，再也說不出話。美琪的死狀，一直在她的腦海重映，揮也揮不去……在這案發十多小時內，她NG無數次地，重述這慘事，回答數不清的詢問，致麻木到講述故事般地流暢，警察就以懷疑的眼神瞪著白髮蒼蒼的她，估量她作偽證的成分多少，坦護兒子不在場的證詞可信度多少。雷示沒有殺妻的動機，全B市的攤販，以及所有的鄰居都可作証。他不賭，不酗酒，沒有酒肉朋友……所有的人都知道，他以娶到美琪為傲，十多年來UNDER（臣服）在美琪裙下，心甘情願。他是有牌的電技工，但他不出去作工，機械人似的聽美琪的口令作息，做美琪的司機……

露露是美琪的長女，唸中一的中學生，她淚眼婆娑地在警局作証說：「我不明白媽媽為什麼要自殺，」說著，雙掌覆臉，痛哭失聲，哭母親的急逝，天都塌下來了——母親猶在靈堂，姨媽、舅舅們都安排好姐妹的領養。他們都認為是爸爸加害媽媽的。是舅舅呼警逮捕爸爸的，他們從來不喜歡爸爸，說爸爸是「生番」，懶惰沒出息，……爸爸從來不上外公家門，連外公過逝，爸爸也不去奔喪……也許媽媽娘家的兄弟姐妹還未從姨丈弒殺四舅的震駭中恢復過來，堅持媽媽沒有自殺的理由，懷疑爸爸為未知的理由加害媽媽。或是爸爸覬覦媽媽的人壽保險金，或是……」警察等露露哭夠了。她一邊抽噎著一邊作証說：「……媽媽人壽保險的受惠者，明文簽定是給我們四姐妹平分，沒有爸爸的份……」

打字機，機關槍似地，答答不斷，記錄露露的證詞。

「……我因尿道炎，頻頻上廁所小便，一夜裡起來七次小便。爸爸睡酣著，還打呼嚕，一次，我叫醒爸爸叫他側睡，避免打呼嚕。不過，我沒有看時鐘，不知是幾點鐘……」

美琪的緊鄰巴洛作証時，還抬眼看一下美琪的窗口說：「我一點鐘口渴起來喝水，看見美琪的窗口還亮著燈，心裡想美琪真拼命，一點鐘了還不睡，三點就要出門去批菜……」騰折了一整天，雷示被保釋出來，一個人看來沮喪又糟糕。他枯坐美琪的靈柩旁，拆頸的木頭人般。他為美琪的自殺哀痛逾恆，美琪莫名的死因，幾陷他於萬劫不復之地，他最痛心的是他的妻舅誣陷他是兇手，呼警以謀殺罪嫌罪名逮捕他，他母親的供詞不夠說服力開脫他，幸好美琪有寫日記的習慣，說了她有自殺的念頭……還有長女露露的供証是他有力不在場的証據……

我走到雷示的身邊，他沒感覺。他女兒莉莉叫他說：「爸，楊太來了。」

雷示慢慢抬起頭，眼神茫然，彷佛不知身在何處！我拍了他一下肩頭，喚醒了他。他的眼眸驟然有了光彩，對我發出求援求助的眼神，他忽然急站起來撲過來，我嚇了一跳，立退了幾步，嘴裡直叫他：「雷示！別激動！鎮靜，鎮靜！」

「楊太，你認識我的，相信我不會加害美琪的，美琪，她……她……」雷示喉嚨滿，講不出話來，眼睛直瞪著我，接著猛坐下去，抱頭痛哭，用力撕扯著亂髮，哭聲淒厲，活像受傷的野獸嘶吼；我讓他哭個夠，他需要發洩傷痛與冤屈。

珍娜老淚縱橫，不斷用手掌抹去溢出眼眶的淚水，嗚咽的說：「雷示，現在才哭出來……讓他哭吧！不然，他會窒息而死……」

我坐在雷示身邊，聽他喃喃自語：

「我對這家無功也無過……我不是兇手……」我心裡充塞著歉意。我也是把他當作第一嫌疑犯的人之一。竊思美琪沒有理由自殺，美琪日記中說的傷心欲絕的事，除了雷示有女人的事，會有什麼事會讓抓尖要強的美琪痛不欲生？一整天心頭壓著大石般，腦中不斷推敲著美琪的死因……

我曾經聽先父講過，先大哥和朋友在倫禮大游泳溺死。先父在大哥的棺頭敲三下，吩咐大哥說：「別找替身，忍過劫數，會再超生……」

沒在美琪的棺頭敲三下，雖然我是多麼想這麼做。我不相信「找替身」的事。但我是情切地要美琪告示她自殺的真象。我還是不相信美琪會自殺，她自殺的理由是什麼？

經過入殮化裝，美琪的遺容不難看。只是脖子上圍了一條絲巾。我沒有淚意，只是默默地生氣著，我無聲地告訴美琪：「是生前或死後，圍這條絲巾都不適合妳！妳想想，妳穿著雨靴，圍著米袋大的圍巾，站在幾塊舊鋅搭的違章攤位前賣菜，圍這麼一條花絲巾，成何景觀？……」

「……妳是抓尖要強的女人，平時舌刀唇槍地挑戰華人社會傳統，挑戰惡婆婆族專制的皇權，妳叛逆成性，為自己選擇的婚姻，不惜和娘家的父兄「三擊掌」翻臉……，十多年來，妳耕耘打拼，撐起一片天空，有車，有土地……為什麼妳會無聲垮倒？向現世低頭！向死神屈膝！那個「鐵齒歪頸」的妳一往不回頭……我還是不相信妳會自殺，為什麼？為什麼？給我一個理由！

四、三個單身貴族

二十多年在市井穿梭採辦。我相信「早起的母雞有蟲啄」的說法。所以我一早就到市場，各攤位剛在開箱啟簍，市井有一不成文的迷信，就是一定要做成開市的第一筆買賣，就是沒賺頭，照本錢賣也好。要搏個開市好彩頭，今天賣的東西會賣得一點不剩。我知道他們一早都求「好開市的彩頭」所以不是我想買，或我不看好的東西，我一定不走近去問去看，我一定不去踩這市井迷信的禁忌。

從我家到B市場不過二十多步路，盡可以安步當車，走路當運動，為什麼我反而要坐三輪車，因我身帶鉅款怕遭搶劫，一早若搶我的劫匪，他的開市是中樂透現金一萬塊。所以我坐三輪車，車夫載我也是我的保鏢，街角的三輪車夫都是人知地熟的角色，加以我幾步路付他們二十塊錢，所以一早個個提高聽覺，注意我關鐵門的響聲，一看到我的臉出現鐵門外，個個爭先恐後舉手要載我，不用我選誰，他們自己表決誰先舉手誰就載我。我聽過幾個三輪車夫對我說：

「我最喜歡一早第一個搭客是妳，因此一整天我的搭客不斷，晚上算收入時會有意外的驚喜！」我回答他們說：「我快要相信你們的KWETONG TRICLE BOY」（直譯是三輪車夫講故事）。

註：菲語有句「KWENTO KUTSERO」直譯是馬車夫講故事，也意謂道聽途說的傳聞。

※　※　※

禮尼和比麗莎比砧為鄰同賣肉。禮尼是鰥夫，比麗莎是寡婦，兩個人是單身貴族，最有條件再婚的人，卻令人跌破眼鏡的不再婚。

比麗莎和丈夫扶西是夫妻檔的屠夫。站砧的人是漂亮的比麗莎。扶西站在肉砧外面，他負責重活，像斬大骨，斬豬手，切排骨，刻豬頭皮（菲語叫整塊的豬頭肉是面具）。他是沉默的男人，認識他十多年，未曾見他和他人說過三句話，也從未見過他的笑容。他安靜的幹活，看起來不像是老闆，倒是像打雜的工人。扶西身材不瘦不胖。注意到他的指甲和腳指甲修剪的很潔淨，還擦透明無色的指甲油。我在旁邊觀察這對夫妻，想到一個「鮮花插在陶盆」的比喻，比麗莎肌膚潔白細潤，眉清目秀的，她不應該是賣肉的屠婦，我看她適合做大百貨公司賣場的經理，想像中她穿著套裝和半高跟鞋巡視賣場……

一天驚詫的發現比麗莎的肉砧空空如也，有幾隻蟑螂油油的在肉砧上漫步。我問隔壁肉砧的禮尼說：

「比麗莎夫婦今天為什麼不做生意？」

「哦，她丈夫扶西昨晚腦沖血，送醫院急救，聽說還做開腦手術清淤血……」

「真的嗎？很危險呀！看扶西身材並不胖，不像有高血壓的人，想不到……」

扶西在手術檯上就斷氣了。

「可憐這對年輕夫婦，平日省吃儉用儲蓄的錢一下子全花光了，扶西的醫藥費和喪葬費水龍頭水放盡似地花了十多萬，救不回扶西一命」禮尼跟我聊著扶西的事。

我想到扶西的眼眸無神，像死魚的眼睛，這是不是他早夭的相格。

禮尼先在王彬冰藏店做學徒。從把整隻豬切塊分類學起，先切頭，次把整隻豬直剖成兩半，再去腳，把三層肉、腿肉、五花肉分類擺好，再學切排骨，要切的片片一般厚薄，顧客要一公斤切幾塊就切幾塊，這樣才算出師了。

禮尼的老鄰居MANG（菲語對成人的尊稱）亞朗是B市場的屠夫，別人是一個肉攤就養家活口。亞朗兩個肉攤位連在一起還不夠用，他不只養家活口還賺得盆滿砵滿。他做的是本大利寬的生意，他批豬賣從不賒賬，現金買賣，是養豬場的貴客。他錢有、房子有、車子有，然而自古以來「富者少男女，窮漢生一群」。亞朗只生了一個女兒，給名為ANGEL（天使）可見他對女兒的疼愛寶貝，ANGEL的確生來可愛，人見人疼，市場裡人人都叫她「公主」，從小叫到亭亭玉立，大家都忘記她的真名叫ANGEL。

禮尼和天使是鄰居，兩個人在學校形影不離，天使是獨生女，她很喜歡禮尼這鄰居大哥哥，他功課好，校服整齊，人長得好模好樣，可惜家境貧寒，她勢利眼的母親，一直阻攔天使和鄰居這些貧童玩在一起，幾乎要築籬笆把天使隔離起來。這些貧童知道他們和天使是兩個世界的人，小的時候天使在窗口要分糖果給鄰居這些孩子，只要她母親在家裡，再想吃糖果，想到流口水也不敢走近去，怕她母親那嫌棄的眼光如箭如刃……禮尼在學校，才敢跟天使說話，都是天使先和他親近，吃點心時，天使一定要分禮尼吃，禮尼不敢接受，天使使性子說：「你不吃我也不吃」禮尼投降了。

禮尼的父母勉強供他唸到中學畢業，再也沒有能力讓他上大學。鬼靈精的天使早安排禮尼今後的跑道，她對禮尼說：「我爸媽只有我一個女兒，他很賺錢的肉攤一定留給我，而我一定要嫁給你，而你既不能上大學，不如去肉攤學工夫。」禮尼聽天使說的話嚇大了眼睛，雙手直推說：「我想都不敢想去妳父親的肉攤工作。」

「我知道就是刀架在你脖子上，你也不敢去靠近我的父親。我是說你去別的市場的肉攤學工夫——」對天使言聽計從，從不敢說一個不字的禮尼，真的放下紙筆握起屠刀，到王彬街的冰藏店從打雜工作起，慢慢的學工夫。因他的勤快誠實識字，華人頭家賞識他，倚重他。禮尼對青梅竹馬的紅顏知己天使更愛多幾分，感受知遇之恩，感動有錢有貌（稍嫌胖一點常聽天使說：「氣死我了，為什麼瘦不下來。」禮尼說：「妳胖得好看」天使才嫣然一笑。）的天使選擇了他這窮小子，所以她叫他往東他不敢往西，言聽計從做不二之臣。

快收市時，亞朗忽然暈倒了。市場立即一陣驚呼騷動，幾個鄰人手忙腳亂把他送到最近的崇基醫院。鐵柱般的亞朗猝然倒下，天使母女倆除了相擁而哭外，也亂了方寸；亞朗的太太雷莎此時次刻，深深後悔自己只顧享受生活，養尊處優，嫌菜市場髒，一步也未踏到菜市場，她一直都鄙視周圍的窮鄰居，一旦有事發生，最先趕到的是鄰人，遠親不如近鄰的話是經得起考驗的道理。

當天使懂事的時候，就聽亞朗無數次對她說：「我疼愛的天使，妳要是男孩子多好，偏偏我的營生是握屠刀賺錢的，等一天我病了老了，我該把我的屠刀交給誰？」

「交給我呀」天使撒嬌地一直吻她父親左右兩臉頰，吻得這粗線條的男人呵呵笑。

上中學的時候，天使自動在週末去菜市場肉攤幫收錢找錢，一方面累積經驗。起初亞朗當天使是頑皮好玩，擰著天使粉嫩的臉頰說？「妳當好玩？我打賭去了兩次，第三次一定找籍口不來了。」

「親愛的爸爸，你一定輸，星期六，星期天，我一定準時到菜市場上班，不過，爸你一天要付我一千塊錢薪金。」這是天使在撒嬌，她要用錢就像在自己的銀行戶口領錢一樣容易。

「好，我的錢不都是妳的嗎？」父女拍掌約定。

亞朗被女兒打敗了，週末兩天，淩晨四點鐘，天使就跟亞朗作伴出門到菜市場，風雨無阻。亞朗受了安慰，然而女兒畢竟不是兒子的事實如大石壓在心頭沉重。

從小天使在學校喜歡牽禮尼的手，禮尼常把她的手甩開，怕人笑話。天使才不管，拉緊禮尼的手說？「我要牽你的手走到老。」

人小鬼大的天使早為自己畫好生命的藍圖。中學畢業後，她唸大學，鼓勵禮尼去肉攤學工夫，她是在培植父親接棒的人手，也是她要攜手一生的伴侶。

亞朗中風後，沒有生命的危險，然而他被迫放下屠刀，在家養病。他倒下的那一天，天使火速的喚禮尼回來，並吩咐他向頭家辭工。

「這怎麼可以，現在我在肉店裡是重要的一把刀，怎能說放下就放下，這說不過去……」

天使迫於無奈出面替禮尼辭工，面對怒容滿臉的頭家，淚流情切的說：

「楊先生，您認識我父親的不是嗎？」楊老闆點頭，心裡想：亞朗是我少見的勤勞而講信用的菲人。「他昨天忽然中風倒下，我的確需要禮尼的援手，沒他我家的肉攤支撐不下去，您的生意是做的很大，擁有許多刀手，一定有刀手可以替代禮尼，我拜託讓禮尼回來幫我，我父親說的，我是女孩不能把屠刀交給我……」

最後楊老闆對禮尼說：「你是要接手你未來岳父的肉攤，不是要跳槽別去，我才放人，好好做，不要給亞朗嘆息再三……沒生兒子的遺憾。」

看禮尼接手肉攤，頭頭是道，他從不貪小便宜，拿賣剩零碎的肉骨頭或肉塊，這些他在攤上便宜賣光。他不想給勢利眼的雷莎看輕，他家要買肉，都去別攤買，不想沾天使的光。

亞朗欣然接受禮尼做愛婿。雷莎本來屬意富家子弟做女婿，然而玩球、玩電腦、握筆的這些人的手，想都別想會握屠刀。她別無選擇選禮尼。看天使自小愛禮尼愛得死去活來，以為是初戀是兒戲。想不到天使這麼執著，選好自己的終身伴侶。本來父母都拗不過兒女的。天使大學畢業後就給他們舉行婚禮。

女人太胖就不容易懷孕。天使婚後吹氣球似一直胖。結婚三年了沒有懷孕，亞朗渴望「希罕子女充盛孫」的局面而不可見。看婦產科，做人工受孕折騰了長時期，天使終於懷孕，這是亞朗家值得放煙火的喜事。天使生了一個女兒跟她複印似般一個模樣。天使小時候，市場裡人人不都叫她公主嗎，所以亞朗給外孫女命名PRINCESS。是不是肥胖也可以遺傳，公主胖嘟嘟的像雪球一團，長大了再也瘦不下來。公主備受疼愛，天使整天說：「不可以吻她，不可擰她的臉頰。」撐起保護傘。可她有一樣有別於她母親蕾莎的，她不阻止公主跟鄰居的窮孩子玩，吩咐保姆抱公主去鄰家找玩伴，有時帶糖果，有時餅乾，與玩伴同樂……這樣公主和民間的玩伴一起長大。

亞朗遺下的肉攤在禮尼和天使夫妻檔的經營下，一天至少屠三隻豬，節日就不只此數。

禮尼揮汗操刀，天使在旁邊收錢找錢，嘴裡對禮尼說：

「排骨一公斤。」

「五花肉三公斤切滷肉塊。」

「大排骨一公斤切十塊」禮尼忙不過來時回頭看一旁肉山似的天使說：「總司令，可以嗎？慢慢來，妳的對手手軟了……」

天使從小就有哮喘病，忌灰塵，怕油煙，不能吃蟹蝦。亞朗和雷莎小心翼翼地張起保護帳，一旦發病就趕快送醫院診治，一次發病夫婦倆比女兒更辛苦虛脫；天使結婚後，就交棒給禮尼來照顧，每次發病禮尼在床邊握緊天使的手，等哮喘緩和了才放手。夫婦手拉手渡過病苦時刻，所以要女兒公主讀醫科。他們為公主買EDUCATIONAL FUND至大學畢業。

天使為自己的婚姻畫好藍圖，她的婚姻算是美滿幸福。同樣的她為唯一的女兒早早規劃生命的跑道。然而人算不如天算，天使再一次哮喘發作加上心肌梗塞，醫藥的搶救，親人的呼喚都喚不回天使的生命。

像禮尼和天使兩人從青梅竹馬，一路走來的感情，可說是刻骨銘心，生死不相忘，禮尼可能再婚嗎？

真妮是賣蔬菜的菜販，是司機路易的老婆，我為了想幫她，撥一部分的蔬菜向她買，我天天都去她菜攤位還錢。常常遇見一個少婦，好模好樣，肌膚白皙，只是眉頭輕蹙眼矇輕愁。因為常常遇見，我每次都對她微笑招呼，她有所牽掛未能笑開的笑容，讓人憐惜。我雖是不隨便與人話是非，然而我很想知道這憂鬱清秀的少婦為什麼眼矇輕愁？一天，她買完菜先走了。我問真妮說：

「這女人是誰？看她天天來向妳買蔬菜。」

「她是我妹妹。」

「真的嗎？妳們一點也不像是姊妹。」我幾乎要問真妮說：「妳們是同父異母的姊妹或是同母異父的姊妹。」

常聽菲人說這是我的同父異母的兄弟姊妹，或是說這是我同母異父的兄弟姊妹。尤其在鄉村，多數早婚，又不知計劃生育，一遭遇夫妻生離死別，很快的失伴的男女，各帶著子女再配對成雙。這樣就出現了許多他們介紹的：同父異母或同母異父的兄弟姊妹。

「她很漂亮我很醜不是嗎？」

「不是，只是看不出妳們是姊妹」

「她像我母親，我像我父親，我們是親姊妹。」

「我可以不可以問她為什麼這樣憂鬱，很少看見她笑。」

「說也可憐，她戀愛長跑十年的丈夫，七年前到台灣工作不到一年，在那裡和也是從這裡去台灣工作的女人雙宿雙飛，而這女人是我妹妹的好朋友，是僑生女，這女人以前就很單戀我的妹婿，到異鄉相見就天雷勾動地火，燒溶在一起。我妹婿每個月只寄錢回來，人是不回來了。」

「她有孩子嗎？」

「有個兒子，生來像中國人的孩子，我妹妹給他唸華校學中文，因我妹婿是僑生子，他姓王，所以我外甥有中文姓名叫王自強，這孩子是我妹妹的安慰，是她生命的支柱，她失去了丈夫，卻有一個好兒子，自強中文成績比英文成績好，名列三名內，每年到宗親會領優秀族生獎金時，我妹妹是悲喜交集，淚水盈眶。」

我一再猜測，這漂亮的棄婦會再婚嗎？

在市場認識的三個單身貴族，都有再婚的條件，失伴都幾年了，卻令人跌破眼鏡不見再婚。不會再婚了嗎？

輯三・出外人的故事

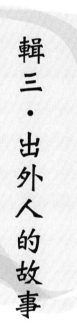

一、一綹斷髮

「西窗開看」這首歌，她二十多歲時是用清脆的年輕嗓子唱。三十多歲可聽見她歌聲裡的怨嘆。到四十多歲她是咬著牙齦唸，五十而知天命時，她像自言自語似地東唸一段西唸一段苦嗟唱不成音……

「西窗開看」（用閩南方言唱的）
見孤雁，禽鳥引人可傷悲
夜來思想君在番邊
分開這些年，朝思暮想
為著銀錢拆分離
記得當初時，同君拆離別

叮嚀多少話，你都忘記
真情言語盡狂棄
苦痛千萬般，怨你是薄情人
夫妻情要天長地久
日夜盼，盼君同團圓
曲指算來分別一十年（二十年、四十年）
並無消息來
向天許願保佑君歸來
你，你若不回心
我，我想走我的頭路
心想去，頭頻頻回顧
心若掉下古井，丈丈深
真真實實勸你回歸來
出外人多少走呂宋路
或半載或一兩年
盡人都歸來
獨獨你沒回來過

使人盡苦痛，思想男女情
眼淚流入不流出
只見信和錢不見你人歸鄉里
使咱心頭難規距
西窗外月正亮
五娘思君心也酸
雙人分開悠悠遠
一人睡雙人枕頭
鐵打我心腸也淚濕枕套
人有心魚有鰓
長年若斯淒淒涼涼
王寶釧守寒窯也只十八年
你卻是一去不回歸
我心來放倒
無意起梳妝

她像徐家莊所有已婚的女人一樣開四角鬢，長細的鳳眼，高高的顴骨，薄唇修長，算命看相的看好她鼻準頭渾厚，財庫豐隆。

她是財庫豐隆，五鄉聯里唯出她一個「番客嬸」，信和錢大興倒是良心的不斷寄回鄉里。大興只識一字扁擔長，徐大興三字叫他寫得手心出汗，歪歪斜斜要用「桶箍」來箍，他還怪他老爹命名個興字多難寫，要是叫大正多好！

大興出外十多年只回來三次，第一次被迫回來結婚，第二次新婚火熱，趁長子滿週歲回來。再播種生了第二個兒子。她阿花可成了「富貴好命人」錢多多兒子一生兩個，誰人有她本事！人家可聽到她口袋裡銀元的叮噹聲，她嘴裡告訴親堂鄉里人說：「算命的說口袋裡有大銀可鎮邪，才不會被惡鬼推跌倒」聽者背後怨人富嫌人貧心態的人歪嘴斜眼地說：「有錢人敢說話唬人騙鬼，五鄉聯里沒誰有塊大洋可放口袋，豈不跌死盡了。」徐家莊就是窮死的地方，沒人有本事在本鄉賺到一塊銀元，多出門打工，或教書或做木匠或做水泥匠，下晉江討賺幾塊銀元，逢年過節才回來安家。

徐家老爹承祖蔭有佃農為他揮汗，一生不用出工，成天泡茶在閒間和鄉里人聊天開講，靠一個兒子在晉江開理髮店賺幾塊大洋，老二又懂醫眼疾和接骨，徐老爹盡可以撚鬚做他的鄉里老大。

走呂宋路是老三大興插翅也想飛去的地方。大興的呂宋夢做到涎流。他所以知道有呂宋，因他十多歲常下晉江到他哥們的理髮店玩。理髮店是三教九流的地方，什麼消息自然先匯流而後四傳。這裡什麼人物都有，士、農、工、商、戲個個都得來剃頭，一有番客上門，他就瞪愣了眼心裡羨慕死了，他就像麥芽糖似的黏在那裡，有意幫拉平剪布，偷摸番客身上的衣料，耳邊聽番客口袋裡鏗鏗的銀元聲，還有那張張薄薄的美鈔，可換好多好多的銀元呀！

大興一心想接近番客，夢想有晉江人牽成去呂宋。所以他定下心來好好學剃頭——學一技之長好走萬里路。不是說良田千頃不如一技之長嗎？

徐老爹和同村的阿福伯是半世的交情。好到可以同穿一條褲子。當大興被晉江人提攜去呂宋的消息，龍捲風似地憾動五鄉聯里，特別阿福伯，兩手雙腳像巨無霸魷魚的觸鬚把徐老爹纏得死緊，他怎甘心失去這幾十年來才出了這麼一個呂宋客。他用和徐老爹半世的交情，說死說活要徐老爹答應大興和他女兒阿花訂親。

徐家莊實在太小了，誰家有芝麻蒜皮的事，都瞞不了大家。一天午後，阿花包了一塊花頭巾，手挽一小圓竹籃，扭呀扭呀的故意拐進徐家莊的後大路，路旁賣糕餅的進發嫂擠眉弄眼的示意進發哥說道：

「那不是阿福伯的閨女阿花嗎？半吊，等不及了，又來探問呂宋有信到徐家莊否？」

真的被猜著了，阿花低頭半羞的，眼梢一瞟大興匯錢回來建的全莊唯一的紅磚樓。臉頰泛著紅霞搭訕的叫聲：「進發嫂，生意好嗎？」

「那有呀，買餅給阿福伯佐茶嗎？」

「是，是要買兩包餅……還想……還想問最近有『分信』的人到徐家莊嗎？」

進發嫂故意逗她說：「有呀，金來從新加坡，寶山從晉江寄家書來……」

「不是啦，是呂宋有來信嗎？」阿花低頭，手指揉著衣角，放開再揉……

「噢，妳是要問大興的訊息嗎？」

「急死人，人家都二十四啦……」

進發嫂抿緊了嘴唇，不敢笑出來，擠眉弄眼地看著丈夫，忠厚的進發狠狠地瞪了「老查某」一眼，把她多表情的臉瞪平了。

「阿花姑娘，我聽徐老爹說，他一再去信催大興回來娶親。大興這幾年生意初創，離不開身，最近寄來一張『大字』要給他大哥去呂宋啦，徐老爹多福氣，他又多了一個呂宋客兒子……」老實的進發不忍心笑，這癡心失態的姑娘（在禮教在封建密封下的年代——那個閨女敢越村來問未婚夫的訊息？）把自己所知道而阿花渴望知道的消息，頃囊相告。阿花的心像颱風來襲的海面，波濤排岸，浪翻上天，她的一顆心又驚又喜，大興來娶是指日可待啦！

進發嫂的嘴巴在同女人的耳朵邊蠕動再蠕動，等笑話傳遍了全村，婦女們碰在一起吱吱喳喳的，然後七腔八調的轟笑起來，甚至從進發嫂那裡繪聲繪影學阿花——低頭扭著衣角，放開，再扭衣角，捏尖了嗓子說道：「人家二十四啦！」全村的婦女譏笑阿花，笑她是反傳統的「三八婆」。

「成鬼，花癡……」

「半吊的，要不是她爹和徐老爹半世的交情，同喝掉數百斤的燒酒，八大竹竿也釣不到她做起呂宋客婦來。」

「全村這麼多的閨女，閉眼隨便抓一個也比她成樣，顴骨插半天，母虎一隻，花癲……」

金旺嫂歪嘴撇唇的又妒又羨的，一直說：「人家命好，妳們哭什麼冤呀！」幾個長頭髮的也妒也羨的，譏譏笑笑，吱吱喳喳，反反覆覆的攪舌成一堆。

終於，在呂宋磋砣了十年的大興，買了返鄉的船票。應他老爹十二道金牌命令回來娶親。徐老爹娶這呂宋客兒子的媳婦，怕不比「普渡」還熱鬧；先是為闖蕩呂宋十年整衣錦還鄉的大興，五鄉聯里的親友全驚動，每天豬手、雞、鴨、蠔、帶魚，堆山似湧到，為他『脫草鞋』（接風洗塵）免不了回贈線圓、針隻、布匹……因是霜寒雪凍的冬天，「脫草鞋」的食物堆滿竈間，娶新娘那天可以少買多多。

這裡幾千年的傳統惡習，是「新婚夜不欠債」新娘要為她的初夜作保衛戰，三朝回門，以處女身回家是「光榮的好查某（好女人）」這情況叫『不欠債』。三朝回門後就長住娘家，非有大節日或夫家有什們重要祭祠或喜慶，差人來三請五請才回夫家，要不要欠債就憑她的意念了。要懷孕了才可以長住夫家。

喝了番邦的水，吃了番邦的米，大興的一舉一動都成了鄉裡人眼光的焦點。他說的一句：「呂宋天天白米飯大魚大肉的排滿一桌像在過年（賭場飲食風貌），天天像在做忌辰……」使鄉裡老大驚瞪一對傻眼——徐家莊窮得只在祖先做忌辰時，才撈一碗飯敬祖先。撈飯是用一個闊嘴的瓷缽，放一把米，用布紮好缽口，沉在大鑊薯纖湯裡煮成。幾千年來的傳統「新婚夜不欠債」的惡風俗，在這對「呂宋番客和番客嬸」身上，如沸湯澆雪般化解。去他的傳統！

春花怒放的番客嬸行徑，笑歪了姑姨舅妗長髮輩婦女的嘴，閒話炒豆似爆開：

「阿花像按捺不住叫春的貓……」

「你們可聽見番客白天在閒間開講賭錢，晚上回來打著房門，大聲叫著：『咱人呀，開門啦』。」從生眼睛未曾見過夫妻這樣親熱勁……

「兩個月後聽說番客要回呂宋了，聽阿花唱孤淒悶吧……」

「唱孤淒悶就唱吧，白花花的銀元在衣袋鏗鏗響，妳不眼紅嗎？……」

兩個月後，大興拎起皮箱再度遠涉重洋下呂宋。

阿花「入門喜」的消息，像風在草上奔走相告。

大興在呂宋憑「剃頭」的工夫在福州居理髮店坐第一把交椅。

來理髮的人指名要給「少年家」大興剃頭服務的排了一長椅位等著，他一身衣服光鮮，面巾，剪巾雪白，面巾又蒸得滾燙，剃刀磨得雪雪響，客人來，伯叔兄弟稱呼著，人明知是捧人的話，聽起來也「三分暢」，有真工夫再有好場面，人面不廣也難。

徐老爹不是說大興「心肝大似牛肺」嗎？一個月三十塊大洋在二十年代的薪俸，是頂尖的待遇。然而大興想每月一定要寄家費回老家。積到幾時才蓄好九十塊大洋一張「大字」錢給兄弟們一個個來呂宋？

機會從天而降，福州居的老東翁，決定告老回鄉，問大興有意接手否？大興聽了雀躍三尺，一再問是真的嗎？他五步當三步跑，去他義父烏梅嬸的丈夫莊大業老先生處，借了五百塊大洋頂下福州居剃頭店。

大興相信「馬無野草不肥，人無橫財不富」，他不是忘本放棄本業。而是利用剃頭店晚上開賭場。所以福州居白天是川流不息的理髮者，晚上是小賭怡情的人客……是這樣的機緣使他走上賭界，一生賭海翻滾……

有十多年大興沒回來過，錢每個月照匯不斷，又給建了五鄉聯里唯一的紅磚樓。但是再好的房子也得有親愛的家人才會是溫暖的家。阿花苦守活寡十多載，再多的銀元不會同她說話，想到大興在時對她眉笑眼笑……想到孤人睡雙人枕頭，再厚的棉被沒大興的體溫也覺腳冷手冰，盤旋在心坎的情慾心事，白天忙時還不打緊，一到夜闌人靜，所有的心事就傾巢而出佔據她的意識，一把可以燎原的星星之火，在她滾燙的肌膚上燃燒，讓她感覺又熱又疼，心中燃燒的情慾，像流沙將她淹沒，一寸寸地沉下去，使呼吸不能順暢，阿花一下子彈跳起來，猛喝開水，唱起「西窗開看」這首歌。

阿花心頭一把火，一股氣，燃燒了十多年，要跟誰發？或是跟自己？她這無名的怨氣看看沒地方發作，看看周遭的人有誰可以出氣，她變得愛借細故打她那兩個寶貝兒子，打後又心疼得如絞如割……她一股心頭恨正無處去訴說……

大興是「七桃子」（浪子），人高馬大，相貌體面，又有錢，女人不斷，拼番婆，交台灣婆，不過都是玩玩，唐山的老婆才是妻子，兒子才是他留在老家的根。

在民風閉塞的徐家莊。生了兒女的婦人，還不認識她的男人的臉，白天都是包著頭巾頭低低的幹活，羞於抬頭看仔細丈夫的臉。知道名字都不敢叫，只叫喂，或孩子的爹，行夫妻之實時都是黑天暗地的，公式似的作人。而大興對阿花作愛的「花草步」是阿花的幸還是不幸？新婚夜，阿興臉紅紅的，眼光晶亮看著阿花，餓虎撲羊似把她緊緊的擁抱，彷彿要把她揉進自己的身體中，火熱的唇輾過阿花的唇、眉、頸，用一種緩慢而激烈的方式，用牙齒咬著她白皙的肩膀，頸……舌頭像一條不安份的蛇伸入她的嘴唇間……她渾身被觸得一震一顫……然而新婚的熱浪一過，丈夫一去呂宋就不回來。

——阿花被坑了十多年，像農忙後的工具被束之高閣，想到她與大興的夫妻生活，更讓她如焚如燒，心頭難規距，終夜輾轉床塌，心頭火，心頭恨，無處洩洪……心頭擁有不能自制的懷念，不時面頰熱了一陣又一陣……

雞啼即醒，女人們一早叩麥，挫薯纖做早餐。婦女們是老是少都梳洗整齊，誰也不敢髮亂髻歪辮子毛燥的，在這封建閉塞的大環境下，婦女們都循著一定的軌道走，行為不敢有任何偏差。但這地方的婦女性烈如火，有什麼冤屈，或不順心，迫急了不上吊就跳潭，還常見姊妹淘兩三個縛在一起，同為不滿的遭遇，連環跳潭尋死，撈起來是一串的屍體，做鬼也有伴走黃泉路……

大祥嫂走出房門到天井。邊走邊抹光兩髮鬢，拉拉衣角，在叩麥的金來嫂看見大祥嫂就招呼說道：

「最讚美二嫂的髮光髻正，黑油油的，數十年如一日。」

「那裡的話，大家不都一樣，一醒來就梳頭最先嘛，聽說妳男人新加坡有信來，恭喜妳了。」

「只寄二十銀元而已。」

「二十銀元也好，不是年節，自然少寄一點。」

話剛說完笑紋還未花去，嘴唇還沒合，只見阿花像發怒的黑豹無聲無息的撲來，看她灼熱的眼神，知道她體內的血液被怒火燒得沸騰起來，阿花的臉上露出發瘋的神色，像裂嘴露牙要噬人的野獸。事發突然，像美好晴天，剎那雷電交加。眾婦女嚇得尖聲驚叫嚇得心都要跳出來，瞠目結舌的，更驚見阿花伸出手，五爪指抓亂了大祥嫂的髮髻——黑油油的長髮飛散下來，疾如閃電——阿花把二嫂的長髮抓緊，又把手腕轉幾轉，把二嫂的長髮像蛇一樣緊緊纏在手腕上，鐵定是解不開的，嘴裡聲嘶怒喊道：

「妳這個臭查某（臭女人）敢笑我大興只寄二十塊銀元來，妳丈夫沒本事寄一塊大銀元，（當時一銀元可購大米四十四公斤），晉江來人只帶一串銅板給妳兒子買鹹……妳是嫉妒我有銀元可算到天亮，妳『尪子隨身邊』（丈夫兒子在身邊）在我眼前夠刺眼，哼！又懷孕啦！」

阿花的話如萬箭齊發，箭箭刺心。

阿花忽然咬牙切齒，怒不可遏，朝她二嫂的肚子揮拳猛搥，一邊用腳踢……大祥嫂頭髮被抓，被按倒在石臼邊沿，毫無力掙扎，眼前金星直冒，鼻涕眼淚直下，臉色發青，身冒冷汗，手腳冰冷，心跳忽快忽慢，一定是動了胎氣，一股氣往上激，使呼吸困難，終於憋不住，急促的呻吟……阿花鐵青著一張臉誰人勸都不放手，石雕似站著，臉仰天看，手往下按。

有拉勸的人，阿花手肘向後猛撞表示怒不受勸！在場的每個婦女，如受驚的鳥群，尖叫撲翅亂飛，有幾個直四處找人解救。天剛濛濛亮，被叫醒的人，恍如置身惡夢中，不可能的事，徐家莊盡人打得，就是大祥嫂不能被動一根頭髮，她是盡人尊敬的婦人，五鄉聯里有誰不欠他們夫婦的情，大祥施醫贈藥不收一個銅板，特別是大興最尊敬他二嫂，從小他就知道公田是二嫂一個人在種，一家所吃的蕃薯，都是她汗流浹背的收獲。她知道大興食量大，在年節時，有好食物都藏一大碗給大興吃。所以他和二嫂不是小叔和嫂子的感情，他們親如姐弟……

驚動全莊老少，大家你一句，我一句的勸好，蜻蜓憾樹似動不了阿花的瘋狂勁，一直到大祥嫂的哥哥被人接來，他一見阿花蠻橫惡毒的行為，怒火衝天，一個箭步上前，知道扳下她的姆指，阿花其餘四指力道全失。幾個人上前把纏在阿花手臂上的長髮鬆開。從來阿花性如火灰般愈撣愈飛揚，此時此刻她怒火攻心，左手如毒蛇襲人般快，抓住大祥嫂的一大束頭髮，用蠻力狠狠扯下，大祥嫂慘叫一聲，一痛而昏死地上。夠慘的，髮根都帶著血珠，慘不忍睹，此時幾十個人分成兩批，年老的婦人急扶著昏絕的大祥嫂進房救治。另一批的人連哄帶迫推阿花進她房門鎖住，門外有人守住。就怕阿花再如猛虎出洞傷人。阿花發瘋似的咆哮怒吼著：

「……我到到（一定）要給妳一家死絕，給妳傲人的三個壯丁示眾，『尪子隨身邊』，還生第五胎，我咀咒要把妳的兒子，一個一個敲死給妳看，不給妳全家死絕，我不是阿花……」轉頭怒瞪四圍的親堂，咬牙切齒的放話：

「我的銀元夠埋密她一家……看你們能守我幾天幾夜……」說著跌坐椅上，臉如磚塊又紅又冷，眼睛看屋頂，她腳跺一下地，罵一串話，敲著決心定要她二嫂家死絕……

房內大祥嫂頭上被摘掉束髮的傷處，血流如珠，下身血崩如注，產下一男嬰——不哭一聲，氣息全無的一個死胎。大祥嫂臉如死灰，氣如遊絲比死人只多了一口氣未絕，搶救的嬸婆婆痛哭失聲；捶胸拍腔，敢怒也敢罵：

「自有眼睛未見這麼狠毒的查某（女人）。」

「無緣無故打傷人『七桃』（打人當玩），人命關天哪！」

「大祥嫂今天犯沖，撞邪遇惡鬼，不應該，這麼好的婦人……」

「花癡——想男人想瘋了，對懷孕的嫂子又氣又妒又恨——妳們忘記她敢挑戰傳統，越村來問未婚夫，呂宋不回來娶親的消息，成鬼，花癡……」

鄉裡親堂一些人和大祥嫂娘家兄長商量，看這勢面甚歹，決定立刻帶三個孩子下晉江去找大祥避禍。大祥嫂在灌了一碗紅糖薑湯後，有氣無力地——聲如蚊嗡，手無力地比著去的手勢，先比三，再說晉江——人要附在她耳邊才聽見說的晉江，晉江……因此，舅甥四個匆促逃亡下晉江石獅。

大興每一次聽讀家書，都是笑嘻嘻的，他真的是視兄弟如手足，姪子不分的人。他阿奶死後，是他二嫂阿蓮在照顧他，無微不至的呵護他，她萬萬想不到大興一天會去呂宋賺大錢。她是無目的無求報償的照顧這年幼的小叔，所以大興視她如母如姊。

這時大興的臉隨著信的內容臉色突變，怒火流竄四肢百穴，他猛敲桌而起，桌上的茶杯都彈跳而移位，腦袋彷彿被引爆了一枚炸彈。心跳聲打鼓似敲疼了他的胸口，胸膛劇烈地起伏，雙眼怒火燒人，太陽穴的脈膊激烈的博動，場內所有的人，第一次看到大興怒極的樣子，大興做人海派，整天笑容迎人，他常說「人來是客，人腳跡肥」，他的手掌是張開的，樂於助人，也許他自認經營賭場是旁門左道撈偏途，他的助人是要平衡心頭的天人之戰。

當時徐老爹十多封信，像下給岳飛的十二道金牌，才催得動大興返鄉娶親。封封信都說定婚都十年了不來娶親是不像話。今天此時此刻，他聽完家書後，立即命記賬的賬房，刻不容緩的去買最近的船票返鄉。

知道大興要返鄉的消息，阿花的心緒翻江倒海般，頭腦裡飛快轉旋著千百個念頭；先是喜孜孜的口唱腳踏，身輕如飄，十多年相思得銷魂蝕骨的男人，終於要回來了。心思一轉，要不是我打了他視如母如姊的二嫂，他會這麼快的回鄉嗎？想到這裡她怕了，她深知大興是家族至上，親情在他心中濃得化不開；視兄弟如手足如十指連心，他又是視子姪如寶貝的人，一知道家族裡添了男丁，他是雀躍不已，逢人就說「我又添了一個姪兒，我一定個個牽成來呂宋……」，想到這裡她知道她禍闖大了，大得不可收拾，還是她手搥腳踢把順月待產的姪兒打死——她的一顆心陡然下墜，全身發軟乏力……

全村的人自大祥嫂阿蓮棄家丟田園逃下晉江避禍養傷後，再也沒人理她。一遇到她個個都低頭裝看不見，彷彿同接一道命令，作同一個動作。阿花銀元再多，親堂鄰里她沒有一個銅板的恩惠給過誰，天理自在人心，她仗著多多的銀元唯我是天的脾氣，用銀元砸死人當「七桃」（玩玩）……

大興船一到岸，立刻火速到他二哥大祥的剃頭店和診所。一見到大祥他雙手緊握二哥的手，一句話也說不出來，大祥低頭看地，搖頭嘆息，只說了一句話：「被最親的人迫害最痛澈心肺！」

大興聽完這話刺痛他的心口，忍不住痛哭出聲，擁緊高瘦的二哥，一直說我要怎麼辦？我要怎麼來補救？我要怎樣來贖罪？大祥深受感動，這弟弟的親情沒處找，自己雖也淚流滿臉，拍拍弟弟的背，安慰他說：「錯不在你，不用自責太深。」

進到竈間，看到他二嫂坐在低凳上，往竈口加柴火。臉黃肌瘦，一副病容不能瞞人，阿蓮感覺竈間門口一暗，無力地抬眼看是誰，一看到大興站在門前，驚喜地想一躍而起，然而她羸弱地、無力一下子站起身，屁股抬離凳子三寸又跌坐下來，大興一個箭步上前，為了和如母如姊的二嫂說話，他雙膝跪地，他二嫂的頭也僅到他的肩頭，他滿臉愧咎，心底的悲哀深不可掬，說什麼都沒用的，大興只看著二嫂，淚如斷線的珠子紛紛落下，阿蓮慢慢地抬手，抹去大興臉上的淚痕，自己眼淚無聲的滴下，顫抖的手慢慢從衣袋裡拿出一綹斷髮，不說一句話，拿給小叔看，是他的瘋老婆狠狠地、生生地整束頭髮硬拔下來，無言的控訴，叫大興承受不起，情不自禁痛哭出聲，擁抱他二嫂才發現她衣服內的瘦骨嶙嶙，而居高俯視的他看到阿蓮頭上一處杯口大光禿的傷痕，大興聲音沙啞低沉，咬牙切齒的說：「二嫂，要不是看她替我生了兩個兒子，她這麼瘋狂所作所為，我會把她休掉，妻子娶幾個怕沒？二嫂，我跪妳，請妳看在我臉上，看在您兩個侄兒的臉上，不要……不要……」大興沒臉，說不出不要和他老婆一般見識的話。

阿蓮沒緣沒故被毆打、身傷、髮斷、子夭！心中的悲痛凍結成不化的冰霜，冷冷在心房凍著，事過整月，她還恢復不了元氣，她像被網離水的魚，快窒息沒命，她一生愛土地，愛耕作，她不怕日頭煎熬，不怕霜打雨淋，她說：「只要我腳踏田泥我的生命力就旺盛，我整季汗流浹背，就等收穫時一塊比一塊大的番薯，狂喜的一刻。」

幾年了，大祥勸她放棄田地，一家到石獅生活在一起。阿蓮說什麼都不肯放棄田園，大祥半開玩笑半迫她說：「妳不怕我在這花錦地娶小姨？」「我才不在乎，不要忘記你身罹惡疾時，我們三年不同房不做夫妻，我埋怨過嗎？我不是沒男人不能過日子的女人，別看扁我。」

阿蓮在這又亂又髒又悶，照不到太陽，看不到星星，不見綠色的城市，她幾乎要窒息，她常說：「狗病歪了，放牠落地吸土氣一定好一半。」看她不踏田泥經月，臉色一直蠟黃，身子一直健康不起來……心境的蕭條，心底的傷痛也是主要因素。

大興近鄉怒火更熾，心裡車輪似轉著不同的想法，他像隻蜘蛛陷在自己怒火所織的網裡，二嫂傷痛欲絕的神情，不時牽痛他的心，一路恨聲不絕；這瘋查某，我真該一見面就對她拳打腳踢讓她嘗嘗被毆打的痛楚，蓋頭蓋臉的惡查某，仗著呂宋寄的銀元就想買人命當球踢，可惡！可惡！

阿花一接到大興返鄉的消息，就吃不下，睡不著，心虛踢死了她二嫂的兒子，不知盛怒的大興如何處置她？十多年壓抑的情慾在心中燃燒，歲月若是厚厚的灰塵，也蓋不熄心身慾火的燒炙，像流沙一樣淹沒了她的理性，當夜闌人靜，情慾便傾巢而出，佔據了她的意識，使全身肌膚滾燙，輾轉床榻，她習慣地起來喝水，捧出沈重的鐵盒，算算她「賣子當尪」錢，十年如一日，思念如斜坡滾雪球，愈滾愈大把她的理智掩埋，讓她發瘋，其實不論男女，一受感官的控制，理智就自動關閉，不計攻城掠地後的惡果。悔字不是寫在前面是寫在後面的。

阿花驚喜得眼睫不敢閉一下，怕眼前的大興消失，如過去無數的夢中情景。當她看到大興眼中熊熊的怒火，鐵青僵硬的臉儼如冰霜，她因激情、羞愧與害怕而顫抖……大興強制著自己不揮拳出手，阿花眼尾看到大興眼中深深的嫌惡，自己像塊髒污的抹布棄之猶恐不及。她臉上轟的紅了，熱燙到耳根，那瞬間她整個人彷彿被大興的眼神敲裂開成碎碎片片……

大興兩次回鄉裡，是衣錦榮歸，賀喜的人群，大埕插插的人，熱鬧的場面勝過普渡。而今天消息傳來大興先到石獅市向兄嫂痛哭失聲賠罪。鄉裡的人心知肚明事可大了，親堂鄰里都假裝不知道，不想參與這是非，所以大興是靜靜一個人摸進門，自己清理家務事。

大興不堪怒火攻心，他怕自己控制不住自己去毆打阿花，怕傷到兩個兒子的心，他不說一句話，摔門而出。走到閒間，好像全鄉裡的男人接到集合令，全集在那裡，屋裡容不下，多或坐或站在石埕。大興眼眶紅紅，直說家門不幸，說「阿花這瘋查某，滾渾一江水，我二嫂是打燈籠也找不到好女德的婦人，我尊敬她如母如姊，她發瘋敢把二嫂傷害得這麼慘，讓她一家逃出村，這點讓我最痛心，我恨不得把她掃出門，妻子要娶幾個怕沒……」

勸說的，復述事情經過的話，像驚林的鳥叫聲吱吱喳喳，大興愈聽心就愈揪成一團……他在閒間談話到天亮，不回去就睡倒在閒間。

對阿花不理不睬是最嚴苛的刑責，比用一刀刺她更痛澈心肺——整天以淚洗臉，悔不當初，心慌意亂不知如何收拾殘局，三天不思飲食，本來就瘦，因悔恨羞愧而低頭彎腰終日，折騰得更瘦成曬乾的蝦米似地。

勸和斡旋的鄉裡老大，幾乎踏破天井石。阿花淚流滿臉，答應大興所有的條件和安排。大興說的一項項，阿花直點頭不停。大興命令她走一天路去晉江石獅，跪在二嫂面前賠罪，阿花只有點頭的份，大興又說，拿雙新拖鞋，替二嫂洗腳穿拖鞋。徐家莊人人赤腳走天下，只有晚上才洗腳穿木屐墊腳爬上床。窮人家全家只一雙木屐輪流穿，洗腳上床，全村只有阿花有呂宋寄來的拖鞋穿。

大興一語成讖，老死不再返鄉。一方面是時局的變天，一方面他對老查某徹底的寒心，不想再見她一面。

阿花唱了一世的〈西窗開看〉這首歌，唱到她髮白而齒牙動搖時，不再是在唱，而像自言自語似地東唸一段西唸一段，她只那麼發瘋一次，卻輸掉她一生似錦的幸福！

二、玉鐲

前言——有關手鐲的話

據說，項鍊、手鐲、腳鍊等首飾，是由古時候囚犯戴的手腳鐐銬演變而來，這個說法或有一定的道理，卻令人難以接受。那些精美獨特、光彩奪目的飾物前身竟會是鎖犯人的鐐銬？

與別的首飾不同，手鐲是有內涵有意境的性靈之物。數千年來，它環在中國女人的腕上，宛如一個動人的神話，似乎它的含蓄，它的浪漫，它的傳情意義只有在東方女子的腕上，方能得到淋漓盡致的發揮。

傳統的手鐲，首推玉鐲，在舊時女人的意識裡，玉鐲不僅僅是一件可以避邪的貼身飾物，戴得越久越珍貴，而且隨著時間的推移，它會慢慢地吸收主人雅潔的靈氣，變成一件晶瑩碧透，有生命的飾物。玉的高潔與鐲的美麗，加上前面提及的原因，它成了許多作家筆下一件寓意深刻，會說話的道具。

一隻玉鐲經一個女人的手買來，戴上另一個婦人的手腕，費時三十多年的故事鋪展下來——客廳裡坐著兩個老少兩代的番客嬸。各坐在沙發上，老的一隻腳曲起踏在沙發上，另一隻腳垂放在沙發旁邊。做媳婦的坐姿一支腳舉起踏在沙發上，另一隻腳垂放在沙發旁邊。她們的坐姿幾十年不變，習慣成自然，自窮鄉僻壤的董厝鄉這樣坐著或蹲著，來到香港，直達菲律濱，她們的坐姿不變。看她倆的雙腳五指分家，老薑芽似地，指甲角質化厚厚的，這是腳踩泥巴赤足走路農婦典型的雙腳，惠安婦女都要做農事，挑擔打麥，非天足不成；剖堤，鬆泥，種蕃薯，埋花生割小麥，施肥的工作，難道還穿木屐，木屐是一天勞動後，洗淨手腳，墊腳爬上床才穿的，一雙木屐穿多久都不破損是這個原因。

銀花阿婆因早時梳頭插簪把頭髮拉太緊，老來頭髮一直脫，油滑黑亮的髮髻，隨歲月的推移直縮水，到七十多歲的今天，髮絲梳來蓋不滿頭皮，攏成的髮髻小到桔子大，令人看來為她擔心，寥寥可數的髮絲一天抓不住小小的髮髻忽然地掉下來——銀花嬸不學一些故鄉的老婦女用鍋底黑煙塵抹在半禿的頭皮上，好笑也可憐的障眼法。因銀花嬸開始脫髮時她已是走出竹幕，落腳在香港的番客嬸。她從一般的惠安女變成五鄉十里唯一的番客嬸，銀花的丈夫董昌少時常跟趕集的魚販下晉江石獅去找兄長。他的大哥二哥疼他，哥倆不肯多花一銅板，對董昌卻是慷慨給買燒餅油條，糖葫蘆……

董昌哥倆的剃頭鋪，除了剃頭，兼作端打推拿、舒筋、捶背、挖耳等絕活。落枕、頸痛、感冒、頭痛、腰腿酸痛，一經推拿，無不霍然而癒，所以稱他們「不切脈不開刀的醫生」，所以有副理髮店門聯如下：

雖然毫末生意
卻是頂上工夫

董昌對哥倆的手上絕活，佩服得五體投地，然而他不想學剃頭工夫，他爹常說他「心肝大過牛肺，」他心目的焦點在上門剃頭的番客身上，一有番客上門，他就瞪愣了眼，心裡羨慕崇拜極了，他麥芽糖似黏在番客身邊，有意幫拉平剪巾，偷摸番客身上的衣料，耳邊聽番客口袋裡鏗鏗的銀元聲，還有那一張可換一大堆銀元的美鈔，太神奇了！

呂宋是董昌插翼想飛去的地方，董昌的呂宋夢做到涎流，一心想接近番客，夢想有番客牽成去呂宋，因為他在剃頭鋪常聽人說某人給親戚，或某人給同鄉提攜去呂宋，不過他們多是晉江人，沒聽過有什麼惠安人同鄉去呂宋的。

剃頭鋪的隔壁住著許珠這位番客嬸。她滿身金鐺鐺的首飾、髮簪、耳環、頸鍊、手鐲、戒指，合秤起來，怕有成斤重，番客嬸唯一的幸福穿戴出來讓人羨慕，「賣兒當夫」換來錦衣玉食，附帶那半生的寂寞。鄭必捷妻楊氏寄夫書上說的「堂上既失翁姑，膝下而無子女，難禁鸞孤鳳寡，聞雨滴則點點生悲，聽蟲鳴則聲聲帶恨，長流眼淚枕上衿薦皆穿，久歷寒暑衣裳縫裂俱碎，花容反為枯憔雲鬢轉為紅鬃……」是番客嬸一字一淚的心聲。

董昌有心鋪往呂宋天涯路，對許珠禮貌有加，早晚勤問好，早上掃店前人行道時，連許珠的門前也一併掃過，還拿一桶水沖洗得乾乾淨淨。

許珠嬸要買菜，問一聲：「阿昌呀，你今天要買菜嗎？」董昌不買也樂意為她跑一趟。許珠叫人擔水來用，董昌緊腳快手替她洗淨了水缸好盛水。董昌這一點得許珠疼，伶伶俐俐的，一身衣服漿洗得光鮮挺直，他這水滴石穿的工夫，贏得了許珠嬸的心，不時心肝阿囝昌呀的叫，煮好東西時留一碗叫昌呀吃，逢時過節做新衣給穿。董昌只差不叫許珠嬸阿奶，兩人情同母子，心思相透，一年多來有董昌在身邊陪她說話，陪她笑，她彷彿有兒子可疼，非常窩心！許珠知道這小子心嚮往呂宋，一心想走呂宋路，她看董家三兄弟都是勤勞的古意人（忠厚誠實），她的丈夫在呂宋的生意也欠人手，就去信叫她的男人寄張「大字」來給董昌去呂宋。

這喜訊對董昌來說意外的如山驟崩於眼前，他傻開著嘴，激動得哽著喉嚨，說不出話，眼眶燙熱，淚水在眼眶內滾轉，懷疑自己又在做去呂宋的美夢。他常夢見自己腳踏呂宋地狂喜笑醒過來，偷摸自己的褲襠有沒有尿床。又搥著床板痛惜只是一個夢。

當董昌被晉江人提攜去呂宋的信息，被快馬加鞭報到董厝鄉，龍捲風似憾動五鄉聯里。這可是這地方幾十年來才出了一個呂宋客，恭喜聲竹筒倒豆般吵著……。

董昌是抱著賺大洋數美鈔的心願踏上呂宋地，他工作拼命似地牛般日耕夜犁，從未見他站著坐著沒事做，整天陀螺似轉著，他知道錢是要用工夫和汗水換來的，沒埋籐那有蕃薯可以收成。許珠的番客蔡大展，接到許珠找人代筆的書信，把她認的義子董昌稱讚得無一缺角，心裡也想看看這小子是如何的得「老查某」（老婆）疼，如此的寶貝勁，想想自己也缺人手，就圓了老妻的願。第一眼看到董昌，笑瞇著雙眼嘴角上挑，他是笑著，怎麼眼眶有淚花，叫一聲「大展伯，我是阿昌，」然後上前握緊大展的手掌一直說：「謝謝阿伯牽成我來呂宋，我一定勤勤工作，不會給您嫌一聲……」

大展微笑頷首，心裡也歡喜這一臉聰明伶俐，方臉大耳，鼻透天庭，嘴巴又甜的大孩子，不是說一「嘴水」（口才）二風水嗎。他活了這把年紀，閱人無數，看這大孩子有出息。

「你新來乍到，到棧房去放行李，一切不熟悉，且在棧房休息」

董昌一放下行李，即走出棧房，站在大展身邊說：「阿伯，我要做什麼？」

「我不是叫你休息嗎，明天看派你做什麼工計。」

「阿伯，我不習慣沒事做，那，棧房裡許多灰塵，門後壁角掛滿蛛網，我去清掃一下。」大展目光帶笑意，注視阿昌說：「也好」心裡偷笑著，誰有閒工夫去掃棧房的灰塵蛛網，多少貨物出出進進，還未沾著灰塵又運出去了，老查某說的話沒錯這孩子勤勞又愛乾淨。

董昌一生只回鄉兩次，第一次被他父親催迫回來成親。第二次新婚火熱，趁長子滿週歲時回來，再播種生了第二個兒子。家書來報次子誕生，董昌欣喜欲狂笑口都合不攏。銀花可成了富貴好命人，僑匯不斷錢多多，兒子一生兩個，那個女人有她本事福份，二十年來，人家可聽到她口袋裡，鏗鏗的銀元聲，她嘴裡告訴鄉里人說：「算命的說，口袋裡有大銀可鎮邪，才不會被惡鬼推跌倒。」聽者，嫌人窮，怨人富心態的人，歪嘴斜眼的說：「有錢人說話唬人騙鬼，五鄉聯里沒誰有塊大洋可放口袋，豈不跌死盡了。」董厝鄉是個窮地方，沒人有本事在本鄉賺到一塊銀元，多出門打工，或教書，或做泥水工，或做木匠，下晉江一年四季討賺幾塊銀元安家。銀花就是這麼如日耀眼風光的第一代番客嬸。跟她坐在廳堂沙發上的阿桂，是她的媳婦，這第二代的番客嬸只是銀花的影子，她只是聽話的木偶，銀花叫她做什麼她就做什麼，從來沒有自己的聲音，一直聽命於銀花的牽線，唯唯諾諾，她是銀花次子天祥的老婆，天祥是戰後大陸解放前，最後一批的呂宋客，是二千餘名滯菲的逾期遊客之一，戰後董昌的生意百廢待興，沒寄什麼錢回去娶媳婦，只吩咐銀花在天祥來菲前給娶一房媳婦，待留把根在家鄉。誰知阿桂到天祥下船漂洋過海去菲律賓，不見懷孕。她和婆婆因為是僑眷，有機會走出竹幕到香港定居。當菲律賓政府放寬華人來菲會親，天祥「輸人不輸陣」抓著先機，給阿桂來菲會面希望來得及；一心希冀能生個一男半女，事實上天祥早已組臨時內閣，與番婆生的「出世仔」五個成一串，他很傳統的認為家鄉元配生的兒子才是正統嫡嗣。連帶他善待銀花替阿桂螟的兒子。把他視如己出，吩咐在香港要好好讀書。放眼看去數不盡的番客嬸乞養兒子，守著空閨，等丈夫來歸來認，這是大時代的悲劇，也是番客嬸的悲哀。不幸阿桂十六歲來歸董家，她沒有婆婆銀花千分一的福份。一樣是番客嬸，不一樣的命運阿桂像是不會自己發光的月亮，萬事銀花說了算，不時白眼橫她，她仰著婆婆的鼻息過日子。未來香港時，她這番客婦手心從未握過一塊錢。當阿桂來到香港，第一次接到天祥匯在她名下的港幣，給叫簽收回條時，阿桂手顫抖握不牢筆桿，銀花又在身旁白眼相看，〈她被婆婆橫眼相看十多年，被看得心慌慌手腳發軟過日子〉好不容易寫完歪歪斜斜的劉阿桂三字，她發覺汗流浹背，有高熱出汗後的虛脫。心裡一直問：是真的嗎？這筆錢是真的要給我的嗎？把錢數了一遍又一遍，心頭悸動，眼眶淚花滾轉，這是真的，不是夢。阿桂喃喃自語不已。

阿桂來菲會面的三個月期限已將滿，她不孕的不幸擺在眼前，滿腔熱望如冰化水，他若懷孕將是四十歲的高齡產婦，這次未懷孕的絕望讓本來不多話的她更終日不聞聲，食量逐日減少，一頓飯吃來數著飯粒，滿月的圓盤臉刷著枯焦，整天低頭枯坐在沙發上，掀看日曆數著歸期。

董昌的長子天賜從小聰慧兼好學，董昌栽培他到廈門唸完大學。不給他出外，他可是五鄉聯里唯一的大學生要他舉著光宗耀祖的火把，留他守著祖宅家園。所以讓次子天祥來菲學做生意。天祥這呂宋客生的二世祖，十幾歲了就賭盡五鄉無敵手，賭輸就當手上的戒指，累銀花越鄉拿錢去贖當。他不唸書，從小銀花和人把他抬豬似捉他進學堂，等銀花離開，他腳底抹油開溜，非日落西山不歸巢。所以大學生的兄長有個不識字的瞎牛弟弟是鐵般的事實。這事銀花瞞著不敢給董昌知道。

對次子期望過殷，當董昌看到從未見過臉的老二站在他面前——高高瘦瘦臉龐英俊，嫌他女孩子似地水汪汪的一對桃花眼，老懷激動，鼻頭酸楚，他是喜極欲涕，慶接棒有人，老懷欣慰——孰知只過三朝，新馬桶就不香，董昌火熱的一顆心降到冰點。

看天祥睡到日晒蚊帳以為他認床晚上睡不好；看他頭髮梳得油亮滑死蒼蠅，穿上新衣的他，好衣裳架子，沒一點「新客仔」的畏縮土氣，吃飯時大剌剌地也不懂等董昌忙完一起吃，舉筷就狼吞虎嚥，吃菜多過吃飯，廚師暗呼不妙，這些菜鐵定不夠全店的人吃，董昌偷塞錢給廚師命外面包菜，他一向體恤下人，就開玩笑地對老江說：「你煮的菜好吃，他挾了一筷子又一筷子，忘記稍息，下頓多買點菜吧。」

最讓董昌失望透頂的是，天祥大字不識，連最起碼的算盤都不會打。心頭打霜的嘀咕著：這老查某是怎樣教養這兒子，只知吃好穿好滿腦子的豆渣，一副不知人間疾苦的樣子，應了老一輩的人形容不成算的年輕人「吃強睡狠做工眼睛遛遛望」天祥可以對號入座。

店裡巡迴山頂州府售貨的「阿興智」（售貨員）陳祖蔭回帆補貨交賬，一看到董昌的兒子天祥，熱熱打招呼說：「新客仔長得體面，虎父無犬子，今晚我請你去王彬街仕記吃晚飯，算給你接風。」

「祖蔭，別教壞孩子大小。」店裡頭手（經理）莊文彬知道祖蔭聲色犬馬樣樣全，關心也提醒的說。

天祥看祖蔭是「暢仙」（玩家），正中下懷，他初來乍到人生地不熟的，自知沒能耐插手生意的事，也不想學，三天死坐活吃的快窒息了，感覺父親的眼睛一直瞪著他的背影看，想要把他看透似地，被看得手腳不知往那擺，祖蔭邀他出去，無疑打開牢門解開鐐銬把他釋放出獄。

天祥一夜不歸營，董昌徹夜一顆心漸凍成冰，他早上進門一臉得意，也不告訴董昌一夜未歸的理由。逕進廚房把灶上微溫的蕃薯粥一碗一碗喝得唏哩呼嚕響，手掌抹一抹嘴巴，回房倒頭就睡。董昌難過得心揪成一團，想自己十六歲來呂宋，沒閒過一天，幫義父打拚生意幾十年義父背後對人稱讚我說：這孩子吃少善犁整天馬不停蹄地。義父母將我視如己出，他們是我再生的父母我養老送終；蔡老的墓碑刻上義父蔡大展之墓，義子董昌立。兩老忌辰逢年過節祭祀不忘。義父母生前說順盛商業理當給我繼承，此店有我幾十年的辛勞和汗水。天祥此孽子無視我的存在，也不叫一聲老爸，學他的堂兄稱呼我三叔。想到此董昌不由搖頭嘆氣說：「是不是他成長的過程我沒有一天在他身邊，父子沒有感情，老查某把他溺愛成這樣不知天高地厚，好吃懶做又一字不識，怎能在商場立足！」

祖蔭帶天祥到王彬的賭場去見識見識一下。祖蔭這樣告訴賭東主說：「這位是順興商業頭家董昌的太子，叫天祥，」東主聽了眼睛不由地發亮，商場上順興商業的董昌是無人不識無人不知響噹噹的人物。他對義父母的孝義，人人豎起姆指說：「比親生子有過之而無不及。」；董昌堪稱「生意虎」，菲島各大埠頭都有他的生意伙伴，今晚董昌的公子蒞臨，東主奉茶，請吃點心，招待得殷勤到家。天祥微笑著繞場看一回，心裡說這些角色，恁父吞口水才應還未遲。東主看他一副行家的架勢就說要不要小賭怡情一下，心裡秤斗衡量說董昌的太子（怕他不賭不怕他屁股沒肉）天祥看了祖蔭一眼，祖蔭立刻回答說：「玩一圈不要緊，輸的算我的，贏的歸你這少年的。」一句話把躍躍欲試的天祥推下海，他如蛟龍入海掀起滔天巨浪，一生在賭界翻滾浮沉……董昌看透了這不成材的兒子，痛心疾首的置之不理，他嗆聲出去絕不負責天祥外面的錢銀賬，和天祥劃清界線。

若霜是天祥在賭場收編來的風塵女子。在風塵討生活的她，厭倦浮萍的無根，驚覺自己青春不再，想學吐絲花萬丈托高松。她能觀生死門，覷天祥賭運跌至谷底時，身上沒五塊錢到王彬喝咖啡，自動接近他，拿出自己的私蓄給天祥整一場豪賭，請到的賭客都是一個比一個擲地有聲的，天祥從此起死回生，一帆風順，背後人家對若霜的評價說：「這風塵女子眼色亮，知道天祥現在雖是看有拿不著的『玻璃保險櫃』，等董昌一死，他是唯一的繼承人，他可以躺在鈔票堆上睡覺，只是時候未到，若霜這也是下大注豪賭，看最後的贏家是誰？」

銀花婆媳來菲會親時，若霜不讓天祥回來一夜，對天祥說：「你們是結髮夫妻，又幾十年未見面，你搬去和你阿奶和妻子住，我不要緊，你若半年後回來，我仍在此地等你，你去吧。」若霜的一場話把浪蕩子的天祥感動得差點下淚，他就是吃軟不吃硬的本性，他是吃人一口還人一斗的，吃果子不忘拜樹頭的人。因此幾十年在賭界翻滾不失有人脈可調動整賭的資金……當然金主們未忘記他是董昌的繼承人，天祥有本事混到沒人去找董昌理會。當然董昌有言在先絕不為天祥的債務負責。人肯借天祥大筆錢開賭，與他無關。天祥不怪老頭，他們兩代人是不同世界的人，老頭的錢是一塊錢一瓢汗換來的，一生不煙，不酒，不賭，盡人交番婆，他正眼也不看一下，天祥可惡地想著老頭是不是被閹了沒有男女之情？只有到王彬街理髮才走出店門，賭場一夜成千成萬的輸贏豈不嚇破老頭的膽！

從天祥的髮妻抵菲的那一天起，若霜想著：「我既有心接枝於董家，要修好親屬的關係，要董家接納我，讓我生根茁葉於董家，讓我有家的歸屬感，免得孑然一身老來飄泊無依……」

阿桂早知道天祥有番婆和「山瑞」的香港婆，可她沒有置喙的餘地，當若霜捧茶給她喝，叫她一聲阿姊，阿桂啼笑皆非，低頭接過茶杯也無言接受了她的宿命。

若霜深知道婆婆銀花是董家發家的董昌的元配，她妻憑夫貴，因董昌待兄弟如手足又子姪一般看，他先給姪兒幾個來呂宋自己的兒子天祥是董家最後來菲的一個。董家大大小小都感念董昌對董家功勞大過天，連帶對銀花尊崇禮讓……為討好婆婆若霜拿出她私蓄最值錢的一隻玉鐲，要給婆婆戴上，她渴望籍著玉鐲和婆婆牽連在一起，讓銀花歡喜接納她，所以這天上午九點多，她帶著玉鐲來到銀花婆媳住的公寓，當她舉手要按門鈴時，門內傳來銀花石破天驚的咒罵聲，罵的正是若霜。

「……這婊子若接過十二生肖的男人，必不會生育。天祥圖她什麼，又不漂亮又不年輕，這天祥對她言聽計從，被她下「降頭」似的，這臭婊臭娼說話潮州腔，聽不懂在講什麼——乞養一個『出世仔鬼』女兒幹什麼，佔著糞坑不拉糞，也不生一男半女……」只聽到銀花聲如洪鐘，阿桂照樣無聲無息。

若霜要按門鈴的手無力垂下，轉身過去步下樓梯。心裡翻騰著傷痛，如火炭在燒，自淪落風塵的那一天起，就如一腳踩空滾下羞辱的泥沼，她的髒再也洗不掉，人家把她點油做記號，她是撈女是風塵女子，是高級娼妓，像她們這樣出身的人，從良也只能嫁作商人妾，或做黑社會大哥的情婦，或者被像天祥在賭場討生活的人收編——若霜就是感覺自己的年日如日影西斜，在日落之前，抓住天祥，一心想接枝在董家，想在董家生根茁芽，老死於董家。自從和天祥生活在一起，她找過婦產科醫生，渴望和天祥有孩子，她在董家才有立足之地。若霜相信真玉通靈又避邪，她獻玉鐲就是要與婆婆相契，誰知——

她眼眶含淚，臉色青白，雙腳轉進隔壁天祥二伯母的家。若霜在門外站會兒，待眼淚收盡，心底的傷痛退燒點，才舉手按門鈴，開門的是二伯母，一看到若霜一臉燦笑說：「阿囝（孩子）這麼多天不來看二姆，我正在唸呢，」若霜感動得要落淚，二伯母的笑容和疼愛的話，冬天罕出的太陽一般溫暖了剛才被婆婆的罵聲凍僵的心。

二伯母未來菲律賓時，天祥介紹二伯母時是讚不絕口。對自己母親只有一句評語就是「麥芽糖一樣沾不得，蠻不講理，小時候我們堂兄弟中間有吵架時，我阿奶來到吵架現場，不分青紅皂白就一巴掌先打我堂哥和堂弟再理會……」而二伯母是先罵自己的兒子說：「堂兄弟吵架就是不對……」若霜聽了對婆婆的認識有個底。

在閒談聊天時，天祥不斷的敘述二伯母的言行女德——

「二次世界大戰前，大伯父病危，大堂哥天福返鄉奔喪，正逢大戰爆發，大堂哥被困大陸，僑匯斷絕，大堂哥被困三年，山窮水盡，穿的衣服補釘蓋補釘，肩頭，膝蓋，厚厚的幾層補釘，沒地方掙一塊銀元，乞丐似在姊妹耕種收獲的蕃薯湯裡分一碗來止飢，人瘦成了竹竿般……二伯母常給衣給食，天福餓不過時厚著臉到二叔母的灶間用兩指頭敲著鑊蓋說二嬸多煮一碗吧！我叫二伯母的她一定盛一大碗給大堂哥吃，二姆為他擔保賒一擔點燈用的煤油來賣，妳可以想像，呂宋番客的堂哥，三人請五人扛的吃香，為生活所迫，挑著油擔沿路喊著『煤油，臭油呀』」若霜聽了，吃了酸梅子一樣臉皺成一團，她自己曾經陷入絕境，感同身受的絕望重新漫過心頭。

「可憐可傷的大堂哥一擔油邊賣邊把本錢連微末的利錢用掉，他伸手碰到壁，別無選擇的羞愧地看二伯母代他還油坊的欠賬。看到今天的大堂哥住豪宅坐名車，有時會想起淪陷時穿著補釘的衣服賣油的大堂哥，耳邊彷彿聽到他喊煤油，臭油呀的聲音——」若霜打了天祥一下打花他頑皮的笑容。

「老天爺對大堂哥的折磨還有更嚴酷的，他彷彿在光天化日下被閃電巨雷所擊中，抗戰期間國民黨政府到處拉伕『捉壯丁』，天福的弟弟才十多歲太小，一家要抽一名壯丁的話就該他去，大伯母疼幼子，對天福被抽壯丁她的表態就一句話說：『這戰爭要打幾年不知道，天福三年死坐活吃，欠一屁股債，姊妹耕種收獲的糧食要「飼」他到何年何日，送他去入伍壯丁吧，生死看他『八字』，天福痛心疾首地哆嗦著嘴唇問自己：「我是她生的嗎？明明是！」

「萬萬不可以，天福是董家的長孫，你們誰看過被拉去的壯丁有誰活著回來過……」

大伯母怒拍一下桌面，倏地站起來，手指鑿到二伯母的鼻頭，卑夷地撇一下嘴唇，狠狠地說：「妳很能幹，功臣就給妳做，妳喜歡強出頭，這件事妳看著辦好了。」她金盆洗手般甩頭離去。

二伯母從來言出必行，說話可當錢用。她糶出閣樓收藏的花生，換錢僱人以大堂哥的姓名入伍。「那你阿奶不是錢多多嗎？她不伸出援手嗎？」若霜問天祥。天祥看了若霜一眼說一句：「我阿奶一向才不管別人的死活，她那德性平時多嫉恨大伯母二伯母「尪子隨身邊」（丈夫兒子在身邊），一看到她們懷孕大著肚子，恨得牙癢癢的，她才不管董家人死十個湊五雙。」若霜聽了傻直了眼。

若霜為自己的出身自慚形穢，不敢面對那傳統的化身董家將來菲的孀姆們，二伯母先到菲律賓，當天祥要把她介紹給二伯母時，她猶豫再三，不敢冒然去見她老人家，怕被嫌棄，把她當紅雲上臉的痲瘋病患避之猶恐不及。她走在天祥的後面，一顆心忐忑不安，天祥趨前叫一聲二姆，老人抬眼一看到天祥，眼睛發亮，如獲至寶，七十歲的老人行動矯健，一躍而起，拉著天祥的兩手頻呼「阿囝，阿囝，怎麼二十多年不見，你怎麼還這麼瘦不長肉的，」天祥感動得鼻頭酸楚，從小他都跟二姆親，不只一天想為什麼我阿奶不是二姆呢。他把縮在他身後的若霜拉前來介紹給二姆說：

「二姆，這是『潮州仔』若霜，她是我在菲律賓的『煮飯婆』」，二姆笑逐顏開，拉著若霜的手說：「阿囝，多人多福，你公公三叔最想看到董家人丁興旺，很好，很好」若霜羞怯著低著頭，準備面對冷眼冷臉孔的款待，萬萬想不到二伯母是這樣慈祥可親的接納她這沒名份的姪媳婦，認可她是董家的一分子。一股暖流撫慰了她傷疤累累的心靈，她感激涕零的，淚眼望著她老人，她這一生第一次受到這真情溫馨的款待，她很想擁抱她老人家哭倒在她懷裡，可她不敢。

拜見自己的婆婆才是若霜的一場夢魘，夢中重見婆婆瞪她的眼神，全身都哆嗦著，婆婆冷若冰霜，利如刃鋒的目光把若霜從頭看到腳又從腳看到頭，臉上冷笑著，嘴裡哼，哼兩聲，再也不看若霜一眼。當她不存在一樣，若霜感覺身心在收縮溶化，婆婆恨毒的眼神強硝酸般腐蝕她心魄。回去的路上，若霜一句話也說不出，天祥握一下若霜的手，說：「我阿奶的一生就是這樣強勢的把別人踩在腳下。」

若霜手心的冷汗濕了盛玉鐲的紅繡袋。來到二伯母的房裡，她老人拉著若霜的手，親熱的要若霜同坐在床上，手掌輕撫著若霜的肚皮，輕聲的對她說：

「阿囝，我是真心疼惜妳，一心一意期待妳為天祥生個一男半女，妳只告訴我妳有孕的好消息，連天祥妳都忍著不說，怕傷到還在菲地不孕的阿桂，妳會將心比心，天補忠厚，妳肚皮要爭氣給抱孫心切的三叔高興，妳的功勞就大了。」若霜應該笑容以對二伯母，她反而淚流滿臉，老人慌然，一直用手帕擦拭若霜的淚水，不斷的問為什麼？安慰她說：「妳有孕在身，要以歡喜心過日，這是胎教，妳不想生個面憂臉臭的孩子吧！」若霜怎能把剛才在她婆婆門外聽到刺心剮骨批臭她的話說給二伯姆聽，那是給自己二度受剝皮挫骨的傷痛。若霜收拾起傷心的淚水破涕為笑地說：「二伯姆，我是喜極而泣，我生母早死，您像母親一樣呵護我，我太感動了，我是苦命人，沒有親人，孑然一身，任風吹日晒，頑強地活下來，能依靠天祥過日子，是我晚來的一點福氣，聽二伯姆一支好香，托您老人家的福，我生個一男半女，讓我在董家有立足之地。」

若霜打開紅繡袋，拿出晶瑩碧透的玉鐲，拉起二伯姆的手，把玉鐲套進她老人家的手腕，說：「二姆，我一生一無所有，唯一有價值的就是這一隻玉鐲，我把它送給您，因為您是我這一生唯一疼過我的人，我們情同母女，就讓這通靈避邪的真玉鐲環住我們的母女情，永不相忘！」

三、燕窩湯裡的淚滴

天福一臉的不耐煩，一肚子氣已到臨爆點，這氣一點點一絲絲積壓下來。斜眼看坐在餐桌上低頭在揀附在燕窩上的細羽毛和草屑的「唐山婆」（華妻）這燕窩是燉來給他喝的嚒，天福應該感恩載德才是，然而他看到「唐山婆」一邊揀燕窩一邊眼淚答，答，答的滴落碗裡，一滴眼淚落下會濺起一點水花……

「這天福嫂就是能哭，眼淚說流就流，不用三秒鐘聚雲佈雨就眼淚像風雨下……」

「奇怪呀！她是愈哭愈旺呀！天福的生意愈做愈發，錢不是賺的，是錢滾錢發的呀！天福的福氣好像孕育在天福嬸的淚水裡」

「同樣是董家媳婦，一樣是番客嬸，命就天對雞屎不能比，」烏惜橫盯了亞梅一眼，「歹勢（不好意思）我不懂怎樣形容，只知道這樣比。」

亞蓮回憶說：「門口站旗杆的大鵬舍，他為三個兒子的過番下南洋，特去本山公」求籤請問運途，求來一句籤詩「三子出征三子成」，讓張大舍高興的打跌，敬五牲，演戲五天答謝本山公神明。從此，他是時時撚鬚微笑，右手拿著水煙斗挾在背後，整村走透透，接受全村人的恭喜，聽一枝一枝的好香……

烏惜彎彎食指招亞蓮和亞梅俯首過來，她慣說挑人骨縫的話，她最老才知講張家的前塵往事；大鵬舍有三個呂宋客兒子，羡慕死親朋鄰里，在這窮死「沙母榨不出油來」的地方，人沒本事在此地挖出一塊銀元，人病了沒一包茶葉可泡來發汗……所以當三個兒子合寄二十塊錢連平安信寄到獅頭厝張家時，合村都被大鵬舍強強滾的喜慶沾到，替他家高興，讚不絕口：

「沒人像大鵬舍的福氣，一生三個後生（兒子）。」

「福氣呀，有晉江人的表親，牽成（提攜）去呂宋。」

「像我們活在甕底的，呂宋兩字聽都沒聽過。」

烏惜嬸繼續講張家「二十五大本」的故事。

「正如亞蓮說的同樣是張家的媳婦，為什麼大鵬舍第二的媳婦天祿嫂，沒一分呂宋錢可到手，丈夫兄弟三人一樣，五粒紐一雙手出門，天福，天壽有錢寄回鄉，天祿就沒有。僥倖呀，天祿好賭較慘死；賭鬼不顧世事的，聽說三個兄弟第一次合寄二十塊錢是真的，天祿領第一次薪水，被天福把錢強繳出一半，合計二十塊錢寄給大鵬舍。以後天祿找到賭錢的地方和臭味相投的賭伴，常常輸得口袋空空如也，還欠了一屁股的賭債，寄錢回鄉就成絕響。天祿嫂最可傷，丈夫一腳踏呂宋，信也沒錢也沒，就如斷線的風箏，讓她在兩個妯娌面前抬不起頭來，所以大家庭的工計她爭著做，起早摸黑搗麥銼薯條，煮夠幾十人吃的大鑊粥。以前是三個妯娌輪值煮大鑊粥的。大伯，小叔都有錢寄回給公公持家，顯得大家庭白養著她和兒子小虎。」每天她硬把她大嫂和小嬸推出廚房，急急地說：「大嫂，讓我來煮，妳有小孩要帶晚上睡不好，不要早起，趁小龍睡著，去補一下眠。」

對小嬸說：「讓我來煮早粥，妳一男一女得照顧，都忙不過來了，小虎大了已『收腳離手』不用顧了。」天祿嫂是如此的低頭認份。特別是她聽到兄嫂和小嬸在她背後撇嘴蹺唇說：「真不相信兄弟三人第一次寄的二十塊錢裡，有天祿的錢參著，一定是天福和天壽為討阿爹歡喜，故意寫下天祿的名字，給天祿一個面子。」刻在石頭上的事實是大鵬舍真的收到三個兒子們合寄的錢。而可憐的天祿嫂沒看到一分丈夫寄的錢，天祿就像在呂宋蒸發一樣，信也沒錢也沒見著。

傳回獅頭厝張家有關天壽的傳聞是：

天福天壽天祿三個兄弟一抵馬尼拉，就被表舅接回家，一一安排「頭路」各自分道揚鑣，天壽被安排在一家「菜仔店」吃頭路。簡陋的店面，賣的廉價的便菜也賣糖果、糕餅、煙枝、沙珍魚罐頭、乳水、火柴、煤油……什麼都賣，為了爭取早市的客人，凌晨四、五點就開始營業，一直做到午夜以後才上門扇關店。

天壽紗衫短褲（及膝粗布短褲）木屐，天未亮就爬起來起火煮咖啡，用本地種植的咖啡豆磨成細粒，煮成大壺苦澀的黑咖啡。一杯才賣一毛錢，還要加糖加牛奶。顧客往高凳一坐，就喊：「頭家，來杯咖啡要多加乳水呀。」天壽陪著笑臉答應得好大聲。拿著牛奶罐，只輕輕點一下意思意思而已。

頭家提著採辦完兩草編的袋子的菜回來，天壽立刻進灶間要忙著洗、切魚，肉，蔬菜，即煮成幾味便菜上櫃。等來吃午餐的顧客上門。

天未亮，天壽就拖著木屐，在昏黃的燈泡下起火，忙得不辨日夜，身上的背心沒乾爽過，他不叫苦也不怨嘆，最讓他受傷的是頭家命令他把所有的衣袋拆掉，用喉底聲告訴他說：「這裡有一不成文的條例，做伙計的不能穿有衣袋的衣褲。」這句話一馬鞭般抽痛了他的心，無聲的控訴著：「什麼嘛？怕一毛錢，五仙錢落入衣袋？防賊似地防著為頭家流汗賣命的伙計！」

「菜仔店」通常開設在「干道角」兩條街道交界處。（所以現在銀行之多，幾乎每一條大街都有。因此僑社才有一句「銀行就像菜仔店一樣多」以昔喻今的說法）。

菜仔店和消費者真刀真槍的，短兵交接打交道，做生意的時間長，利潤薄，還要和醉漢流氓拼死拼活的，為幾毛錢較勁拔河，他們使壞的喝霸王酒，或賒酒不許，籍酒裝瘋，酒瓶，椅凳齊飛，搗毀了店面的玻璃連櫃後，做鳥獸散。時聞菜仔店主慘死在劫匪刀下——「找鬼哭無爹！」常被罵，苦哈哈的「因叔」「流口水的中國佬」會打官司嗎？早期的華僑經營菜仔店是踩著血淚斑斑的履痕走過來的。

一聽到隔條街也是開菜仔店的老蔡被匪徒劫殺身亡。天壽心驚膽戰之餘悟出替人挑擔來賣命吃剩菜睡鋪板，日夜不停息工作十八小時不值得，他早萌去意，流汗流血賺的錢歸自己才說得過去，才對得起自己。他早計劃出擔賣牛肉麵。他起了寧為雞首不為牛後的決心，辭了頭路，住進A街牛車坊大雜院，和挑擔收買「臭鐵空瓶」的老柯合租一木屋。天壽每天下午批來新宰的牛腱肉和牛大骨，用炭火熬出一鍋肉香四溢的牛肉湯。明天切好翠綠的蔥珠和薑絲，就出擔走四方。一些熟顧客把天壽的牛肉麵不當是吃飽更當是吃補——自家怎能熬出這麼香濃的牛肉湯呢！所以天壽出擔一趟回來，滴湯不剩，炭爐只剩灰燼。天壽的擔子是輕了，換口袋是沉甸甸的。牛肉麵一早滿滿的出門，壓得天壽兩腳成蘿蔔腿，腳上靜脈瘤像青蛇盤旋。

天壽先後穿草鞋，布鞋，球鞋賣牛肉麵十多年。每天在算賣麵的收入時，嘴裡自言自語的唸著：「寧嫁種田人，不嫁出外人。」為了彌補這遺憾，他的錢聚來成總，有二十塊錢就寄，想起與他生了一男一女的老婆，八字好合，婚後沒有一句重話相待過。一別十年半載，返鄉沒舟，插翅難飛渡，是他錐心的痛，所以他拼命的寄錢返鄉，除了抗戰那些年，每次寄錢，收到回條寫著：收到寄來線圓二十粒，此據。（當時怕資共的帽子壓頂，不敢提錢字）天壽每一次收到回條，會一直看著回條，久久才收進抽屜裡的鐵匣內。這鐵匣也是他的撲滿收藏著，他的血汗錢換成的一張張匯款的回條，還裝滿著他對老婆的思念，和對子女的期盼。

天壽衷心的可憐、同情二嫂。然而他絕不敢寄錢給他二嫂，二哥跟他一起出外沒寄錢回家，他寄錢師出無名，徒惹非議。

想到大嫂亞桂，天壽一個大男人也眼眶淚濕，鼻頭酸楚！她不只是可憐，她是慘絕人寰吊死的！

烏惜下意識地轉頭四顧，怕隔牆有耳聽見她將說的話：「妳們眼前羨慕死的天福嫂不是元配的天福嫂。」這句開場白叫亞梅和亞蓮睜直了眼，自她們懂事就只看到「三人扛四人扶」這個叫亞華的天福嫂。看她家事大權在握，天福呂宋錢寄不斷，讓她在獅頭厝是金閃閃的呂宋客嬸。

「看大舍嬸輕聲細語的和她講話，什麼事都看她的眼色，寶得很！」

「哼！前人貼在她背心，禿頭沾著月亮的光發亮，這黃昏後撐傘入門的『接後』者，神氣什麼？」

「什麼意思？」

「寡婦再嫁，要黃昏後撐把黑傘從後門進門……」

天福這呂宋客衣錦還鄉，帶回針隻、線圓、肥皂、布匹，全鄉家家戶戶分一份禮。回送脫草鞋的雞、鴨、豬手堆滿灶間，那熱鬧唯有普渡堪比拼。天福是因為得知大鵬舍幾次吐血纏綿病榻，特地攜西藥特效藥返來盡孝。大鵬病時好時壞拖了幾個月，蓋棺論定他可是福壽全歸。然而卻拖慘了天福，二次世界大戰爆發，天福困死唐山。天福帶回鄉的錢已告罄，僑匯中斷，求天天不應，求地地無言無語。這個吃香的呂宋客，身上的衣著是一年新二年舊三年縫縫補補，肩頭和膝蓋更是補之又補，貼了厚厚的幾層……天福仰天長嘆！「戰爭再不停，我將餓死唐山，沒命再走呂宋路！」

大鵬舍自知不久於人世，就把家產給分了，三兄弟均分了所有的田地，分鑊灶而炊，大鵬嬸和天福這長子合炊。天福足不沾田泥，田地都是出嫁未生子住娘家的姊妹在揮鋤，此地傳統陋習未生子不落夫家，無形中是她們握住家的命脈，簡單的說一家人都看她們的臉色吃飯。抗戰初期，姊妹對天福這呂宋客的兄弟，關顧有加，天福在閒間賭錢或開講回來晚了，灶頭大海碗蓋著溫熱的濃濃的薯籤粥，姊妹同心一德想戰爭快快結束，兄弟再回呂宋賺錢寄回鄉，一家的食祿可期。天福的阿奶從來就不管世事，過足了阿娘的命，大鵬舍過世了，有幾個女兒替她扛轎，她老人家沒事人似的，照樣做她的大舍嬸，受人尊崇，吃的鍋中粥，穿的衣有女兒媳婦洗，她可以手不沾水，一生不用把草入灶炊煮，受煙薰火燎，她的三個兒子能走呂宋路，是她娘家表親的提攜，她功勞大過天。一大家庭的老少能不把她捧著走扶著坐禮遇著。

戰爭一直不結束，時局一直不放晴。天福最慘了，他像被拔光彩色翎翅的孔雀，到閒間因沒錢下賭，慢慢的再沒人起請聞問人是最現實勢利的，利害關頭可以六親不認，踩著異己的頭顱上爬，連親姊妹都沒好臉色相看，背地裡妳一句我一句刨削他：

「也不去賺一分半厘的，閒坐等吃……」

「戰爭再不結束，養他一世嗎。」

「妳們誰敢指望他再走呂宋路，寄白花花的銀元來。」

黎明破曉前天色最暗。天福夫婦和兒子小龍幾乎是喝湯渡日，大鑊底留的薯籤湯，大海撈針似找不到薯籤，天福嫂含著淚水嚥，不想餓死就得喝湯水過日。天福瘦得不成樣，沒人叫他天福了，都叫他「瘦福」。叫到回呂宋人人看他瘦成皮包骨仍叫他瘦福。

勝利前那年的補冬，家家殺雞倒鴨過節，天福嫂看著大姑小姑在忙殺雞，想過去幫忙，走到灶間，聽到大姑亞真說：

「今天補冬，那個呂宋客𡢃有幫著養雞鴨，給呂宋客一家人三碗鴨湯吧。」

「兩碗有鴨肉，那個呂宋客𡢃，不用給她吃，看她當時有多麼的風光，說命好要長久，當時向她討一隻銀簪都不給，說什麼是她阿奶給的嫁妝。現在金的銀的都當光了，一身衣服破破爛的，補到不能補，田園工計做不來，還不是靠我們姊妹耕作收的糧食，幾年白吃白喝的……」尾小姑向來嘴尖舌利的傷人不見血。

天福在閒間已習慣人的不聞不問，隱形人似枯坐著做「賭蠟燭」看熱鬧，看人家要吃飯了，就默默離開。今天補冬，姊妹在殺雞倒鴨，一定有一碗湯分給他喝，想著，就站起來走回家。在天井碰到他大姊亞真，聽她說：

「天福，灶頭蓋著三碗鴨湯去吃，沒看見亞桂和小龍，不知那裡去了，吃完找找看。」

經年不知肉味的天福，喝完一大碗油油的鴨湯後，不由地舐嘴咂舌呼道：「暢死𠍲父，腸肚索得像旱田龜裂，今天才有點油水下肚潤著……我一定會再回呂宋，讓人看我鹹魚翻身……」

「剛才我看到亞桂牽著小龍往天壽嫂家那裡走去。」烏梅嫂回天福的問話。

天福聽了激動得五內翻騰，從來羞愧得不敢從天壽的家門口經過。一家三口快餓壞了，夫妻倆知道天壽的家內叫小龍去陪堂弟玩是藉口，實情是在有限的糧食裡分一碗給姪兒止饑，天福夫婦感激涕零這餵子之恩長掛心頭。

推開房門，奇怪房門閂住。從來是天福最晚進門，房門都是他閂的。他用力敲門，叫「亞桂，開門，開門呀，為什麼閂門？」門內無聲無息。天福嘀咕著：「她是輕眠的人，一點動靜都會驚跳起來……」天福急了，手指伸進門縫，把門閂的木板拔離，門一推就開，房裡沒人影，放下蚊帳，天福急走到床前，伸手掀開蚊帳，想看是不是亞桂病了？嘴裡叨唸著：「沒吃沒穿的別沒餓死卻病死了！只要戰爭平息，妳就有好日子過了……」他一掀開蚊帳門即撥轉亞桂吊著的屍體，使亞桂縊死恐佈的臉轉向天福面對面的，天福慘嚎一聲嚇得臉無血色，驚恐駭絕的軟倒在地上，緊閉著眼睛，嘴裡一直狂叫如狼嗥，爬爬跌跌出門呼救……

亞桂吊死的噩耗，狂風沙般掃翻獅頭厝，人人奔走相告……天福的姐妹像捅了蜂巢，恐懼如怒蜂嗡聲雷鳴追襲著她們，連夜帶著大鵬嬸逃出村到晉江表親家避難，她們知道出人命了，亞桂娘家父兄必帶傢伙上門討人命……這裡傳統的習俗，女兒嫁出去，在夫家如何受欺侮或受虐待，都教咬牙忍受認命，真熬不過跳潭或上吊任選一，只有人死娘家才能出面討人命。

亞桂的父兄鋤頭、木棒、劈柴刀，一軍隊似咬牙切齒怒氣沖天殺到；全村閉門掩戶斷炊煙，亞桂的屍體不令入殮；把一屋子的爐灶掘破；水缸擊破成瓦塊，門扇卸下在地上踩踏，床鋪被拆得四分五裂……毀得澈澈底底，牆邊土差點被篩掉只欠屋頂瓦塊未掀掉，牆沒被推倒……

請出大鵬嬸的晉江人表親出面擺平這人命糾紛。亞桂娘家開出的條件：七重新衣厚殮死者，不許薄棺草葬、燒百金、做法事超渡死者；賠人命錢多少多少……在戰時這些條件夠苛的，想竭澤而漁整死張家也沒魚可獲的，要不是公親一肩扛了，這事還難直呢！

烏惜嬸的表情說明她要講的話足詭異「妳們知道嗎，正牌天福嬸的鬼魂顯現過！」亞蓮和亞梅死愛聽而怕受驚嚇，未聽都已汗毛直立！兩女孩緊抱在一起很誇張的動作。

抗戰勝利，日本鬼子投降，天福終於挨過霜寒雪凍，從漆黑不見天日而缺氧快窒息的逆境中脫困，菲地通航的消息雖還未發佈，天福的世界日出了，唯一讓他痛心疾首的是亞桂等不及曙光再現，一條繩子結束了自己那補的不能再補的生命。心狠地了斷她那百納被般的生命，也在天福的心上劃上一刀永遠發炎的傷口！

亞桂的「死諫」令天福的姊妹魂飛魄散，換了血般不再是原本的心性。以贖罪的心態待大福好得不得了，頓頓大海碗的「薯籤粥」，濃得要改叫薯籤飯才對。天福百感交至，哽咽著難以下嚥，心裡痛斥：「為什麼幾個月前不給亞桂吃飽一點，不要在她的傷口上撒鹽，讓她痛不欲生的上吊！」

天福的姊妹幾個基於怕天福返呂宋會決絕地一去不回頭。慫恿大鵬嬸給天福娶一房妻小，留住他的根。大鵬嬸曾老淚縱橫地哀悼亞桂的橫死，這不是她的錯，這一切她老人不知情，沒有敲釘落椎虐待亞桂。她一生不理世事，是吃鍋中粥的好命人……。現在家境一貧如洗，（戰後誰家不是？）沒有條件好好替天福娶一房妻子，天福又赴菲在即，所以緊事緊辦，說合寡婦亞華給天福續絃。

烏惜嬸鼻息絲絲，細聲怕人聽見的告訴亞蓮和亞梅說：「天福再娶沒錢另置床鋪，將就用亞桂睡過的眠床。好合的當晚，半夜裡，亞華感覺胸口被壓得窒息，嘴裡呃呃叫掙扎著，睜開眼看見一個穿得破破爛爛的女人坐在她的肚腹上……亞華慘呼一聲，驚跳而起，赤足奪門而出。」

往後，亞華的一生中不斷向親朋戚友間炫耀，她睡過四張新床，一張比一張豪華昂貴……

天福返菲後寄的第一筆錢，首先吩咐另置一房的新床鋪。鄉裡梳頭結辮的老少婦女欣羨不已，又心知肚明難忘亞華被鬼壓的衰事，都扼腕痛惜亞桂沒命多活幾個月，這些福份本來是她的！

亞華和大鵬嬸婆媳要去香港的喜訊傳遍五鄉四鄰。恭喜的聲浪掀起幾丈高，把亞華托得飄飄然！不時掩嘴偷笑。大家背地裡都說：「前人托在她背心，禿子沾著月亮的光發亮，亞桂的死，造就她在婆家優越的地位，家事大權在握，銀錢一手抓，大姑小姑爭著扶她扛她，都看她的臉色呼吸……」

僑眷這身份屬於「紅五類」，大福捐了一大筆錢後，一申請就批準他的家眷赴港。他把一家人安置在電器道一斗室，不用跟人合房，在當時寸土寸金人密如插針的香港已是不容易，讓人羨慕不已。亞華買了第二張新床，佈置她的新居。

從窮鄉僻壤出來，那用井水，燒柴草，點油燈，（唯她一家番客才有蠟燭點）吃番薯大麥的地方，一年到頭唯在冬節、年節才有雞鴨豬肉可上桌，唯有祖先做忌辰才會撈碗飯敬祖先的地方。亞華窮她一生幾時見過香港的繁華，用的吃的穿的多到，好到令她眼花撩亂，興奮得心怦怦跳，偷偷咬著指頭懷疑自己在夢中，嘴裡嘀咕著：我還不相信他們說的香港是天堂，真的是天堂呀！人間那有此堆銀砌金的所在！亞華這番客嬸香港之居短暫到只半年，天福的工廠遭回祿，一切生財機器，燒毀殆盡。十年心血付之一炬，百廢待興，天福慌了手腳，一通電話叫亞華返回大陸鄉下。

亞華愛哭盡人皆知，接到她丈夫要她申請赴港的消息時，即淚若雨下，是喜極而哭的眼淚。天福搭第一航班赴菲輪船離鄉，亞華以淚洗臉是可以理解，是心傷別離，然而在往後的日子裡，眼淚不停流，三不五時，拿個臉盆在自家房門口嘔吐，嘔得四鄰盡聽見，人人搖頭說：「相思病不應該唯恐人不知道，惡形惡狀的……」

知道天福工廠失火燒毀，亞華痛哭失聲更是理所當然。同屋鄰房婦人安慰她：「愈燒愈旺呀，工廠會愈蓋愈大座的」人家安慰的話她想想也對，拭乾淚水收拾行李回鄉下，天福也信誓旦旦的再接她來香港住。

走一趟香港之旅的亞華，返鄉時滿臉光彩，在一些土土的婦孺面前，炫耀香港的五光十色，她帶來三件寶貝，讓她們嘖嘖有聲，讚嘆不已——就是雪白的廁紙；冒香味泡沫的牙膏；銀光閃閃的白鐵湯匙。

「夭壽呀！這麼軟這麼白的廁紙用來擦臭屎，豈不逆天呀，用竹板刮刮用礐邊石頭擦擦不就得了……」銀來嫂看了，撫了白廁紙忍不住說出替廁紙叫屈的歪論。

「儌倖呀！想到我們那東西來的時候，用那草紙墊褲底，粗到擦破腿溝的皮，每個月都要痛它一回」她捂嘴笑了，再說：「可惜呀，我現在用不著了，早十年八年，我一定厚著臉皮向亞華討一團墊墊看，一定滿舒服的。」福來嫂也來幾句對白軟廁紙感嘆的話。

對那大人小孩都用鹽花以指頭當牙刷擦洗牙齒的村人，那有香味又滿嘴白色泡沫刷牙用的牙膏在他們的眼裡是多麼的神奇，讓他們目瞪口開。

張家阿公做忌辰時，嫁出去的張家姊妹都攜金箔銀紙來燒敬祖先。堂兄弟姊妹濟濟一堂，亞華拿白鐵湯匙出來炫耀，一大家庭幾十個人又一次口水似飄雨讚美一番。

吃完大鍋熱水燙洗油污的碗盆湯匙，有一個女眷被亞華吩咐點算收拾那些白鐵湯匙。

「壞了，壞了，少了一根白鐵湯匙。」

「不會吧，再算算。」亞華小聲應著。

「我算了幾遍了，真的少了一根呀！」說著眼睛瞟向一堆在話家常的堂姊妹，她們的孩子們在玩耍，一石埕熱鬧滾滾。她在亞華耳邊說「一定是這些親戚中一個人拿的」亞華的眼睛掃過十幾個堂小姑大姑的臉，最後嘴裡悻悻的說：「一定是山區姑的兒子拿的。（此地都以嫁去所在地稱呼那些姊妹。山區的堂妹最窮）」說著鄙夷的橫了山區姑的兒子一眼。

大鍋熱水燙完了所有的餐具倒掉了熱水，嚇然看到一根白鐵湯匙在鍋底。亞華因一根找不到丟失的湯匙，冤枉那個窮居山區的堂小姑的兒子偷了湯匙——就因為所有出嫁的堂姊妹中山區姑最窮。她的舌頭說了有失口德誣蔑的話。

應了那句「愈燒愈旺」的話——天福的生意因根基紮實，幾個月後工廠又開工了。而且愈做愈火紅業務蒸蒸日上。五年後，亞華在親戚鄰里的恭喜歡送聲中，再度赴港定居。因天福在香港買了樓，不用再租厝而居。天福是想給兒子小龍在香港受教育。對他的母親，他有錐心的虧欠，是戰時他窮困潦倒，餓死了亞桂，她熬不過窮困等不及曙光再現，穿著一身破破爛爛的衣褲上吊了斷……每一次夢見她，她就是穿得破破爛爛，天福都是一身冷汗醒來。清楚明白亞桂入殮穿的七重新衣她得不到。

對於小龍亞華這後母，是不敢怎樣，是孩子受了喪母之痛，整個人呆呆的，不說不笑，失去了稚子的天真。被他三嬸亞琴留在她身邊疼著，和堂弟小虎親逾同胞兄弟，同桌共箸，同被共眠，他把三嬸當作母親。當他披麻帶孝手執孝棒送他阿母上山，回來就把她忘掉了，畢竟他只是四歲的孩子。

不時看到呂宋客嬸亞華眼淚四垂是平常稀鬆的事。今天的她特怪，哭得呼天搶地，一把鼻涕一把淚，哭聲唱高甲戲般話不是說的是扯聲拉調唱的：「我苦！天福你把我當屎礐邊石頭，需要拿來擦屁股，用完就拋老遠。你僥倖呀番婆早搭緊，生一堆男女，擱我一邊守空房，錢銀較多都沒用，它不會你我有話講……」亞華為所有番客拼番婆的番客嬸哭盡冤屈，肝腸寸斷地控訴著。

亞華自知矮番婆一截，沒籌碼跟她爭，自己沒生一男半女，的確暗自焦急，盡管天福對她夠好眉開眼笑的，頻頻到港會面。每一次經期到訪，她都恨得咬牙，知道天福「出世仔」子女已生一大串，大受刺痛，慌了手足，立即到醫院找婦科醫生檢驗，找出不孕的原因……

小龍從不肯叫亞華阿母，從內地到香港，跟亞華保持距離，冷眼相看，有阿嬤呵護著他，他不需要這愛哭，惺惺作態的後母。稍大，他聽懂了大人針對後母說的「醜女多作怪的話」。亞華也懶得理他。她曾經試著對他好，做給別人看，討好天福也應該。然而小龍喚不近來，緊扯著阿嬤的褲腳，冷冷的眼神瞪著她，瞪得亞華心慌背脊發涼，她想到她吊死的母親，即時汗毛直聳，從此她對小龍敬而遠之，保持距離，以策安全。

以三十九歲高齡亞華剖腹生了一個兒子。老天特別眷顧她，以後她自以為母憑子貴有本錢跟天福哭哭鬧鬧，更動不動就淚水似風雨下，更不堪的，三天五天說不舒服，也不知道是真病或裝病以乞憐於天福注視她，搞得天福盡搖頭。

亞華的哭聲，震得牆壁輕顫——同樓層的鄰居引頸詢問——是否呂宋的番客遭不測？不應該哭得這麼張狂？……「不是，是她知道張先生為番婆買地築樓房，她被妒火活活燒死……」

一年到頭都是梅雨天的臉孔，背後人人都說她天生寡婦相。難得一見笑容的亞華，今天反常的見人就笑，親切招呼著鄰居，讓認識她的人，心頭疑雲密佈，想知道這不尋常的因果。追蹤的電話交織成一張巨網，網得的消息是張先生的番婆心臟病發卒逝。看亞華預備五果、三牲、鮮花、香燭，多到提不動，要她婆婆幫她拿。說是還願叩謝神明。鄰居都搖頭，有的故意去恭喜她，說：「那有這麼好的事，求都不敢求的願望」亞華惺惺作態的說：「我替他煩憂，孩子有幾個還小，沒有一個人照顧打理是不行的……」

「放心，張先生一定接妳去幫忙看家，江山該是妳得的……」

「我不敢這麼希望，隨他怎樣安排。」

果然一語成籤，已是菲籍的天福，接一家老少來菲定居。

一則一喜，一則以怯，亞華私下懷疑自己有的是什麼的命——專接天福死妻的後。每想到亞桂的鬼魂坐在她的肚腹上，不由地頭皮發麻，一身起雞皮疙瘩，每年亞桂的忌辰，亞華都刻意的排滿整桌的祭品燒金紙做忌，亞桂唯出現那麼一次，就灰飛煙散，不見魂魄。

對亞華番婆的魂魄不來相見。亞華心神底定，安心接受番婆的一片江山。可亞華的妒恨化成心魔附著她——每天天福去工廠，孩子們去上學，她樓上樓下巡視一遍，氣打一邊來，恨恨地自言自語：「這是番婆搶我的，這一切是我的，好在土地公做主把這一切還給我，我八字重命好，番婆妳搶不過我的……我是明媒正娶，妳番婆算什麼？不過是女工，晚上上了頭家的床，明天早上就成了『頭家娘』，大家都說番婆用口水一沾就沾上來……」

亞華的日子不好過，她整天妒火如焚，不熄的慢火燒炙著她的心魄。看這些「出世仔」刺目刺心，特別是天福回來，出世仔一窩蜂上前擁吻他，亞華一顆心揪成一團，嘴唇輕顫，氣殺她，妒殺她！偏偏這些出世仔「咱人話」一流水，想偷罵他們幾句都不得；一個暑假兩個出世仔女兒學焙西點，回家自己學做一遍。拿冰櫃裡的雞蛋在白鐵盆沿敲一下放進盆裡拌，亞華眼尾偷看出世仔鬼的一舉一動，心裡半天不爽，在吃晚飯的時候，亞華開始口水飛濺說：「最近雞蛋用得很狠，做什麼蛋糕嘛……」

做蛋糕的兩個出世仔聽了，抬頭看了天福一眼，頑皮的擠一下眼，天福皺了一下眉頭，沒好氣的回一聲：「雞蛋是便宜的東西，又不是要妳出錢買。」亞華為之語塞，委屈的紅了眼眶，又要下雨啦。

常常沒事找事哭的亞華，動不動就眼淚像貓尿。一天早上她要去買菜，久等車不來，她發火了口水發難的說：「這車一家人誰都可以先坐，只有我落後才得坐。」

天福聽了，氣得把手中的咖啡杯重重得擱在桌上，咖啡濺得一桌都是。氣沖沖地呼叱著亞華說：「妳做人嘜要差不多點，妳忘記妳在唐山是握鋤頭的。妳今天戴金項鍊、鑽戒，坐上車（名牌車）去買菜，妳還怨東怨西怨南北的，妳別折福了，有福不知惜……」

就這樣愛哭是亞華的絕症，仙來都沒得救了。所以她好心好意的炖燕窩給天福吃補，在揀附在燕窩上的細羽毛和草屑時，常常是眼淚答，答，答滴落在燕窩碗裡。

天福吃了用淚水做藥引炖的燕窩湯，最後心臟病發，做血管改道大手術。

四、賭仙的兒子

香港當天報紙一則新聞，附有新聞照片一張。

空姐疑為情所困輕生，從二十八層高處跳樓，香消玉殞。跌至頭爆肢折，倒臥大廈平臺，由消防員救下送醫不治。

麗瓊接到堂弟婦秋紅的姊妹伴來電說：「秋紅傷痛過度，人都傻了，不吃不喝，不說話，木頭人似地，所以由我們姊妹伴來告訴在菲的親人。」

跳樓的卿卿是麗瓊堂小叔長興的女兒。她出生證明書上登記的父母是長達和麗瓊。因為長興是逾期遊客的身份，而秋紅也是以遊客簽證來菲，都沒有居留權。所以卿卿的出生就登記在堂伯父長達伯母麗瓊的名下。

卿卿，自殺的消息，讓麗瓊驚駭欲絕，不能相信，無法接受。一整天麗瓊食不下嚥，四肢棉軟，滿腦子都是秋紅，卿卿的影子，這對母女的生命二十多年來曾和麗瓊編麻花辮似的編在一起。

麗瓊坐如木雕，思緒百轉，盡是回憶……卿卿未出生，我就知道有她，在她生命的起初，就被她父母所期盼寶貝。那年代不流行測試胎兒的男女，她那年過半百，怨嘆沒子息斷香火的父親，日盼夜想，秋紅肚子裡這胎是男的——事與願違，長興的祈盼如燈熄滅——卿卿是瓦片，高齡產婦的秋紅還得挨刀剖腹生產。長興失望之餘，安慰自己，只要會生，有一就有二，只要有田這季收成不好望下季。

說嘛奇怪，長興一生的女人數不清，有明媒正娶的唐山婆，有他霸王硬上弓得到的女人，有心甘情願投懷送抱的女人；有菲女，有台灣婆，有山瑞（香港入口的華人風塵女子）。因為長興以賭為業，一生在賭海翻滾，三更窮四更富，他輸到谷底時，沒五塊錢到王彬街喝咖啡（六十年代），他翻到浪頂時，有錢買炸雞到後台捧唱九甲戲的女戲子，一擲千金，「只要大爺有錢，女人伸手一抓就有」這是長興的豪語。他種馬似到處留種，兒子應該有一串，怎樣求子若渴？

長興在戰後以遊歷字來菲，因入境手續不完整，被拘留「水厝」（囚禁犯移民法規的人工島）。他上岸時暈船難過，又饑又渴，過午才分配到手的食物，竟然是硬如石頭的圓麵包，和像洗腳水似的所謂咖啡。長興怒火高燒，惡向膽邊生，嘴裡怒吼說：

「恁父不是豬，這些食物要飼豬嗎？」說著把圓麵包當石頭丟向守衛；把盛咖啡的搪瓷大水杯怒摔下地，瓷碎四濺，咖啡把地上的塵垢和成泥漿。守衛驀然被襲，本能地一直後退，驚瞪著一對雙眼皮的大眼，自有「水厝」設置以來，被拘留的過客都是低聲下氣的，甚而是哀聲嘆氣的，幾時見過如此兇神惡煞。當守衛回過神來時，即狂吹警笛，發出暴動的警報……

「大字館」的人來報訊。賭場保鏢綽號猩猩的火龍似的慌然撞門進屋來。人未到聲先到，雷大的聲音，讓所有的人轉頭過來。

「豪哥，不好了，出事了，太子（這是董豪豢養的手下為討好他，稱他的寶貴兒子為太子）長興在水牢裡襲警，被五花大綁，單獨禁閉……」董豪聽了嚇破了膽，拍桌而起，繞室而轉，緊擰著濃眉，嘴裡一直咕嚕著：「壞了，糟了，他找死，新客仔敢如此撒野蠻幹，這死孩子……」

曾拽下一句：「除非菲幣不能用，有錢再大的事也會沒事。」豪語的丁氏僑領，是董豪的換貼拜把兄弟。董豪龍捲風似地捲到丁老處求援。算找對了鑰匙開這把鎖——把鈔票當水龍頭水滅火，沒有滅不了的火——還有沒有鈔票填不滿的坑洞。折騰了三天，長興才走出「水厝」。他這一生何曾受過這樣的委屈，他一路罵聲不絕：「婊生的，恁父是踏不死的蟑螂，恁父還不是走出『水厝』，關三天就當是渡假，此處不能居，鞋跟敲敲回咱厝，不也有滷豬手、四物鴨、煎帶魚祭五臟廟，不會餓死的……」接他出牢的保鏢猩猩聽了長興的馬後霉，忍俊不住，心裡想「太子就是太子啊！不知天高地厚……」

而董豪一早就吩咐廚房煮豬腳麵線等長興回來吃。吩咐猩猩帶長興到王彬街理髮，去去霉氣。護短溺愛幼子的董豪還說：

「這小子被唐山老查某（老婆）寵壞了，十求百應，從小就橫走直頓鄉裡，他哥哥長泰會讀書，送他到廈門唸大學。他可是鄉裡唯一的大學生，所以不讓他出外，是想在家鄉留根。那像這不成算的死孩子，不讀書，好吃懶作，這小子是「老查某」的心頭肉，唯一一次斥責他，是長興把金戒指當給劉厝大舍的兒子抵賭債……」

一天豪嬸發覺長興的金戒指不見戴在手指上，她慌然追究：（整個董厝村，只有三隻金戒指，是董豪寄來的，給他的老查某和兩個寶貝兒子金光閃爍照鄉裡）。聽豪嬸「夭壽」直罵：「你阿爸給你的戒指為什麼不戴了？那裡去了？說，快說……」說著說著，情急地握拳一直搥長興，他雙手招架不住，被揍痛了，聲調帶氣的喊一聲：「被我輸掉，當給劉厝大舍的兒子天賜啦！」豪嬸怒火攻心，提腳再前要揍兒子，長興不吃眼前虧，邊跑邊拾起塊磚頭丟豪嬸，阻止追兵。他伯父董德來到，被逮個正著，長興從小天不怕地不怕，唯見到他伯父如老鼠碰見貓，算是一物剋一物吧。長興一見到伯父擋在去路，即僵住了，手腳戰抖，不知所措，董德怒罵一聲：

「畜牲，敢扔磚頭打你阿奶，要失手打死了你阿奶，你不怕天打雷劈……」說著狠狠打了長興一巴掌，準是力道夠大，長興捂著臉嗚嗚哭了，畢竟他只是十多歲的大孩子。豪嬸看長興被打，心疼了，怒衝直前和大伯翻臉，一手急拉長興到她身後，母雞護小雞般，面對氣沖沖的大伯，激動得臉紅脖子粗頂撞大伯道：「我的兒子不用你管，我自己會教訓。」

「哼，妳會教訓，教出什麼樣子來，是董豪子姪不分，先牽成我兒子長啟去呂宋。我不能不替他管教他兒子。做種子要曬乾，看妳把長興溺愛成這樣，這種種子未等發芽先爛了。妳這蓋頭塞腦的查某人（女人）。」董德怒不可遏直扁弟婦。

董豪想到這裡了，自己搖頭嘆息，董德來信一再催他把長興帶來菲律賓，在身邊管教，不然給他那滿腦子漿糊的母親溺愛快變成土匪了。

「豪哥，來了，來了。」猩猩邀功似地通知主子。董豪笑亮滿嘴的金牙，急走出辦公室迎接寶貝兒子。他是家族至上主義者，一直以為兄弟是手足，子姪不分。他這一生不缺女人，現在他身邊就有他在賭場搭上的女人生的二男四女，可他把他們不當回事，是無心插柳的結果，生了就養，反正子女不嫌多，也吃不垮這賭場……他一心只認唐山那兩個兒子，是正統根基，每次聽賬房老謝唸唐山來信（董豪不識字），是他一大樂事，有時笑嘻嘻的要老謝重唸一遍。他之所以東賭起家，是深知人無橫財不富。他一心急著把兄弟子姪引來呂宋——憑他理髮手藝掙的工錢月薪三十塊錢，要買十張八張的「大字」給家人來呂宋，要等何年何日。所以在王彬街頭問董豪的賭場，無人不曉，在賭界揚名立萬於四十年代至五十年代。

長興發飆大鬧「水厝」被拘禁三天餓壞了，把那碗豬腳麵線狼吞虎嚥，滾燙的香姑土雞湯不是喝的，是大口大口的吸進嘴裡而呼呼有聲。董豪看著有趣，輕拍兒子的背心，和顏悅色的說：「慢慢吃別噎著了。」長興剛挾一筷子麵線想往嘴裡送，聽了董豪的話，筷子停在半空，意識到自己的吃相難看而臉紅了。董豪眼睛往桌下望，看見長興不知不覺間，提曲一腳踏在椅子上坐著，董豪偷笑，想到自己以前在唐山吃飯時還雙腳蹲坐在椅上呢。

董豪心裡想：「浪子好過傻子」。他給長興來呂宋，不是要承他的衣砵。撈這旁門左道終非善策。長興要送他去商場學做生意，不計薪金，只給這小子去——

猩猩氣急敗壞撞門而入向董豪報告說：

「太子自動向接電話有要事要離開的郭大頭家請命，允許他代打麻將。豪哥，是一圈一千塊的輸贏吔，郭大頭家竟然說：『輸的掛在我賬上，贏的歸你這太子。』」

董豪心裡暗暗叫苦：「這小子陷下去了，要他去吃頭路（打工），無疑放淡水魚入海洋，看這『五形』他一定不去，也沒人敢僱用……」

董豪看透了這孽子的生性。也寒透了心，這兒子像燒壞的陶器，已燒定形，無法改變，除非摔破他重作。

秋紅是長興在賭場收編來的女人。秋紅在長興運途陷於谷底時，來到長興面前要跟他過日子，同甘苦，秋紅就這樣得人心者得天下——幾場大輸贏的賭局，長興這莊家輸多贏少，賠得脫底；不敢到王彬街的仕記喝咖啡。因為他沒錢像以前給這個給那個付咖啡錢，他已風光不再。要再籌集東山再起的巨資談何容易——這人際是非常現實的，當你氣勢如虹的時候，儘多錦上添花的人，當你撲倒的時候，會出現很多踩你的人，

因為她出身風塵，秋紅不容於董家人，特別是那些長興唐山來的堂嫂幾個，說到秋紅這名子，都撇嘴皺鼻鄙視著，長興和堂兄長達比鄰而居。秋紅和麗瓊初相識時，秋紅對麗瓊客客氣氣的，保持距離。只有麗瓊過門去看她，她從不進麗瓊的家。她因她的出身充滿自卑感，妯娌幾個對她的態度傷透了她，只有麗瓊是菲地土生土長的，才不理會誰跟誰的出身。

她喜歡秋紅的潔僻，她家窗明几淨，流理台潔淨得發亮，抹布比別家的紗衫潔白，有一次，麗瓊就遇到秋紅從廁所門口追打著長興嘴裡罵著：

「你這骯髒鬼，次次告訴你，小便尿滴不要滴在馬桶沿，你就是死不改，要我多洗一遍馬桶。」

長興一看到麗瓊靦腆得紅了臉，五步做三步溜出門，嘴裡喊著：「三嫂來看妳，妳們好好開講吧。」

每次找秋紅聊家常，都看見秋紅縮起雙腳斜坐在沙發上，食指中指夾著煙枝微仰著首在吸煙，陷在沈思中，秋紅會吸煙，是唯一可以看出她出身的端倪，她不施脂粉，連唇紅也不擦，天天素著一張臉，清湯掛麵的長髮，手臂上有種牛痘的圓疤，在家穿著棉布的DASTIR（衣連裙布袋裝），秋紅肌膚並不白皙，乍看和一般的菲律賓女子沒有差別。她鼻挺而鼻樑少肉見骨，一對鳳眼，眼梢上斜，再怎麼看都不相信她出身於風塵。

看秋紅吃三餐的佐菜，儉得過份，長興不回來吃時，三頓吃白粥佐鹹花生仁或醃蘿蔔，有時開一罐豆豉，倒在小碗裡，一顆一顆用筷子挾起來佐粥。麗瓊曾開玩笑的對她說：「妳跌倒沒有鮮血可流。」。

「我曾這樣吃，渡過在調景嶺的日子」，秋紅說一句停一下下，眼神穿越眼前的虛空，陷入往事的旋渦裡。「同是逃難人，何必相煎熬！一天有人丟了半塊的香皂，她……她竟然誣賴我……我偷的……」秋紅眼眶含淚，咬著牙，聲音從牙縫擠出恨意，可以感覺到事隔二十多年，被誣賴的傷痛，不因時間的流逝或忘或減輕。「我和夢玲及如玉三個同時逃出大陸的大女孩，在舉目無親，無人伸援手的窮山惡水中滅頂，為了活下去，我們一起跳……」麗瓊熱淚盈眶為弟婦的不幸淪落，為弟婦肯掏心掏肝的把自己不堪的身世攤開在她面前，就是把她當親人，知道她有別於眾妯娌的為人；秋紅知道董家的伯叔兄弟都對麗瓊放話說：「不要和『潮州仔』（秋紅）同出門，怕別人誤會妳的身份……」

董豪是董家的「發財頭」，他被晉江人提攜到呂宋。他早有一人得道，帶旺全家的夙願，董豪在賭場叱吒廿年，明瞭賭場的錢，潮起潮落，到頭來一場空。他負責籌集資本，教弟弟和姪兒和人合股做生意。為董家的興旺植下樹苗，期盼根深枝繁葉密的局面。

長興抵菲幾個月，就交上一「電面婆」（理髮按摩女）跟她生男育女。所以跟這番婆定下來，因她首胎就一舉得男，是長興生命中第一個兒子。雖是半番終歸是自己的骨肉，看孩子五官是自己的翻板，長興是疼入心，以賭場為家的長興偶而也回家抱抱出世仔兒子。拿回家的家費充盛而有剩。番婆母憑子貴，一心等長興或幾天或半月來臨幸，來送錢……

幾場巡迴走埠的大規模的賭局都輸得慘絕得匯錢去放人。長興煩極無聊，想到有多久不去番婆處，抬眼看時鐘不覺已過午夜，又是細雨紛紛的夜晚，說走就走，截一輛得士（他從不坐公車），到加洛千市番婆處，都快忘記是那一隻鑰匙開這扇門的，門開了屋內靜悄悄的，長興躡足跛級而上，來到房門外，忽然聽見有吃吃的笑聲，有說話聲。長興猛被敲了一棒似地，腦中一片空白，霎間，當他明白是怎麼回事時，怒火中燒，握拳大力敲門，聽見番婆猛抽一口氣，驚呼一聲：「他回來了，」一陣忙亂窸窸的穿衣聲，番婆出聲地說：「來了，來了，」門一開，長興不看番婆驚慌失色的臉，目光繞房間一看，沒有人，只見窗戶開著……長興回頭目光如刃，恨毒地怒視番婆，倏地揮拳痛擊番婆的臉，她鼻血直流，跌坐在地板上，長興提腳再補她一腳，她狗被踩到尾巴般哀叫一聲，仰天而倒……

「幹她娘，烏龜畫在背心丟人現眼王八在做，莫怪算準可大撈一筆的場場賭局皆敗北，全軍盡墨烏有……」都幾天過去，長興還臉色透黑發青，話說沒兩句就「幹父駛媽」的，猛向地下唾口水。

長興不再往番婆處送錢。不時口吐三字經：「叫我送錢去給番婆養『猴哥』（拼夫）養一窩雜種，免談，錢在王彬街分給『針仙』（癮君子）乞丐，還聽幾聲興哥謝了，興叔謝謝，您父較暢……」

所以，秋紅的懷孕，讓長興意外的傻眼，也喜出望外。他剛為捉獲番婆的姦情，憤恨難抑。出世仔的長男和長女，五官長相是長興的拷貝，不認都不行。長興還懷疑是不是他的骨肉？還有另兩個小女兒的膚色，無容置疑，她倆的生命跟長興沒一點牽連；唐山結髮的唐山婆/領養了一個兒子。聽說被他的祖母和母親婆媳倆溺愛得，就是在她們倆的頭上拉屎，都不忍責備。長興想到這裡，痛心疾首地仰天長嘆：「有子有子命，沒子天注定。」

卿卿雖是女兒，長興也疼愛有加，常到搖籃邊，用食指輕挑卿卿的顋幫喃喃跟女兒說話。長興跟他老子董豪一個樣，都疼愛孩子。董豪一句口頭禪：「子孫不嫌多，個個都是寶。」在秋紅決定和長興過日子後，他們領養了一個出世仔女兒命名寶寶。長興一再吩咐秋紅；買最好的衣物給穿，營養的食物給吃，別給人家說領養的女兒不疼；秋紅意外懷孕（一句只能在耳邊說的傳聞，風塵女子接過十二生肖的男人後就不能生育），長興喜翻了心，說：「寶寶好足跡呀！招來弟妹，疼她沒白疼。」

看長達他堂兄有五個兒子，長興羨慕死。他特別疼愛那老二羅拔，怎樣看怎樣稱心；那丹鳳眼，那山形眉，鼻挺，鼻準頭豐厚帶財庫，那溫暖厚厚的手掌，長興牽了不想放開，還斷掌呢！長興渴望長達把羅拔過繼給他……

「你不能這樣對待你的兒子，要他（她）站在門外久久，乞丐似等你施捨，孩子是無辜的，不要造孽，錢快拿給他，讓他回去吧！」每個星期六下午，祖易或羅絲來拿生活費。長興愛給不給出世仔進門——每次都要給秋紅斥責才肯掬出錢，叫秋紅遞給出世仔兒子或女兒。兩個人聽不懂他爸爸現在的女人說的話，然而他們瞭解這TSINA（華婦）是幫他們的，所以每次都以感激的眼神看她，說一聲「謝謝」接過錢回去。事實上祖易和羅絲的生活費是秋紅幫他們爭取的：「有夠衰，我捕鷹的反被鷹啄瞎眼，番婆敢偷人，要在唐山，我不把她大卸八塊，我不姓董，當時不該買那座樓房給她安身，猴哥登堂入室在我買的床上打斛……」

「誰叫你半個月，一個月不回去」，秋紅故意火上潑油，要氣瘋長興。長興真被氣得瞪眼結舌。秋紅收拾起嘻笑的態度，苦口婆心的勸長興說：

「你嘜可以啦，三字經不離口，我都煩聽了，番婆又不是你的元配老婆，不要就丟嘜，不過孩子是無辜的，你不能不養！」

「養他一窩雜種！」

「你那出世仔長男和長女，任何人都說跟你是一個模型倒出來的。連你都不敢否認，至少兩個孩子的學費，生活費你要給，叫出世仔每個星期來拿錢」說真的，長興有點怕秋紅，她不亂說話，不容長興反駁，常常扭住長興的行止不讓出軌。

在賭界長興除了太子的綽號外，還有一個「玻璃保險櫃」的外號。董豪雖是以賭起家，但懂得滿潮時，抽賭場的銀根，命弟弟和姪兒找人合股做生意。長豪和四弟董發是合灶的未分家。董發用董豪的錢投資的食品公司，營運蒸蒸日上，二十年後資產做百倍的擴展，還不斷增值中。董豪不令動它絲毫，這是董家的基業，董家的命脈。董發更不負二兄董豪的栽培，節儉的過份，他吃住在姪兒的家，他一天花的只有喝咖啡的錢。他的薪金和出車的盈利，能不動就不動，全鎖入保險櫃裡。他不識字，不懂存進銀行。他也不相信銀行，問銀行為什麼他的錢要交給銀行打理！

所以認識長興的人，都知道他將來可以繼承大筆的遺產——等董豪歸天以後，他是唯一的繼承人。現在他賭海浮沈，窮時連喝杯咖啡的錢都沒，有人封他「玻璃保險櫃」——看有拿沒。

二十年風水輪流轉，以賭起家的董豪是董家擺脫吃番薯渡日宿命的拓荒者。現在接棒的是生意人董發，他是董家的巨柱，撐起董家一片藍天。

董發唯一捨得花的錢是喝咖啡，二十年如一日。連理髮都要省，理個平頭，可拖久點再理。短袖襯衫洗得白變灰，他都不要緊。董家叔姪兩代多「種馬」，番婆是交定了，出世仔子女各一串串。唯董發好像不是壯年的男人，過著清教徒似的生活，過番二十年不多看番婆一眼，甭說要交番婆。

一天，董發想喝咖啡，時值傍晚又細雨紛紛，他撐把黑色男用大雨傘過街去想喝咖啡，享受一下。一部川行載客的大巴因下雨路滑，而天色已暗，當司機看到過街的董發時，煞車已不及，把董發撞飛老遠，當場斃命。董發的急逝，讓董家的天塌了。董豪老淚縱橫，放聲痛哭，他有白髮人送黑髮人的傷痛，死了這棟樑的弟弟，比喪父時還傷心。看長興這孽子不長進不能靠老。整個家族的希望都在這董發的身上，大姪兒長啟的生意是做得好好的，畢竟年輕，還未成氣候。董發之喪，無疑令董家為之傾覆，董豪命所有的姪兒穿孝服做孝男。董發的獨子長昭在大陸，不可能插翅來奔喪。元配劉淑甘在香港，正做手續來菲會面。董發嫂十五歲來歸董家，如今也不過四十歲，夫妻分離二十年，一知有機會來菲和夫會面，親戚鄰里恭喜聲不絕於耳。在準備以前，她到廟裡求籤，求來「孟姜女哭倒萬里長城」一下下籤，解籤的搖搖頭，董發嫂看了心都涼了，偷歡喜雀躍的心，忽地蒙上陰霾，一邊安慰自己神明可信不可全信……夜夜推窗開看望月亮，數星星，晝思夜盼二十年，終於捎來石破天驚赴菲會夫的佳音，為什麼抽的籤詩是下下籤……董發嫂心七上八下，時喜時憂，心神不寧。直到來通知七月十日坐國泰班機赴菲，心的陰霾一掃而空，臉上才有笑容。畢竟這輩的番客嬸，把自己的身心封閉得死死，不見天日，七情不形於色……

董發停靈兩個星期。董家動用一切的人事財力，趕完淑甘赴菲的手續，給來見董發最後一面。董發嫂求來的「孟姜女哭倒萬里長城」的下下籤不幸而靈驗。淑甘沒見丈夫最後一面。她被姪兒們架著扶著走進靈堂，還未到遺像前她就一慟而絕。急救後醒來，咬牙搖頭的拒絕到棺前看丈夫的遺容。她和丈夫的夫妻緣註定曇花一夜的短暫！等不及天亮就萎謝。生既緣吝一面，死又何必見屍！

董豪辦完弟弟的喪事，自己生趣索然，傷董家後繼斷層，自己無力回天。他也安排了自己的後事，吩咐死後要葬在弟弟的旁邊。每年的亡人節，董豪大事張羅，召廚師來義山辦筵席，點燭的人絡續不絕，都要吃飯後董豪才放人。刻意顯示董家人脈廣，家道興，所以年年的亡人節都當普渡來辦。

董豪死後如願和董發兄弟比墓而眠。兄弟倆的家眷卻要分家各自分道揚鑣。長興這玻璃保險櫃的秘碼撥對了，應聲而開，一下子空降幾百萬的家產，把他給樂歪了，本來「蛇走雀步」的他，更走路有風，腳跟不踏地，變本加厲流竄於女人堆間，討好他的人，為他通報，誰家來了十多歲的女傭人，保證是處女。長興把她用錢給砸死，得到她的初夜……他今是賭場三人扛四人扶的豪客。東主還為他煮私房菜，在耳邊悄悄告訴他說：

「今晚我叫我女人特地燉鮑魚雞湯……」

「今天回去以前喝碗燕窩湯，睡個好眠。」

長興少時被他的阿奶溺愛得不知好歹，不明是非。現在的他被錢寵壞了。聽說台灣很好玩，菲僑是金閃閃的，一塊菲幣換十塊台幣吔，長興心癢難抓，可他是逾期遊客身份，不能出菲國境。。相信嗎？沒有錢做不到的事，不知道長興花了多少錢，造了一張返菲證，有專人護著出境入境。就這樣長興在台灣玩慘了──他暴發戶的行止，讓人側目皺眉。長興兩個星期的台灣遊，可說是「暢死驗無傷」。然而他帶回一個咒咀，成為他生命中的夢魘，他強要忘記──那一張清秀少女的臉，恨毒的目光如刃把長興刺透，咬牙切齒的她咬破了下唇皮沾著血絲，尖尖手指疾指到長興的鼻頭，狠狠的口氣說：「我以我的血起誓，你必慘死，粉身碎骨的死，也難消我心頭的恨！」然而他一定下來沒事做的時候，這咒咀他的少女的臉龐似在眼前，讓他心悸不安……他真的後悔，和酒店領班設計迷姦初下海陪酒不賣身的她。她的咒咀像下了蠱在他身上，令他背脊透涼，頭皮發麻，這一生他從沒給人這麼恨過，恨不得啃他的骨，啖他的肉似地，含血咒他不得好死。

這天傍晚，長興的出世仔女兒羅絲情急的敲門（她從不敢大聲的敲門，有時不敲門靜靜站在門外，等秋紅叫她進來。），秋紅開門一看，嚇得倒抽一口氣，看羅絲一臉刷白，嘴唇死灰，一口氣喘不過來：

「……祖易……他死了……死了……」秋紅聽懂了羅絲的打家樂話；祖易為什麼好好的會死？枉費她護航他唸完中學；長興繼承了遺產後，家費給的寬裕，秋紅答應給買一輛三輪車給祖易川行，幫著養活幾個妹妹。祖易中學畢業後，不敢奢望上大學，認份的租三輪車來踩賺一天的生活費。祖易是大塊頭，鞋大如舟，很難買他穿的號碼。人卻溫柔如女孩子，與人無爭，臉帶笑容，怎麼會被刺死？

「……義裡示八橫街多停泊著機動三輪車，排隊輪著載客。泊在「干道角」（街口）」的一輛載到客後開走了，排後面的一輛就移前補上位，。一直是這樣相安無事……」

秋紅給羅絲一杯水，叫她坐下，給她緩口氣後，細細盤問事由。

「今天……祖易他的三輪車剛要移前補上街口的位置，一輛三輪車疾衝前來，佔了前面的位置，把祖易的前車輪撞扭曲了，祖易據理力爭……」

「我知道祖易是不會和人爭吵的，事情不應該嚴重到出人命。」秋紅光聽就混身發抖。

「對方嗑藥，HIGH得無理智，祖易一句話還沒說完，對方就抽刀猛刺祖易的心胸，一刀斃命，安娣，您看，祖易的血染紅了我的胸前，因我抱他逐漸冰冷的身體，不捨放下……」羅絲講到這裡，忽地崩潰，痛哭失聲：

「哥，你這一走，叫我怎樣孤單活下去，你答應我給我唸大學，……哥……」秋紅鼻酸眼眶濕紅。

祖易的死，無疑一棒敲醒了長興的良知，他痛悔不堪自己不該因恨番婆偷人而棄出世仔子女不顧。秋紅斥責得對——孩子是無辜的。現在厚葬兒子，不能稍減悔恨之心。

按習俗父母不能送子女的殯。此話一說，羅絲發瘋似眼露兇光，手握水果刀直抵長興的咽喉，一字一頓咬牙地說：「你——敢——不送我哥到——義山。我——一刀——刺透你的心——看看你的血是不是紅的。」羅絲引爆了十多年來對父親的恨與濡慕之情，（她知道錯在母親，她正式與她的拼夫警察同居，就在她父親買的房屋裡），不是祖易的死，父親不會來看她一眼，哥都死了，她才不管什麼「引叔」（華人）的習俗，用刀押父親也要把他押上義山。送哥最後一程。

出世仔兒子的死，敲醒長興的良知——他知道虧欠了出世仔兒子。他若看顧他，他應該是今年大學校園裡的新鮮人。那需要他踩三輪車討生活……祖易是他唯一親生兒子。「唐山婆」領養的兒子不嫌他沒血緣親情，氣他被溺愛得無法無天。在香港做「阿飛」，整天機車駛到震天價響，呼嘯過道。說他是我長興的兒子？！悲乎哀哉！秋紅生的是女兒，再也沒懷孕——我真的未死先絕啦。

這是緣份，長興疼羅拔入心，從小就抱著，把玩他的小手小腳不忍釋手，心裡叨念著：

「要是長達肯分羅拔給我疼——我不再有遺憾了。」出世仔兒子的死，令長興要羅拔的心願發酵到塞滿了他心坎感到要窒息。這一天他買了六包三嬸喜歡吃的綠豆餅，去求老人家分羅拔給他做兒子。

三嬸坐在椅上看電視。看見長興，忙不疊地叫他坐在她身邊，不勝欣喜姪兒能來看她。想他剛死了兒子，心比心天黑了一半……想董豪是董家發家的功臣，董家人能腳踏呂宋地是董豪的牽引——還得他的子姪不分，先給幾個姪兒來菲，自己的兒子搭最後的機會做「遊歷字」來菲。所以長興蹲在三嬸的搖椅邊，按著她的膝蓋求她說：「三嬸您福氣子孫滿堂多男丁。您知道羅拔自早我疼入心，求您把羅拔分給我疼，我會把他當寶捧在手心惜……」

「我把孫兒過繼給你是不差，親親同公媽骨肉親，只是你剛繼承大筆遺產，董家人要怎樣鄙削我，看你有錢了，把孫兒過繼給你要得你的財產。」

「錯了，三嬸妳知道我那『破某』（糟老婆）領養的兒子，香港做阿菲。我有什麼指望，連親生的出世仔兒子被刺死，我……我什麼都沒了」說到傷心處，長興紅了眼眶，眼淚在眼眶內滾轉……三嬸看了不忍其心，握緊長興的手說：「我答應你，都是同公媽廳作忌不差。」

長興喜極而泣，迅速站起來回王彬街的家，秋紅看長興那狂喜得手舞腳踏，就是繼承遺產時也沒有這樣的歡喜過。長興迫不及待，打電話到翠華廳定酒席，要宣告他有羅拔這個兒子。

當長興歡天喜地告訴長達定酒席的事，執知長達意外得目瞪口呆，問長興兩聲為什麼？為什麼？長興笑裂著嘴說：「三嬸答應羅拔過繼給我做兒子，你不知道嗎？」

長達聽了，倏地翻臉，盛怒地大聲吼向長興說：「兒子是我的，為什麼要給你養，我雖然生意失敗，還不至養不起孩子，給餓肚子。」

長興一下子如遭雷殛，流暢的血液強強凍成冰塊。他僵立如折頸的石雕，沮喪得心灰意冷——他遽遭喪子之痛，又遭堂兄堅拒分羅拔給他做兒子。得遺產後暢玩得夠了。他想洗心革臉重新活過。首先他誓不再沾賭，以壯士斷腕的決心，長興說不賭就不賭。一心漂白轉途做生意人。幾經計劃和六堂弟合股做軍用品收購買賣。

賭徒再「大款」也是被貼上撈偏途的標籤。高尚不起來。長興換血般脫胎換骨棄賭徒的形象如敝履，他抬頭挺胸往前不反顧，一星期幾次乘車到洪奚禮批軍用品，把拉圾變黃金。董家老少為長興的換跑道走正途，拍手慶幸，嘆息要是董豪看見寶貝兒子成正果，能不老淚沾襟，笑亮一嘴的金牙。

穿上MONTAGUT T恤衫，英國絨西裝褲，戴金錶，坐轎車全新商人形象的長興，做了半世紀賭仙，放下賭具，立地成商人，他賭海翻滾半生掙不到的被尊重，現在成為他頭頂的光環，長興大有不負此生之慨。

真愛一個人沒有條件沒有理由，愛就是愛。長興疼羅拔，同樣不管長達肯不肯把羅拔過繼給他做兒子。疼入心就一直寶貝著。所以每個週末學校沒上課，長興就吩咐把羅拔接來過週末。他知道羅拔一年三百六十五天吃飯只佐肉鬆，什麼都不吃。所以吩咐寶寶說：

「去超市買半支羅肉鬆，等下妳哥羅拔要來給他作菜，吃不完帶回家，長達伯困難，還要另外為羅拔備私房菜」羅拔除肉鬆還喜歡吃大蟹大蝦。所以每個週末必吩咐秋紅煮大蟹大蝦，叔姪眉笑眼笑同桌享受。

羅拔兄弟姊妹七個，只有他有零用錢，當然是長興叔給的。兄弟都穿本地SPATAN牌的球鞋上學。只有羅拔穿時值三百塊錢進口名牌球鞋。

秋紅常請麗瓊到翠花廳飲茶。一天，上午十點，有電話找秋紅聽，她聽著聽著，昏倒在地上。餐廳裡一陣騷動，把秋紅救醒後，爆出長興車禍急逝的惡訊……

司機仙道斯宿醉仍駕車送長興到紅奚禮市。轎車與巨無霸的貨櫃車相撞，轎車頂蓋被整片削飛，連帶把坐在車前座的夥計的頭顱也削飛，像球滾老遠……長興的遺體被移出扭曲的車廂，不能用抬的，是用拖的，因他骨折一身布偶似地可以折摺……

秋紅本來就不見容於董家，長興一死，頓失所依，無枝可棲。她在菲律賓無居留權，回港是一定得回，問題是兩個女兒在港沒居留權——董家唯有長達和麗瓊把她當親人，再也沒有人可以依靠可以商量。所以長達為兩個姪女赴港的事問到辦法。來到長興的家，傷心這家空洞洞的，一室淒清……穿著喪服的寶寶和卿卿依在秋紅的左右，看來像三片無根的浮萍靠在一起，麗瓊和長達的淚水忍住不讓奪眶而出！

「我問過，寶寶和卿卿可以學生字到香港讀書……」秋紅的淚水隨點頭無聲落下！

「到香港再設法申請居留證。」秋紅泣不成聲，一室五人相對垂淚。

卿卿每年的暑假都回菲和長達麗瓊渡假，她從小就叫長達爸爸，叫麗瓊媽咪，和堂兄弟姊們親骨肉般生活在一起。她把五個堂兄的合照帶回香港，與同學炫耀她有五個哥哥……

麗瓊想到這裡，心揪成一團。面前一張卿卿的照片，笑出兩個酒窩，好甜好甜的臉龐，雙手插在牛仔褲的前褲袋，英氣勃勃——麗瓊一再問為什麼？為什麼？幾次落淚難以自禁，對著卿卿的像片喃喃自語：

「卿卿四女，妳有兩個媽媽，五個哥哥可以庇護妳，為什麼妳不向我們吐露妳的委曲，讓我們打開妳的心結，妳選擇最愚蠢，最殘忍，最傷親心的逃避，妳還嫌妳苦命的母親不夠可憐，她這一生是苦汁泡大的，受盡曲辱，遍體鱗傷，妳是讓她活下去的支柱，妳這一死，無疑抽去妳母親的脊柱，讓她生不如死，妳說她還能活多久？」

「卿卿，妳漂亮，又是人人羨慕的空姐，親人疼妳惜妳，妳為那一個一無是處我看了都搖頭的青年輕生，值得嗎？寶寶說：『妳跳樓時，他跟另一個女孩在中環行街。』我可憐的四女，妳蠢死，妳眼盲心盲，妳黃泉路上豈有伴？」

卿卿的死，把秋紅的身心風乾速凍，不用卿卿久等，病了三個月就撒手人世。

麗瓊和羅拔兩次赴港為主持卿卿和秋紅的喪禮。母女三人在港舉目無親，無親可依，羅拔在靈堂以兄長的身份向來看卿卿的朋友答禮。香港火葬時要親人按電紐讓柩棺滑進火爐。羅拔按下火葬的電紐開關，送妹妹上路到另一個世界去落籍。

羅拔在秋紅的葬禮中，執孝男之禮，披麻帶孝，秋紅和長興疼他一生一世，視他如己出，做她孝男也應該，告慰秋紅和長興在天之靈——他們沒有白疼他。

五、眼科聖手

董家老奶奶是位好婆婆，婆媳間融洽似水彩和水般難分彼此。閒來話家常，老人有一世紀的話要說，難得媳婦肯聽她說書似地，話說董家家史。

「……我建這座五間張厝，花了我二十年的時間，賣一隻豬後，買一根石條，或一根丈二的福杉，這樣一石一木的架疊在空地上。組織了二十年才敢動工。老二，老三呂宋寄來幾十塊錢，僅夠付工匠的工錢，買煙絲火柴或買菜，要儉儉比接，厝才建起來。好在工匠都袒護我家，粗茶淡飯相待就可以，握估尺的銀水匠，拍胸膛表態：『董江哥，說什麼我也要傾囊底工夫把你的磚厝建起來，粗煙淡茶，花生菜脯下蕃薯湯就可以。以董江哥的好德性，董厝村三代的父老鄉親誰不沾了你的恩情，老老少少罹了眼疾，不都是你施醫贈藥給治好的。你不收一文錢不說，憑你的醫者父母心。一看到有鄉親來求醫，飯吃一半都擱筷站起來先看診後再吃。你明明知道來者是沒錢給的，誰能不感恩戴德……』」

「我家沒建厝基金堆著，來動工建厝，我和老人動手做小工拌灰泥給工匠砌牆，省下幾個『銀角』買菜給工匠吃。銀水匠夠好，中午煎的一盤帶魚，他不動筷腳，留著晚上吃（工頭不動筷的菜，工匠都不便伸筷子動它）……」

「他不派『匠仔二路』（學徒低手）上厝頂，怕鋪不好瓦磚，屋頂漏水。對董江不好交待。因呂宋的錢不多寄，施工斷斷續續的。工匠歡喜心甘情願的等。因為他是幫董江建的厝。看他們替呂宋客德財建大厝時，施工情況，比拼起來，同鄉更知道銀水匠待我們有夠好……」

董家老奶奶就有本事將往事如說書般比劃轉接的讓聽者展開耳朵聽仔細。

「德財在呂宋是開理髮店的，也東賭，帶回滿篋滿箱錢回來建大厝。德財的家內，這女人雞心鳥仔肚，吝省得無天無地，給工匠煮的粥，晚上吃不完，不倒掉餵豬，隔天倒和新的粥煮在一起，都發餿起酸了，壞了一鍋新煮的粥，工匠們氣得臉紅脖子粗，太陽穴的青筋直冒，就想辦法損德財洩憤，銀水匠把丈二粗的福杉鋸成一小段一小段，然後慢條斯理地劈來燒開水，因為德財的家內，為省柴火水。未沸就泡茶。茶一入嘴就知道水未沸，喝來肚子不舒服。銀水匠邊劈福杉邊說道：『看你的剃刀利還是我的斧頭利……』」

講著講著君玉的婆婆一再吩咐說：「看來我是來得回不得，（三十年前做遊歷字來菲探親，老人不想回去，自然有人有門路，抽出移民局的證件，買張出境機票說此人回去了，擔保金當然你知我知誰袋袋平安了）將來有機會一定要回去看我們兩個老人千難萬難，汗水拌灰泥建成的厝宅。是銀水匠半助半工的促成，建成後，會看的人都稱讚說：『董江伯的厝，看是帶笑容的，又光又亮，磚紅牆平，石板地砌得間不容髮，銀水匠不愧是坐第一把交椅的上匠……天井鋪石不見土，拿一桶水從任何角落沖下去，水去如飛一瞬間風吹就乾爽，不見水漬。』」

董家老奶奶還細聲的告訴媳婦君玉說：

「我和銀水匠有個秘密協定，連妳爹也不告訴，我好容易建好五間張這磚厝，可說是搾盡財力，滴血不留，鄉里人盡皆知，我吩咐銀水匠偷留將來疊摟架樑的石洞，外面用洋灰封蓋起來，怕被五柱親人恥笑異想天開，人窮不自量力……」

君玉聽從婆婆生前的叮嚀，回夫家去看看，老人說的「有笑容的磚厝」。頭一遭回大陸，正遇廈門在擴建公路，一路車輛如龜爬行，在崎嶇洞洞的泥路上，一路聽同路司機火氣衝天的漫罵聲：「幹你媽的按什麼喇叭，你××夠硬，要不飛過去……」本來三個小時的車程，爬了七個小時，姪兒們從下午等到晚上，來回山坡上，等小包車的蹤影。到地入村已是晚上十點多，姪媳婦煮的麵線湯已凝成麵糊。

村裡剛有電燈，燈泡小得像聖誕樹的燈飾在這古色古香的廳堂，驚見擺著新式的沙發椅，是姪兒娶媳婦的嫁妝。沙發上坐著三個人，九十歲的老婆婆，是董老奶奶的故事中的人物，烏果嬸，銀扣姆，金發嬸，姪兒介紹給君玉認識時。她們的名字，君玉記得都是婆婆口中念念不忘的鄉親故舊。她們穿著新新見摺痕的斜襟布紐的傳統衣褲，頭髮梳得水光油滑，髫上插著銀簪腋下襟角掛著手巾。等見離鄉三十多年的董老奶奶菲律賓娶的媳婦。三位老婆婆笑瞇了眼睛，露著金牙，異口同聲問說：「妳會說咱人話嗎？聽得懂我們老人的話嗎？」

「會，會，我是中國人呀。」君玉忙不疊的回答著。烏果孀稚氣地拍著手說：「好事，好事，我們可以多問問董江嫂的大小事」說著用手巾拭掉說話時嘴角起白泡沫的涎花，羞意地說：「老人嘴雜，愛問事。」君玉眼前一副畫面——新式的沙發椅上坐著傳統古典的老仕女，令君玉想起董老奶奶口中講的故鄉舊事中的人物，一個個活現在眼前……

天一亮，君玉舀缸水放在面盆裡洗臉，覺得自己隨著時光隧道回到古早時代。

未吃早粥，君玉迫不及待地繞著磚厝轉，看遍厝內厝外，磚牆紅灩灩，董老奶奶說過：她不雕樑刻柱開花窗，因為所有的花紋洞洞專收集塵埃，直直的磚牆雨水一沖清潔溜溜，紅灩灩。君玉看得直點頭：磚厝已五十多年屋齡，不見老舊。君玉想到她婆婆說過的：「我吩咐銀水匠說好好幫我建這磚厝，要我子孫百年好居住，你也好揚名立萬。」

君玉抬頭看樑上掛的牌匾。姪兒永安指著一塊塊的牌匾介紹說：

「這些都是答謝祖父的牌匾。文革時破四舊的狂風橫掃，我把這些牌匾藏在草間乾草堆下，怕被摧毀了。這是傳家之寶，紀念祖父的功德，是錢買不到的榮譽。一藏就十年多，四人幫倒臺後，這些牌匾才重見天日，二嬸，我們家是僑屬，所以我考上空軍時，查悉我有海外的親屬關係，就不答應我入伍受訓。我怕紅衛兵來抄家破壞，所以……」

「難怪，這些題字的宣紙，水漬似雲漾開，紙張黃變脆，要是拿出鏡框，一定會見風碎掉的。」

樑上掛的匾牌有：

今之華陀
還我光明
眼科聖手
杏林國手
骨科聖手
再生之德

一塊塊牌扁是痊癒者歌功誦德答謝的心聲。是一件件醫案的記載；君玉聽婆婆所講的往事，彷彿回到眼前重播——

菲律賓有位施姓番客，染上眼沙，不能上船返菲，找西醫診治。西醫用手術刀在眼皮上割一痕清眼沙，那知刀痕感染發炎，眼睛腫成苦桃不見縫，淚水直倒，刺痛不已，左眼也有眼沙，病者打死都不敢再給手術了。旅館裡的掌櫃杜老就告訴施大發說道：

「你們番客不聞石獅街市，有個董江眼科聖手，任何眼疾他一看無不好溜溜。」

「在那裡，找遍石獅市看不到董江大醫師的牌扁，即這麼聖手，牌扁豈不掛得龐大一塊。」施大發的父親聞言急急問究竟，他為兒子的眼疾，心焦如油煎火燎。

「哪需掛牌匾——石獅市無人不識，無人不知，醫術醫德是這樣。」他蹺起大姆指比著。

「來，我來帶你們去。」

當施大發父子被帶到一家理髮店時，暗暗的店面，兩條長凳對著，父子倆滿腔得救的熱望，滾湯澆雪似溶掉，心頭涼了一下，細看八仙桌後坐著一個清癯高瘦，穿長衫的半老頭，稍有刨牙，下巴長長，眉黑而聚，整齊修長，眼神炯炯亮，他端坐著對著來者微笑，笑容如冬陽般的溫暖。

「董江先生，我給您帶來了施姓求診者，他——」董江舉手一伸杜老就停說。

「是眼睛生眼沙，被西醫動小手術，剔除眼沙後感染發炎，我看過幾個這個病例了，不要緊，我看看，立刻要你藥到病輕，這不趕快醫的話，傷了眼角膜瞎了，仙來都沒救了。」

施老扶著兒子坐到八仙桌前，桌上不見筆硯，只見一根銀針插在小玻璃瓶裡，有幾瓶藥粉有不同的顏色，白色的，粉紅色的，還有灰黑黑豆似的小藥丸。

董先生站出來，他已先用酒精擦了手，輕輕掀開眼皮看著，病人痛得皺緊眉頭嘴裡雪雪呼痛，董江頭一直搖，嘴裡卻說：

「不要緊，我一上藥粉，立刻要你止痛。」施姓父子姑妄信之，也希望真如他說的藥到痛止。

看董江輕輕把銀針用棉花球擦了酒精，打開藥瓶，用銀針挑了藥粉，當掀起大發的眼皮一剎那，他抽氣著雪雪呼疼，藥散一撒進眼睛裡，他轉而一聲呼出他的舒暢：「好一下冰涼，立刻減輕了燒灼感，董醫師，仙丹也不比你藥靈。」

董江邊向大發的左耳吹粉紅色藥粉邊回答：

「好說，好說，五天就給你的病好溜溜。之所以要五天，因手術刀的割傷發炎才多耽誤幾天。眼沙要給我醫三天就給你好溜溜若無發病過。」

施先生緊接口說：「大發根本兩眼都不能張開，請你隨手給他診治左眼的眼沙。」

董江點頭，立刻把用過的銀針再擦酒精。當他掀起大發的眼皮，大發眉也不皺，也忍著不呼疼。他知道立刻他就會舒服了。董江用銀針挑出一顆一顆的眼沙，擠出綠豆大的血珠，即刻撒藥粉，大發隨著銀針的挑動，眼皮一跳一抽搐的，他會疼而不呼痛，反而嘴角含笑。看董醫師用粉紅色的藥粉吹進大發的右耳內。施老笑開了臉，再也沒有他初來窜到，董江未出手前，心存輕視，換之不勝感恩戴德，佩服得五體投地。對著帶路的杜掌櫃蹺起大姆指直說：「真是眼科聖手，名不虛傳。」

大發眼疾痊癒後，感恩載德之餘，大紅蠟燭，豬腳麵線，拜起義父來。又送來寫著「眼科聖手」的牌扁。掛扁時先放鞭炮才給掛上牆去。杜掌櫃對董江耳邊唆使說：「這番客夠有錢，免客氣，狠狠敲他幾張美鈔，看他不雙手奉上，還千恩萬謝的呢！」

「不，我一向都是收這點藥錢，誰來都一樣，你也看到，貧困者我還義診還送藥呢。」

施姓父子要是聽到杜掌櫃與董江的這段對話，豈不拜倒地上。

永安指給二嬸看大門外右邊牆上有根大鐵釘，拗成魚鉤狀，說：「這鐵鉤是另類感恩的牌匾，我父親說的這鐵鉤在牆上五十年了，送不起牌匾的鄉親，給祖父醫好眼疾的人多窮得家徒四壁，冬天買不起棉被棉褥的，紮乾草棕做床墊禦寒，你說叫他們拿什麼來送禮感恩？我們這裡近海多討海為生的人，他們等終年，等到祖父三大節日清明、中秋、除夕回家過節時，天未亮，到縣裡走魚前，各自把活蹦亂跳的鮮魚，靜悄悄地掛在大鐵鉤上，掛多了，吃不完，祖母醃魚下甕，吃得萬久萬久的，我們這裡都吃番薯，菜脯，豆豉過日子的，誰都一樣，難得祖父回家，一家大小才嚐到魚鮮，分得一塊煎帶魚，捨不得一下子吃完，都先把帶魚用筷子挾起來，用舌頭舔一舔，喝一口番薯湯，再舔一舔，舔到最後才吃掉，吮剔得只見魚骨白白的，不沾一絲魚屑。」

掛在鐵鉤上的帶魚和鯉魚，其中一條一定是阿輝掛的，從十多歲的少年掛到三十而立的成年。十多年來從不間斷。

阿輝是水狗嬸的遺腹子。水狗是討海為生的打漁人，眾口鑠金的好子弟。海風刮黑了他的臉，天天十隻腳趾需死釘在甲板上以平衡身子，個個腳趾頭仇家似地不肯靠攏。每個討漁人多靠海吃飯，海裡葬身的宿命難逃——水狗就是海裡生、海裡死的典型範例，水狗嬸要不是懷了孩子，她很想投海而死，隨水狗去做水鬼夫妻。

水狗嫂是擰乾心血帶大這瘦弱的遺腹子。她陸上無田，海裡無網，還不是靠水狗同船的難兄難弟點滴的幫助，拉拔大阿輝。

阿輝十四歲大的時候，漁船主答應阿輝上船做小工。水狗嫂感激得涕淚零落，她並不願孩子走他爹的海路，然而漁村別無選擇的生路，所以，每一次阿輝隨船出海，水狗嫂海面望花了眼，一顆心提到喉口，等看到漁船回航，她心頭掛著的大石頭落地有聲。

一天水狗嫂半扶半背著阿輝，淚流滿臉為孩子的眼疾求診。她幾乎要跪地求救，水狗嫂抽噎著話說不成句，斷斷續續說著。

「董江叔，我就是太無，家無五天糧，母子半饑半餓過日子，不怨……阿輝說眼睛不舒服，也不懂注意，以為不要緊，自己會好……又出海去……回來眼睛紅腫得像熟柿，眼睛掙開看不見，瞎了呀——我苦，哭皇天啊……我沒僥倖失德過……為什麼……」「別哭，別哭，阿輝呢？為什麼不帶來給我看看，一味哭解決不了問題。」

「他，他在大門外呆著，我不敢大頭大臉直直帶他來看你，我是一分藥錢拿不出的。」

董江生氣地嘖了一聲，大聲的說：

「妳也太畏縮，我醫人無數，對鄉里人幾時提過錢字！」說著，董江趕大步找阿輝進來。阿輝坐在大石上，低著頭、手捂著眼睛。聞腳步聲抬起頭來，難過得扭曲著五官，董江把阿輝捂著眼睛的手拿開，說：「別用手心捂眼睛，手心熱，會更加發炎。」說著攙著阿輝進門來。

董江先倒了兩杯茶給落難的母子喝，母子幾時喝過一口茶，頭一遭知道茶的味道。母子眼眶盈淚光直說謝謝不停口。

「這杯茶拿去天井邊水溝口洗淨眼睛上糊的粘液，好給我仔細診看。」董江叫水狗嬸牽阿輝去洗眼睛。

「董江伯，我先是被海水濺到眼睛，我用手指去擦它，就一直發癢刺痛，愈來愈嚴重，到眼睛紅腫掙不開，用手指強掀開眼皮，什麼都看不見了，」董江一番望、聞、問、切阿輝的病情。

阿輝雙手握緊董江的手臂，迫切地問說：

「董江伯，你會醫好我的，是不是？我眼睛要是瞎了，我們母子就死路一條，雙雙投海找我爹都嫌遲……」水狗嫂更是淚下如風雨，搥胸拍膛哭皇天……哭水狗僥倖撇下妻兒生不如死……。

董江把水狗的妻小留下。因為阿輝的眼疾嚴重，有瞎眼的危險。眼角膜發炎，眼球也擦傷，不是擦擦藥粉就可以的，要吃藥、敷藥、還要耳朵噴藥粉，針灸雙管齊下，方能救這對眼睛。他是早晚利用熟蛋的蛋白凹池，放藥粉敷在阿輝的眼睛上，吃退炎的藥丸，切薑片貼在穴道上，在薑片上燒艾草；用銀針針灸穴道通脈……該作的，能做的，董江不遺餘力救了阿輝的眼睛。

母子回去的時候，水狗嫂是跪著，拜著，千恩萬謝，喜極歡欣的眼淚飛洒，喃喃說什麼來生當做牛做馬來報答……阿輝揮淚叩謝董江的再生之德，沒齒難忘！

君玉對永安指著那塊寫著骨科聖手的牌匾說：「你一定不知道這牌匾的來處，你那說話都懶，狗咬也不哼一聲的父親這是你祖母說的，不是我說的，一定不會講你祖父的行止給你聽，你祖父叫你父親學他的醫術好濟世救人，他學都不學……好了，不講你過往的父親。這牌扁是你祖父接好被泉宛車站的大車輾斷了大腿骨的婦人送的。你祖父用手指撫斷骨拼回原處，敷上傷藥，絞上竹片，就這樣接癒斷骨，那婦人走路稍為跕腳點，不仔細看都不知道她曾骨折過。你祖父接好斷了的手腕骨，一個星期就能用筷子……」

「永安，你看過柴房裡有一塊鋪板，中間開了一個洞？」永安點頭，眼神裡有想明白究竟的意願。

「那塊鋪板是你祖父給不能動的骨折患者躺的，洞下放一個馬桶，給患者方便用，有的一躺就整月……」

「永安，我這次回董厝，是帶著使命，是受你祖母生前囑咐，來看他們老人作小工拌灰泥苦苦建成的厝宅，她老人家去菲律賓時，你才五歲，她來不及把董家的家史，三代的人和事及這一塊塊對你祖父歌功誦德的牌扁的故事講給你們聽，所以我雖從未看到這些牌扁，我卻詳知歷歷它的故事，今天來轉告你，總算完成了你祖母的托咐，以後董家的擔子就交給你這長孫了……」

「二嬸，我聽董厝碩果僅存的幾個老人說，我阿公不識字，卻做醫生，這怎麼可能？」

「你阿嬤講了：全晉江你阿公醫眼疾和跌打接骨的功夫無出其右。你阿公卻真的目不識丁，盲牛一隻。他是學理髮的，早時，學理髮輕工，幾個月就滿師，可以出擔理髮賺錢；你祖父十三歲就滿師出擔，當時的理髮擔，一頭熱水炭爐，一頭錐形木櫃，錐頂削平當坐凳。下面的抽屜放剪巾、毛巾、剃刀、剪刀等生財工具，一路挑著擔，街頭巷尾，樹下庭前為人理髮，這樣一路走走剪剪，走到晉江石獅……

「你阿公名叫董江，下面是我複述的故事……」

董江白天走走剪剪，晚上就要宿夜，宿旅店通鋪也得花兩個銅板，又沒灶沒火煮番薯乾吃，除來算去，住一宿得多花幾個銅板……董江東走走，西找找，找到一處破落的大厝，看這大厝曾經有金碧輝煌的過去，瓦頂、磚牆，石板地不見土，花窗雕樑畫棟……就是沒人住，草長及膝。聽說這是一座兇宅，董江想：不用付錢的所在就是福地；又想：人心正則諸邪不侵；又說我打掃一間房借住，不會得罪人或鬼才對。

一天黃昏董江出擔回來，一進門驚訝得抬眉傻眼，牆上掛著一件蓑衣，一個包袱靜靜窩在牆邊，不見一個人影。倏地，有手拍董江的肩頭，他嚇了一跳，急掉頭轉身看，耳邊聽見有人說：「要分一方地給出家人方便嗎？」董江為人憨厚雖意外受驚嚇，還是一勁地點頭。

第一聲雞啼破曉，董江滾起身來，起了炭爐，煮了一小鍋的薯籤粥，放幾塊整塊的蕃薯，等出門帶著，中午走到那裡吃到那裡。

看師父在打坐入定。董江更是輕聲躡足不敢吵他。薯籤粥熬熟了，董江拿師父的煮鍋，抓幾把米洗了，替師父就自己的炭爐煮粥，算算炭成灰燼時就是粥熟時候。他收拾停當，就出門討生活。

一天師父對董江說：瞧你這少年人，心地忠厚，性情溫柔，勤快節儉，我想收你為徒，不是叫你出家，是要傳你武藝防身，醫術救人。董江喜出望外，雙膝落地就拜師。師父把他輕輕一托，他就如落葉般飄起來。

師父說：「我不耐煩這些俗禮，你替我煮了半年粥，為我洗衣掃地，你早以待師之禮相待，我感覺和你有緣……」

董江先聽師父講解軟氣功和硬氣功。練達摩護身法，和少林養心法是軟氣功。可長年不病，偶病吐納便祛邪，十八羅漢功和羅漢排打法屬硬氣功，具備拳打腳踢若無事，棒敲刀砍仍安然的奇效。

因董江不識字，所以師父叫他須心記身練，師父用筷子點董江所有的穴道，讓他知道穴道所在和感應，捏他的骨格關節、筋脈，讓他知道骨格的構造，與筋脈的相連，教他怎樣接骨與療傷。師父授藝過程中，不停搖頭嘆道：

「可惜，可惜！你不識字，我只能教你接骨和醫眼疾。強筋壯骨的藥方你可以強記，眼疾的藥方也易記，佐以針灸，艾草薑片灸穴道，醫眼疾有神效……」師父恐董江忘記，留下一本藥書，把接骨和醫眼疾的藥方折摺做記號。

永安聽了阿公練武習醫的曆程，聽得失神，驚嘆不已；「這和武俠小說的故事神似，看電影『火燒紅蓮寺』人飛天鑽地，知道電影是拍的，假的，但阿公會的功夫是真的，真到成假，讓人聽了不信，看這一塊塊牌匾就是鐵證。看來我保存了這些牌匾，免毀於文革的浩劫是大功一樁。」

君玉耳提面命永安說：以後董家是你的責任了，董家的家史，三代的人和事，你阿嬤傾盆般倒給我，今天我傾盆倒給你，你願意再傳給你的子孫代代嗎？

永安重重的點頭應承。

六、剃頭擔

董安的父親董雄，不給兒子們去學做木砌泥的木匠泥水匠。怕兒子們吃苦，因此兩行業學徒要訂三年長扣，沒薪酬，幹粗活，挨打踢。他給三個十三四歲的兒子去學染布，學剃頭，（理髮）四個月可以滿師出擔掙錢。

剃頭擔子一頭熱水炭爐（煤球爐）一頭椎形的木箱，有抽屜，放剪刀，梳子，毛巾，剪巾，剃刀等用具。椎頂削平當凳子坐。

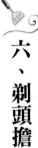

今天董安準備出振，（第一次出門掙錢）他阿母煮了一碗豬油麵線湯，特地從母雞坐孵下的蛋堆裡拿回一個蛋，打在麵線湯裡給董安吃。求個好彩頭。

「乖兒子，今天你出振，第一次獨立出門掙錢，這一路走到晉江石獅，要多往樹蔭下走，日頭毒會晒傷人。下雨要穿簑衣，戴草笠，免招涼，出門生病了不得了……還有對人要厚道，禮多人不怪……還有你是半大的男人，要「好後進」（好少年人）若有婦道人家叫你進屋，要避黑白嫌疑，去給小孩剃頭，你要多小心。只能在大門裡天井的地方停擔。不可隨便上階到廳堂，等孩子被大人抱到廳堂，喚你，你才可以上去給剃頭。剃刀要洗乾淨，孩子頭皮薄，手要輕……最重要的一點，你要記住，絕對不能進人家的房門，去給孩子剃頭髮，掀人家的門簾，是大忌……特別晉江石獅許多「番客嬸」，門戶深嚴，你不能隨便跨進去……若叫你進房都不能進去……」

董安對阿母的耳提面命的道理，句句都聽進耳裡刻在心板上。剃頭擔子一路挑去晉江石獅。一路有叫剃頭的，他每一次都戰戰兢兢給剃頭，到人家稱讚他的手藝好，銅板放在他手心，他才實實在在的知道自己是學好工夫出師了。

腳步是向前走，心思卻是踏著來時路，回到過去──想到去學工夫拜師的第一天，是水英叔帶他上工的。看到水英叔對頭家（東主）打揖作拱。說盡好話，數不完的拜託請栽培……董安心裡想道：

「此工得來不易，我一定要好好的做，好好學。賺得錢回去給阿爸買茶葉，給阿奶買頭巾，阿奶的頭巾，用了幾年，褪了色，布邊都起毛了……」

水英叔一離去，董安手足無措，放下肩上的「紗馬」（搭褳：長方形兩頭有袋子的粗布袋。出門披搭在肩上用的），抬頭細聲問頭家，該做什麼？說著臉上一陣紅來一陣白，頭家不答不理，橫著眼把他從頭看到腳，打量幾回，看得董安感覺身體在收縮淌汗，雙腳發軟……好容易聽到頭家用喉底聲說道：

「把紗馬放在後門櫃裡，門後的掃把拿來把地掃清潔，面盆裡的面巾拿去漂洗乾淨，不能有一絲毛髮沾著，然後晾在竹竿上。」

操作慣的他，這些工作易如反掌，嫌它太簡單了。劈劈拍拍，一會兒作得乾淨俐落。頭家一直用眼尾瞟他的一舉一動，不出一聲。工作完畢，看頭家好像滿意他的俐落，董安小小心頭石頭落地。

董安啊的一聲；真的有白米飯好吃，頭家吃剩的魚頭豆豉拌在飯裡。轉頭四望不見有人虎視眈眈，雙筷快掃一口飯入口，再一聲啊；說多好吃就有多好吃，自己是喝蕃薯湯喝大的。幾時有白米飯吃？想到自己吃番薯籤、番薯乾、番薯渣、薯粉團長大，面對這麼好吃的白米飯都委屈得要流淚，是落土時的八字不對，生錯了地方？

想多盛一碗飯來吃，耳邊響起母親的叮嚀……吃要半飽，不能吃撐了，免頭家嫌你大吃，把你掃地出門。

「你可以去後面的條凳上睡覺。」頭家一句話結束了第一天的學徒生涯。

躺在條凳上董安怎能睡得著。回想一天的經歷，餘悸猶存。這條凳太窄，一動就滾下來，必須躺屍似不動才行。雙手放在胸前氣窒，放在肚上按壓住半餓的肚皮，一舉兩得。

這時想起懷裡的香火包，阿母吩咐要安在店裡土地公架上，他早看到土地公架坐東看西，安得高高的，剛才忙著，不敢停下，現在，看頭家閉眼安息了。趕忙爬起來，輕輕地走到店裡土地公架下面躡手躡足的，拿個圓凳墊腳爬上去。剛掏出香火包，要點香祈告，忽然，一聲巨雷灌耳，驚掉三魂七魄……

「畜生，幹什麼？」頭家生氣怒吼著，董安猛抽一口氣，來不及吐氣，感覺發抖的身體天翻地覆地栽下來。頭先著地，跌得眼冒金星，爬幾爬都站不起來，軟在地上。原來頭家舉腳把他墊腳的圓凳踢倒，叫他跌慘了，掙扎了好久雙腳才戰抖地站起來。抽抽噎噎地含淚含淚解釋道：

「是……是……是咱本鄉的「本山公」神明香火，阿母吩咐要安在店裡的土地公架上。好保佑我們店裡好生意……」他不敢說「也保我平安無災無難！」

也是董厝村人的頭家聽了，三角眼的凶光收斂些，訕訕說道：

「孩子縱事（多管閒事），去睡吧！」

董安頭重腳軟，頭垂在胸前，寸步挪移著，淚水忍不住滾珠落下，不敢出聲，落得一口氣一口氣喘著，他揉著腦後的大疙瘩，無聲抽噎著。

學工夫從洗剪巾，臉巾，到磨剃刀，握剪，最後才握剃刀，用冬瓜做道具，工夫要練到手輕剃瓜霜和綠色層，而不傷到瓜肉才滿師，可以出擔剃頭掙錢走天涯。

董安心裡自打算著，賺到了錢，要買阿爸的茶葉煙絲，阿母的花頭巾首先要緊……

七、歲末清賬

窮鄉僻壤的熊厝，人丁多出外掙錢，或打石或做泥水匠，或木匠，因家鄉瘠地榨不出一點油，長年吃著蕃薯，菜脯，豆豉過日子。

外地人譏笑熊厝山區人的窮，編了幾則笑話：

熊厝婦人做「月內」一條帶魚下鍋滾一滾立刻提起來，把魚吊在樑上，以備日後有「世事」再用。魚湯下麵線，滴幾滴麻油就是無上的補品。

熊厝的母雞驚喜地看見地上一粒米，牠像初下蛋似地拍翅咯咯啼。

逢年過節或祖先的忌辰，才撈一碗飯敬祖先，怎樣撈飯，用闊嘴的瓷缽，放幾把米，用布紮好缽口，然後放在蕃薯湯鑊裡煮成飯，就是說熊厝人死後才有口福吃飯，生前抱歉常年吃蕃薯吧！

這些笑話熊厝山區人聽了都帶淚含笑點頭。

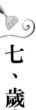

蔡油大娘是熊厝的活菩薩，備受尊崇。鄉裡人無本錢批貨走縣裡去賣，只要她一句話，是油、是麥、是米粉，擔擔都可挑出門，回來再算帳。所以眾口鑠金說蔡油大娘說話可當錢用。

鄉里人嫁出去的女兒生孩子，娘家人要去「探月內」或送「滿月禮」，手頭不便的話，可以向蔡油大娘借，約定俗成歲末清賬，誰都不想欠賬過年。

當然有病人缺錢延医買藥向她開口一定借。

有的人家困難是困難，也得為成年的兒子娶個媳婦好過年。就除夕娶新娘，熱鬧一齊辦，省錢又過個好年。有什麼長短，向蔡油大娘開口，當然銀元即過手，玉成其事。

蔡油大娘有一本青布梅紅簽的帳簿，折摺成一本，可拉長如手提風琴的風箱。是她下晉江，石獅街市上買的，因不識字，每次有誰借錢，就央退休在鄉的老教書先生給寫上名字。借一塊銀元的，她就畫一線，借兩塊銀元的畫兩線，沒借過四塊銀元的，最多畫三條線表示誰借了三塊銀元。平時大家都用銅板過日子，有大事才用到銀元。

除夕前幾天，家家舂米炊糕做粿，準備過年。肉舖殺豬倒羊應市，雞鴨都是自家養自家宰，等出外的丈夫或兒子回來過節吃團圓飯。

蔡油老板從晉江回來過節。今天是「小除夕」，飯後，蔡大娘拿出青布梅紅簽的賬簿，笑容滿臉的給丈夫看，說：「這是你寄人來給孩子買菜的無數銅板，我「蓄來成總」換塊銀元存著，鄉里人有急需都來借去用，我都記在這本帳簿上。」蔡老板看她一眼，她趕快加一句說我不收他們的利息。

蔡老板臉是笑著，說的話卻冷如冰霜：「鄉里人都是憨厚的，惜本份的，借錢都是正當用途，沒人借錢亂花，能歲末清賬固然好，未能還清是不得已，也不要緊，何須墨水記著讓欠者心煩，什麼時候可圈了帳簿還了賬？」說著，接過來帳簿把青布梅紅簽帳簿拉長扔在燒旺的炭爐中。

八、一條粗麻繩

阿祥提著鋅製的提籃，送人要的一碗炒米粉到添福剃頭店的麻將場。場內煙霧瀰漫，麻將桌兩旁角落各置一痰盂，讓賭客丟煙蒂。因吸煙而多痰，咳痰，吐痰聲此起彼落，一口痰射向痰盂滿準的，痰塊答的一聲像籃球灌進籃。整牌搓牌聲；賭輸者的「幹他娘」的漫罵聲；合奏成賭場的交響曲。坐在賭桌上的人，全幅心力投注在麻將陣上，所以阿祥問了幾聲：「什麼人叫的炒米粉？」沒人回應，沒人理會他。幹活了一整天，都晚上八點了還沒空吃飯，又渴又餓，肝火上升，阿祥心裡暗罵聲：「他媽的，叫人呆呆等到幾時？」即提高聲調說：「沒人叫炒米粉，我拿回去了」

東主添福忙上前拿起米粉碗對阿祥說：「明天早上來收碗，我會去和你父親算帳。」

阿祥提著空提籃回去。一路上罵聲咧咧：「恁父將來不做食店，服侍這些大爺，嫌鹹嫌淡一碗炒米粉付十塊錢以為都是賺的……我滿腹不暢……」

阿祥回到店裡，把鋅提籃重重擱在桌上。正和經營麵粉班的陳老闆喝茶的他爸進發，聞聲轉頭，罵一聲：「死孩子，摔什麼摔？」

阿祥臭著一張臉，拐進廚房找飯吃，他餓慘了，叫肚子餓的人送飯給人吃，豈不更叫人肌腸轆轆。

新進發扁食店（麵食）從下午四點開店，做下午點心，晚飯，午夜宵夜的生意。

E街都是做批發的巨商，別看他們的生意包山包海，錢財多到來不及算，可叫他們花十塊錢吃一碗米粉或炒麵，算是奢侈的花費，他們多數以「撲滿」只進不出的想法理財。這樣不「殼硬膏滿」也難。經營「麵粉班」的陳老闆不一樣，他懂得享受人生，每天打烊後，趿著拖鞋（那個年代沒人穿皮鞋看店的）來到新進發扁食店，或煮一碗喜歡吃的生料炒米粉或一碗魚片滷麵，開一瓶黑貓牌的啤酒，自酌自斟，嘴裡哼著南音……等等，進發就泡壺好茶和陳老闆「講天抓皇帝」（聊天）他倆十多年的街坊，見聞E街商場的概況，誰家起高樓了，誰家賺大錢了，老施一碗扁食捨不得吃給兒子豪賭敗家了，老戴外面有了女人，夫妻鬧得雞飛狗跳。陳老闆最忌剋「交番婆」的，看見有誰「交番婆」他就搖頭對進發說：「要死，快了！番親像蝗蟲湧來，幾塊老骨頭不夠他們啃。」像你店裡的伙長（廚司）老張，火烘水浸汗流浹背，一年到頭不見買件新紗衫穿，長褲洗到退色黑變灰不見換。進發，你有發覺老張最近不對勁，面黃肌瘦，精神很差，為什麼？」

「他久年的胃疾復發，吃不下，不時嘔吐酸水，叫他看醫生，他不肯，一直吃成藥。」

伙長老張最近收到他兒子從香港又寄來一封信。

父親：

您出外幾十年，做的勞力的工作，今您年老體弱，聽進發嬸說您胃病復發，病得不輕，回來吧，我有工作有能力養您，照顧您，您放下一切回來吧！

老張不識字，聽進發唸完兒子的來信，喉嚨哽咽，鼻頭酸楚，心裡哀呼一聲：「兒子，阿爸沒臉回去。」

老張結婚三個月後就離開入門喜懷孕的妻子來呂宋。臨別依依，妻子含淚叮嚀說：

「平安抵達時，速來信報平安，免我牽腸掛肚……」

「快則一年半載，遲則不過三年，必回來看你和孩子。」

老張記得過番半生只寄了三封信，一封報平安的信，兩封各寄二十塊錢的信。大陸政權易手，音信不通幾十年，欲寄無從寄。後來老張沈迷於賭博窮得兩袋空空，還欠一屁股的賭債，以債養債，移山倒海過錢關——妻子的娘家兄弟幫她母子來港定居。老張有心也無錢寄信，進發催他寄信時，他說：「沒錢寄，寄空信有屁用。」聽說妻子做手工生活無憂更賭得天昏地暗三餐不顧忘記妻兒的存在。

聽說兒子在香港已大學畢業，恍覺呂宋地一呆二十多年，妻子母代父責養大兒子，無顏面對妻兒。當他接到他兒子大輝催他告老回港的第一封信，信上說：

父親：

您我父子尚未見面，只在照片上認識您，您過番半輩子，做廚師賺的流汗錢。現在您老了，應該做不動了，回來吧！我有工作，有能力奉養您和阿母，阿爸回來吧。

這封兒子大學畢業時，寫的第一封呼喚他回家的信，無疑一棒把他敲醒，他賭得失魂落魄，半生在賭場沉浮，忘記他有一個兒子，他未曾寄一塊錢養過兒子，未盡過做父親的責任。兒子的信敲醒他的良知，羞愧像堆炭火燃在他的心頭，燒痛了他。

進發扁食店做到晚上十二點打烊。陳老闆還在跟進發聊不完的話題，看見廚司老張拿著一條綑米粉的粗麻繩走出廚房。垂首無力的邁出店門。也不向進發和陳老闆招呼一聲，只看了兩人一眼就走出去。

「老張幹什麼拿一條綑米粉的麻繩？」

「大概要綑什麼東西。」進發回陳老闆的話。

「他姘了一個番婆，是麻將場侍賭的，從此身陷泥淖不得脫身。老歹命一個，番親擠滿一屋，等開飯時，狼吞虎嚥……」進發加說兩句。

「這是交番婆的老番客典型的遭遇。」

老張每接到兒子要他告老還鄉的信，一次次羞愧捶擊著胸膛，一下下咚咚有聲，痛悔自己好賭一生，妻子淑惠是好女人，從不來信討錢。她做手工養大兒子，給兒子受好教育。他自己準備老死呂宋，不敢奢望告老還鄉，靠兒子養活，他無顏見妻兒！他這一生活得很窩囊，現在又老又病又窮，他不怨天尤人，他不敢呼天搶地，他知道自作孽不可赦。每接到兒子的來信，要他告老還鄉，要奉養他的晚年，一次次他沒頂於似怒潮洶湧的羞愧中，他虧欠妻兒一生，兒子的孝心，像炭火灸痛他的良知，他活得身心俱摧，心志崩潰……

今晚此時此刻，老張一陣胃痛襲來，痛得他呵呵喘氣，彎腰緊按著胃，身體蜷成蝦米般抽搐著，他最近的胃痛一天比一天痛得厲害，一次次痛得冷汗直淌流，醫生診斷為胃癌，他吃的藥是止痛的，對癌症苦無藥醫真病，所以他決定不做手術不做無謂的掙扎。

「瑪利亞，拿杯水來，我要喝藥。」老張向番妻討水喝。

他接過來瑪利亞拿來的水杯，冰水的冷從手心冷到腳底。他不由地一陣抖顫，心裡哀哭著：「唐山婆一定不會拿冰水來給我喝藥，一定是一杯溫熱的水遞給我，怪誰？能怪誰？老張一時情緒失控捂臉大放悲聲，瑪利亞見狀說了：「SIRA ULO NA ANG MATANDANG ITO（這老頭瘋了啦）」他交這番婆，唯一的好處，是把他的幾件穿的衣服洗得清潔長褲熨得筆挺，做廚司的他，好像不用穿得這麼光鮮畢挺。除此，娶這番婆不用煮三餐，他根本不曾在家裡吃過一次飯，番婆煮的酸辣魚，蝦醬炒雜菜，酸辣豬血內臟膏……他一口也難以下嚥；

交這番婆是一次情慾的出軌——瑪利亞是賭場侍賭的女侍，平時就對老張這老頭似的中年人，情有獨鍾，不時在他身邊轉，趁遞水遞煙之時雙乳在老張後背磨擦，一次老張贏錢，拿了一個籌碼給她吃紅。當他把籌碼放在她手心時，瑪利亞猛抓住老張的手不放，眼睛情深意切的看著老張笑，他被電了一下，星星之火引燃乾柴狀態的老張，他走上張老闆忌諱的「交番婆，要死，快了」的路。應了一些「唐山婆」口中流傳的一句話：「今天是女傭人，晚上上了主人的床，早上就換身份，成了頭家娘。」

自從接到兒子大學畢業後寫的一封催他告老還港的信，老張心頭的悔恨羞愧翻江倒海似掩沒了他，他無顏面對妻兒，不曾寄一塊錢養過兒子，苦命的妻子，做一輩子羨慕別的婦女夫、子隨身邊的「番客嬸」只收到兩次四十塊「賣子當夫」的錢，夠令人心酸悲哀的，老張痛恨自己對妻兒太無情太喪心賭狂，妻兒不恨他不咒詛他，反而在他老去的時候，伸張雙手歡迎他歸來。

當老張得知罹犯胃癌，自知來日不多，回顧過去，都是錐心的悔恨過番幾十年，音信不到家門，妻子前曾寄來一信，附詩一首。

別君漂渺水悠悠
屈指光陰二十秋

君若有情當自省
勿將倫理赴東流

大概是進發嫂告訴淑惠老張臨老入花叢姘了番婆。老張收到淑惠一封信，信上只有兩句話：

今視新婚如掌上珍珠
擯棄舊人如路旁苦李

這信是淑惠寫給老張最後一封信，直到十年後他兒子大學畢業了才給老張寫一張要他告老還鄉，要奉養他晚年的信。

當胃癌陣陣劇痛來襲，老張入受抽筋銼骨的酷刑，感覺生不如死，不想自己帶罪帶病的殘軀，拖累妻兒，無顏作返鄉告老的打算，他沒有資格擁有妻賢子孝的福份他更沒有城牆厚的臉歸去給兒子奉養晚年。

三天前有一次旁晚，米粉廠來新進發扁食店交貨。陳老闆剛好在吃點心，看見一綑一綑的米粉用厚赤紙包裹，用手指粗的麻繩綑好。陳老闆不知如何心血來潮，對進發說：「這麼粗的麻繩，用來上吊應該不會斷。」進發笑笑回應他。

「奇怪，快五點了，老張還未來上工，平常他都是三點就來打理烹煮的素材，熬好大骨湯的。」進發自言自語著

陳老闆進店來了說：

「煮一碗魚片滷麵來吃。」

「好，老張未來，我自己下鑊給你煮，你先喝茶等著。」一會兒，進發捧出香噴噴沸燙的滷麵嘴裡喊著：

「滷麵來了。」

「今天吃你老闆親手煮的滷麵，一定特別好吃。」一陣拉聲拔調的哭喊聲伴著幾個人衝進扁食店。

進發轉頭看見瑪利亞披頭散髮，刷白著一張臉，扭曲著五官苦啞著嗓子語無倫次——

「KABISI（老闆）SI TANDANG KIU，PATAY NA，NAGBIKTI SIYA（老張死了，死了，他上吊……上吊……）」

當進發終於聽懂瑪利亞的打家樂話的意思，嚇壞了，如疾雷轟在腦門，驚極駭絕，木雕人似僵立著，瑪利亞拉著進發的手直搖，喚醒他，嘴裡直喊：「怎麼辦呀？怎麼辦？幫幫我！」

陳老闆也是，一聽老張吊死的消息，手裡的瓷舀匙即落地碎成細塊四濺，他像被針刺了一下，速站起來，對進發喊話說：

「怎麼會這樣，太突然了，太意外……」進發回過神來，幾分鐘內，他要接受老張生命的遽逝，還是自殺凶死。一個在他身邊一同打拼十年的夥計，慘極以自殺了斷自己的生命，他看到老張的妻兒呼喚他返港養老的信，還為他慶幸可以安渡晚年……

陳老闆這E街商場強人角色的他，竟有軟弱的一面，他雙眼閃爍著慌然的眼神，迫切的問進發說：

「你記得前天旁晚，米粉廠來交貨，我看見一綑一綑的米粉用厚赤紙包裹，用手指粗的麻繩綑好，我無心的說了一句『這麼粗的麻繩用來上吊，應該不會斷』的話。會不會這句話教給老張要上吊要用綑米粉的麻繩才不會斷提示他了嗎？」

「亂講，你開玩笑講這句話時，老張在廚房忙著呢，高火力爐竈轟轟響，他不會聽到店裡任何的聲音，你大可放心……」陳老闆呼出一口大氣，拍拍胸口，自言自語的說：「古人說慎言，慎言，言多必失！」

他看桌上吃一半的滷麵，再也沒胃口。

九、木匠巨人

多次拜見陳老德遠公。他老人家有感人的純樸和熱誠，言行間充分表露個性的爽直，寬容和謙遜。他是壽登百歲的人瑞。與他聊天，聆聽他老人百年的生命歷程，受益良多；德遠公說：「我的家訓是勤儉，誠信，寬以待人，若有行善的力量不要推辭，還有家和萬事興，兄弟合心其利斷金。」

「我是木匠出身，做木匠時汗出如油，早上六點開工做到晚上十一、十二點停工，一天流的汗聚一鐵桶都有。我十多歲來菲做木匠，月薪二十塊錢開始，頭家李漢昌看我勤快苦幹，不揀工作，不計時間，從死裡做過來，很快的我的月薪升到一百塊。」德遠公強調的說：「當時的一百塊錢月薪是頂呱呱的上匠，同行中領一百塊錢月薪的，捨我是誰。」

因為這樣有人嫉妒，排擠他，這是人之常情。有次，有答應的工計要如期完工交貨，同工有幾個故意都不來上工，想看他的笑話。德遠公不想失信於顧客，自己一個人趕工到昏頭力竭，一失神，一手指被機器截斷。所以說別人是雙拳十指創業，德遠公是以九個指頭創下這輝煌的基業。

談話中，德遠公轉頭看見坐輪椅的老牽手被看護推到來。他立刻站起來，牽老伴的手，俯身下來，用深情的眼神注視她，一邊輕撫著她的手，無限憐惜的凝視她，那麼自然，那麼深情款款的相親相惜！我已是望七之年，一生僅見德遠公如此的疼惜他的病妻。看盡世上多少老夫老妻，相處如冰凍三尺，特別是久病的老妻，都忘記她的存在，不相聞問。又看多少為妻不老不病，功成業就成功的男人搞外遇，娶二奶。德遠公不學同輩的男人，有妻有妾，有正牌唐山婆，有代戰公主的番婆。他的眼中，他的世界裡只有他唯一的愛妻吳淑珍夫人。她雖然早罹老人癡呆症，但丈夫疼惜她，子女孝順她，日夜有專人照顧她。甚至她的子女登報高薪聘請華婦來怡朗陪她，要有人跟她講「咱人話」（閩南話）而已。她的丈夫她的子女把她老人家當嬰兒似的疼愛照顧。

德遠公伉儷是唐山拜堂成婚的，沒有在人和神的面前簽結婚合同和唸結婚誓詞；他倆老做到患難與共，疾病相護，生生世世相看兩不厭，深情不渝。

看到德遠公幾次推著老牽手的輪椅到走廊吹風，推得心甘情願，推得滿懷溫情！過早得老人癡呆的她老人家，知否德遠公如此的疼惜、子女如此的孝順她？我感動得熱淚盈眶！

「說到儉，我是夠儉的啦，我賺的錢不少，有錢買蛋糕來點心，我買最便宜的碗糕來吃，不也吃得飽飽的；我有錢可以穿好衣服，我不敢，我怕別人側視我，笑我木匠懂得吃蛋糕穿新衣。我連母妗送我的新衣都不敢穿，我認份，我惜福，我一九二八年來伊朗才買一頂帽子載。」

「我所以來怡朗，是頭家答應我，除了高薪還給乾股百分一——當時的怡朗是荒僻的漁村，人口少只有在水口碼頭才有電燈，經十九世紀成百年的開發，逐漸成為口岸城市，這歸功於當地勤奮的居民，為怡朗的貿易，航運和繁榮做出貢獻。妳有聽見說『要爽居怡朗』這句話嗎？」我點頭微笑。

「我一歲喪母，祖母撫養大。疼惜我的亞伯在我十三歲時也棄養；二嬸送我去做學徒，一年十八塊錢薪金，一個月一塊半錢，一毛也不落我手心，都給二嬸拿走。」德遠公回憶到這裡沒有怨沒有嘆息，似乎有一點可惜而已。德遠公重親情，識人家的恩情，是受恩不忘，施恩不念的人，他告訴我說：

「是我的堂伯陳祖策牽我走呂宋路，使我腳踏呂宋地，我才有今天這片江山。當時「大字錢」是一歲十塊錢，我十八歲報十六歲省了二十塊錢。我「新客仔」來三年帶二千塊錢回鄉是手屈一指的，我築祖厝，娶妻，是人人蹺姆指的稱讚！」

「人家說：『工夫頭，乞丐尾』。」德遠公看到我眼裡的不解，就解釋說：

「工字不出頭，工夫人到年老力衰做不動，拿人家錢不來，到老沒底不保。」我領首聽明白了。

「我娶妻七年後才回鄉，攜眷來菲。就起創業自己開店的心。我以百多塊錢起基，我牽手淑真連櫃顧緊緊，一邊做飯帶孩子。我外面允工作，批木材，沒我這賢內助，我是孤木難撐大廈，成不了事業。當時怡朗的新婚者『房內紅』（傢俱）多是我遠東傢俱店做的。傢俱遠銷到加里務，描哥律，民都洛……」

「我所以兼做鐵店，是內兄來合作開店，大舅妗早逝，內兄帶著一群沒母的子女來怡朗投奔我這妹婿。他幫我做起鐵業，他妹妹幫他照顧他的子女……」德遠公只講誰對他有恩，誰是他經營鐵店的功臣，不講他怎樣回報這些對他有恩的人。我從他的孫女口中知道，舅公過世後，德遠公伉儷，扶養這群外甥，視如親生子女，供唸書到嫁娶成人。他孫女又講：

「有位因獅伯是阿公的老伙計，同做木到晚年。阿公待他如兄弟，到因獅伯年老返鄉告老，阿公匯錢去給他生活，到他走完人生的路才放手。依阿公的做人，我相信因獅伯的後人，也會受阿公的照顧。」

德遠公言教身教，他的子女像他一樣，勤儉、誠信、顧親，寬以待人，陳家兄弟使人感動的，是他們視子姪，外甥如己出，從不分別他們是哥哥的子女，是姐妹別姓的外甥，一樣無微不至的照顧，從以前到現在不改初衷。

陳家的子孫聽德遠公的教訓至嚴律己，寬以待人，陳家的男女伙計待幾十年不離開，到退休、到老去，一次，在陳家的婚宴上，德遠公的孫女我的媳婦玉碧看到老司機ＩＳＣＯ，忙給我介紹：

「媽，他在我們小的時候就是我家的司機，幾十年了他還在，不過快退休了。」說著忙著跟老司機合照留念，看媳婦不當ＩＳＣＯ是司機倒像是家人。

有次德遠公對我說：「我不識字，不懂簽什麼合同，但憑我說的話就是信用。幾十年前（ST. CLEMENT CHURCH）教堂的修女來找我，要我為她做信徒望彌撒坐的長條木椅，我一口答應。修女支支吾吾說不出話，最後說：『我沒有現錢付還，可以不可以我積蓄信徒的奉獻錢，慢慢還你，我一定可以還清我的欠款。』我心算這批長條木椅的造價很大，心想我還扛得起，就一口答應修女，她何年何月何日還清欠款，我都不計算了。」

「後來傢俱店，鐵店的生意很好，我有餘錢就投資多處生意，我不識字，看不懂什麼合同，看不懂看賬簿，結果虧本的，賺錢的合資生意都笊籬打水一場空。」

我告訴德遠公說：「阿公，現代找不到一諾千金的古人，有的是簽約毀約的現代人。」德遠公聽了，頷首微笑，看透了人情世態的笑著。

德遠公像一座愛的磁場，吸引親朋好友的心歸向他，敬愛他——因為他愛自己的骨肉，也疼別人的骨肉，他己立立人，己達達人。他造福鄉里，築路，興學——德遠公說他一生的遺憾是不識字。所以對教育的事工，熱心捐輸，無限付出。記得在他老人家的一次壽宴中，有學校的代表說：「我小的時候就聽說德遠公是校董，現在我已是中年人，德遠公仍然是我校的校董……」

德遠公的子女，謹守他的教誨，不僅守成更把家業作十倍的擴展。少見陳家兄弟如此合心如一，親情濃得化不開，兄弟姐妹禍福與共，可以說牽一髮而動全身。德遠公對我說：

「我一生唯一痛心的是長子不肯留在我身邊，執意自己在馬尼拉創業，就怡朗這裡就有他賺不完的錢，他仆倒幾次，我、還有他的弟弟是傾力花數千萬盡心搶救，無奈劫數難逃，無力回天。」德遠公痛失長子，老懷悲苦，情何以堪！

九月十二日是德遠公的百歲壽慶。他一生征戰不休，扎根於菲島中南部，向稱東方明珠的怡朗。他老人家親情第一、重信、重義，白手起家，打下這一片輝煌的江山，現在他已脫下戰袍，交棒給下一代，陳公的子女不只守成，更把家業做十倍的擴展。陳老德遠公以勤儉，誠信創業，以愛心，情義為磚造城牆，圍護著一家人，也庇護內外親疏的親人。城牆裡也有無數死忠不離的男女伙計，他們一做幾十年，在陳家謀生養家活口，到老離休沒遺憾——問他們有幾家的老少東翁會幫著栽培他們會唸書，肯唸書的子女。積善之家方有餘慶。

百歲的德遠公，見證怡朗一世紀華僑的興衰成敗，紮根的辛酸血汗，他自己功成名就，受人敬重高山景仰，所以我尊稱他是一代木匠巨人！

十、六無先生

他在一群揮鎚打鐵的壯漢中，更凸顯他的白晰文弱。跟他在同一工地工作的夥伴，就常常笑他嬌弱如女人。

都說他的一雙濃黑眉毛壓眼帶殺氣。算命的說，是他這雙眉毛剋死了他的母親。姑母告訴他說：

「可憐的孩子，苦命的孩子，你母親生你的時候血崩，奄奄一息纏綿病床經年，以半條命拖到你一歲，就撒手不能疼你了。你母親臨終時說：『我有命生祖光，卻沒命養大他』你母親流淚把你託孤給我。」

祖光的工作和鐵鋪的同工的工作是文武之別。他是拿尺量鐵窗尺寸，握鑽筆割玻璃，至於裝鑲玻璃是工人的工作。鐵鋪的工人是打造鐵門鐵窗的華人夥計。他們一個個揮鎚打鐵時，胸肌臂肌成球成絡在皮下竄動。祖光真羨慕他們粗壯的體魄，卻害怕他們被爐火燻成的暴戾！平日「幹爹×媽」的滿口粗話，一言不合大打出手。特別是在酒醉之後，互毆得頭破血流，每當鐵鋪的夥計作龍虎鬥的時候，祖光看了心驚肉跳，手足發軟，他在愛的世界長大成人。他不屬於此暴戾的一群。

祖光一歲喪母，父親在喪妻之痛下，遠渡重洋，託孤給孩子的姑媽。他到菲律賓接父親的工作。在一個斗大的舖位替人補鞋，日子在刀、鑽、線、黏膠中逝去，捎回的家書，封封都拜託胞姐扶養祖光，一定要孩子唸書，他不想有衣缽傳人，他不要兒子一輩子為他人足下俯首忙碌補鞋，賺那蠅頭小利。

他的姑媽在祖光懂事的時候，告訴他，他不是她的小兒子，他是她的姪兒。憐惜他幼年喪母，把他視如己出。祖光雖然知道姑媽不是他母親，他堅持不改口叫姑媽，他擁抱著姑媽叫媽媽，他說：「您是我的親生媽媽，您疼我勝過疼大哥，而大哥時時呵護我，我不相信他只是表哥，不是我大哥！」因此，姑媽把祖光更疼入心肝。

在他姑媽過份憐惜下，祖光像女孩子樣羞怯，不會大喊大叫，不會爬高跳低，不敢和別的孩子嬉戲。頑皮的童伴大雄就笑他是「無卵泡的阿娘」他氣得臉紅耳赤，只會掉眼淚，表哥追上前去，把大雄揍得哀哀叫，祖光永遠記得表哥說：「別欺侮沒媽的孩子，有種衝著我來。」

祖光常常想：「不知道我是該怪或是該感激姑媽和表哥，今天的我被寵得這麼弱不禁風，一點粗重都不會，不慣大聲說話，更不必說跟人打架，我可以一天都不吭聲過日子。同事的鐵匠，譏笑我的文弱，白晰像大姑娘，沒一點男人氣慨。他們只認得一字鐵條長，只知道大口喝酒，比胳膊，較腕力，大口吃飯，呼嚕喝湯，滿嘴粗話的粗蠢胚，一群蠢牛而已，哼！什麼東西。」

「星期天，我穿長袖襯衣，結領帶去聖公會禮拜堂做禮拜。每每遭受同工擠眉弄眼撇唇的戲弄，說我：大姑娘還打扮，襯衫領帶，皮鞋聲叩過依干洛街石板的人行道。大搖大擺去『吃教』，有本事就天天給我穿長袖襯衣結領帶去工地量窗門，割玻璃，哼！什麼東西，六無一個人……」背後傳來他們呵呵哈哈刺耳又刺心的笑聲，噓聲。

現在的祖光真的是一個無父母、無兄弟、無妻兒人家說的六無的人。孤魂一個，火燒不沸的泥性，狗咬不叫的德性。

人家叫祖光六無的時候，他心中絞痛，欲哭無淚，老天苛待他，他呼天不應，呻吟沒人聽到，他一生傷痕累累。

祖光在夜深人靜，回憶往事，都過去十多年，還一次回憶一次在傷處撒鹽，心痛不已！父親在我十八歲時，才攜回補鞋賺的些許積蓄，返鄉要為我完婚。當他看到一歲扔下的我，現在是可以娶親的亮眼少年，父子相見的一刻，父親滿眶熱淚，伸出的雙手激動得顫抖著，一下子擁我入懷，父子相擁的一刻，我才有家的感覺，姑媽再疼我，終歸是寄人籬下，表哥再呵護我，終歸是姑丈的兒子，不是血親。在一邊陪著掉淚的姑媽說：「我不負所托，把你的兒子養大還你。」

「姊，我欠你的情還不了，我一輩子唸著。」就這樣姐弟淚眼相對，親情濃得化不開。父親緊擁抱我久久不捨，我耳邊聽他不斷的說：「淑文，我們的兒子終於長大成人，淑文，我回來了，妳墓木已拱，我也兩鬢飛霜，我回來為你的兒子娶妻，我回來掃你的墓，祖光長得酷肖你，太像了，我恍然看見你在迎接我歸來……」

父親在我的肩上啜泣唏噓！姑媽告訴我：你父親特別寶貝你，因為你相貌像極你的母親。你父親和母親夫妻情深，恩恩愛愛，不幸恩愛夫妻不長久，你母親病故，你父親撫屍痛哭失聲，男人的眼淚特別讓人心酸與共。聽人常說：「夫妻都是一好配一差，無兩好相排，兩好相排閻君押去宰」不幸這說法在你父母身上是一語成讖。」

我體會到我父母親恩愛逾恆，父親不再娶，山高水深浪跡天涯十多年，難忘結髮之情，有母親的美好於先，父親挑剔著，無心無處找可以匹配代替母親的女人。

姑媽還說：你母親「美人無美命，人美命不美。」

一燈如豆，我們父子促膝長談，千言萬語都繞著母親轉；因為母親沒有照片，所以父親描述母親的相貌，衣著。他說：雖是粗衣布裙，無損她的天生麗質，靈秀照人，你母親肌膚雪白，鳳眼細眉，但身弱如絮……」父親是這樣把母親的相貌描刻在我的心版上。

我和父親去探母親的墳墓。墓前焚紙錢，一張張紙錢化為灰蝶在風中紛飛，恨陰陽隔世，問九泉下的母親，能否感應骨肉心脈的搏動，求夢中再輕搖兒子的搖籃，探兒於眠夢中。

知我們父子莫若姑媽，她嫌我父親太文弱，看父親雖只是中年，但愁鎖雙眉，兩鬢飛霜，背駝肩削（是不是常年俯首做鞋補鞋的職業病態）喪妻之痛使他形神俱摧，使他感嘆「物是人非萬事休」，百念俱灰！姑媽說，我父母是像九甲戲中演的「七世夫妻債」如梁山伯與祝英台；如孟姜女與萬紀能；如郭華與林月英……他們愛得淒美而短暫，最後是死別長恨綿綿！

我娶的妻子金花是姑母給我挑選的，她第一的條件女孩子要健康，她說：「不要像你母親貌美如花卻身弱如紙。」當然也要好樣才配得上我侄兒的英俊，姑媽的話讓我臉紅。

金花人好看，唇紅齒白，杏眼挺鼻，肌膚白晰，臉頰泛健康的酡紅，人聰慧伶俐，只是杏眼含威，眼眸露光。

金花像旭日照入我們暮氣沉沉的家，給我們暮氣沉沉的家帶來陽光。父親時而望著金花的背影凝眸直視，不勝愁鎖心腸，他是否看見金花而想起母親？

我家裡的一切，一桌一物父親都令不動它，保持母親生前佈置的樣子。十多年來都是姑媽不時來打掃，現在交棒給金花。我常聽父親在母親的房裡唸著：

去年今日此門中
桃花人面相映紅
人面不知何處去
桃花依舊笑春風

我和金花的婚姻，像壺上竈的冷水，時日是燃著的炭火，日溫，夜溫，溫出了感情。我對她是沒有什麼挑剔的；在家中她是強者，事無大小她都先做好了，根本沒我插手幫得上忙的。我們夫妻的感情像細水長流，沒有熱得冒煙，沒愛得忘形，也就沒有波瀾，連一點浪花都沒有的日子。想必是人在福中不知福，得不到或失去的才最珍貴，才知珍惜，像我父母，恩愛夫妻不久長，死別長惻惻，死者音容兩杳，生者長恨綿綿。

婚後三個月，父親對我說：「你要當爸爸了，不可以閒坐著過日子，你跟我返菲律賓，去商場學做生意。」

六個月後，姑媽來信報喜，金花一舉得男。父親高興得眉開眼笑，父親是難得一笑的人，看他比我更高興幾倍。嘴裡喃喃唸：「淑文，我們抱孫了，家裡添人丁啦。」父親立刻安排我回鄉看兒子。

我俯身看搖籃中的典兒，輕握他胖嘟嘟的手掌，腳盤，這小生命是我的骨肉！兒子你比我幸福百倍，你母親溫馨的乳水哺你，你酣睡在你母親溫暖的懷中。我呢，你祖母為生我，差點丟了命，奄奄一息，纏綿床榻，那來乳水養我，她最多輕搖我的搖籃，淚花盈眶地輕言細語說：「我有命生你，沒命養你。」

想起明天將返菲遠行，對金花忽然有依依難捨的激情。這一次的離別，回家將是一年半載後，看金花在竈前沏茶的背影，我忘記「上床夫妻，下床君子」的生活守則，我輕輕走上前去，從背後忽然抱著她。她驚呼一聲，砰然一聲，茶壺落地，嘩啦啦碎成片片，滾燙的茶水把金花的腳盤燙傷了，金花驚瞪著眼梢上揚的杏眼，不相信我反常的嘻戲行為，我連忙擁她入懷，頻頻問她：「燙痛了沒？」

她回過身來，羞紅著臉，輕輕退出我的懷抱。看地上碎成片片的茶壺，想起明天我將出門返菲，顧不了腳疼，滿臉惶然嘴裡急急唸著：「碎碎平安，碎碎平安」說著，白了我一眼，怪罪我說：「像孩子似的，遠行出門不喜打破東西，壞了采頭。」

「唉，迷信的，妳不是說了碎碎平安的吉利話了嗎！」金花才轉憂為喜，嫣然一笑。她此刻的笑容永在我的思念中，不能或忘。

一封不具名的信，晴天霹雷的交到我的手中。張開一看，腦中轟然一聲，眼前發黑，天塌下一半，不可能的，太惡毒的閒言閒語，信上寫著

祖光：

回來看看你的家，你只顧出門賺錢，放著嬌妻給表哥照顧，他照顧得無微不至，一天忽然西南雨下，他先幫金花收曬著的棉被，而任他家的棉被被雨淋濕，你表嫂啼啼哭哭叫皇天，回來理會吧！

不具名者上

我被傷得太重，出門的男人，最怕最忌剋家裡的妻子給人說三道四說閒話。我替金花呼

冤叫屈，金花不是這樣的女人，別人嫉妒她，抹黑她，可憐的番客婦！無妄的是非像滿天冰雹來襲。

父親氣壞了，臉發青刷白，擂著胸痛悔叫我走呂宋路。他說他還可以做十年八年，不該急著叫我來菲律賓賺錢。父親火速叫我搭船歸去，金花不識字，當我把信唸給她聽，她嚇壞了，臉色死灰的，全身抖嗦著，嘴唇也顫抖著目瞪口開僵站著，愈想愈羞憤難抑，眼神變凌厲，咬牙切齒的說：「誰含血噴人，無端端白布染成黑，冤死人免當人命嗎？」她羞憤難抑鐵青著臉。

我急急按著她的兩肩安慰她說：

「金花，我相信你，更相信表哥，表哥比親哥哥更愛護我，從小他疼我，為我打架，為我抵擋一切，他是我的守護神，你嫁進來的時候，表哥不是說他沒有姊妹，他要把你當親妹妹來疼。」

房裡孩子的啼哭聲，喚醒金花母性的意識，也喚回她被駭散的三魂七魄，她忽然轉身奔入門扣緊了房門。外面聽見她在抱孩子，哄孩子睡覺。

這一切都在十多分鐘內發生，如疾雷如閃電，我像大病一場，渾身無力絲，軟癱在椅子上。

聽見大表哥一路喊著「祖光，聽說你回來，為什麼不來信說歸期，我好去接你。」他興高采烈的握著我的手搖晃著，他一看到我的臉色不對，立刻焦急的問我：「有事嗎？發生什麼事了，快告訴我！」

我默然不語，拿桌上的信給他看，區區四行的字殺傷力引爆了表哥火山爆發似的怒火，他像隻發怒的雄獅怒吼著：「這是殺人不見血的污衊人在做天在看，不怕天打雷劈嗎？」表哥鐵青著臉，握緊雙拳，咬牙雪雪響，要知道是誰寫的信，表哥真的會殺了她或他。

表嫂匆匆趕到，急急的問：「發生什麼事？快告訴我！」兩個氣瘋的男人，對她是視而不見，聽而不聞。整個廳堂死寂無聲，只有兩個男人沉重的呼吸聲……她看不到金花和孩子又問：「金花和孩子呢？」兩個男人默不出聲，只用眼睛望一下房門。

「金花，開門，為祖光的歸來，我多煮了幾款菜，歡迎表弟。」門內一片靜寂，好像裡面沒有人，也沒聽到孩子的聲音。表嫂一再叫金花，好一會的時間，表嫂臉色忽變，意識到可能的事，因她知道金花性烈如火，她做人做事不容許一點瑕疵，這是她唯一可嫌的缺點。表哥和表嫂這一剎那，心電感應擦出火花，表哥跳起來，奮身撞開門，門一開，我坐的角度，驚見金花懸著僵直的兩條腿，我駭極慘呼一聲，速跳起來，眼前全黑了。

我天天發高燒，神智不清，全身淌冷汗；生命幾次從鬼門關搶追回來；昏迷中姑媽慈祥的呼喚聲：「我的兒子，我心肝寶貝，醒醒，不要嚇壞姑媽，孩子醒醒！」姑媽情急意切的呼喚聲，把我向黑暗隧道下沉的身心拉住。她涼涼的手心揮退焚燒我的火焰，潛意識中，我拉住姑媽的手不敢放鬆……

昏迷中我看見金花的臉，死白死白的，眼神凌厲，呼天搶地的說：我冤枉，寫信的人墨水毒，毒死我，我死不瞑目，我死不甘心……我慘呼一聲金花，金花，我相信妳。我淩空要抱她，她一直退，直到看不見她身影。

我精神崩潰，神智不清，時好時壞，一身瘦骨漾在藥汁裡。姑媽給我累壞了，一下子髮白蒼蒼，硬朗的身體佝僂了，憂傷的痕跡鏤刻額頭雙頰，下撇的嘴角載不住幾多愁……

半年來，大表哥和姑媽為我延醫，為我求神，我神清時，安慰我，勸解我，表嫂為我乳育典兒，他們一家人前世欠我什麼債？姑媽扶養我長大成人，現在換表嫂要乳育我的稚子，她們兩代人不推辭半句，心甘情願挑起這重擔，一旦挑起是一天也不能卸下的重擔。

姑媽一家人的愛心，不計其數帖藥的治療留下這一身殘軀，帶著悔恨的桎梏過日子；我不斷的後悔責怪我自己，我不應該帶著這封匿名信回鄉，是我迫死了金花，我不殺金花，她為我的魯莽而死，是我的錯！我的錯！我這樣反芻痛悔著，沒完沒了的痛悔著。

我求表哥表嫂認典兒做兒子，和他們同齡的兒子認做孿生兄弟。

我不該懷疑表哥，他是我的守護神，他護我一生，自小到大，他都站在我的身邊。隨時伸出有力的臂膀給我攀持，給我依靠，表嫂嫁進門，對我噓寒問暖，給我洗衣服，疊被舖床，時時笑臉相向。金花嫁過來，什麼家事也不懂，表嫂幫她做，示範教導她。兩人在溪邊洗衣，親熱的樣子左鄰右舍都稱羨不已。金花產後坐月子，是表嫂替她洗尿布被裙，照顧她的三餐飲食，對金花無微不至的呵護。誰都不會相信，她會為丈夫先替弟婦收棉被，而哭哭啼啼哭皇天。我是鬼迷心竅，輕信失去理智，火速買舟返鄉，釀成這悲劇的發生；金花，我寧願妳一時氣瘋，一刀捅我一窟窿，以我的血還你的清白，妳這樣一句伸辯的話也不說，一死示清白，叫我痛悔一輩子，叫我活在綿綿無盡的痛苦中，叫我終生心靈受淩遲！

擁別了養恩大於天的姑媽，不捨放開表哥有力而溫暖的大手；含淚把典兒託孤給表嫂，事實典兒是由表嫂哺乳養育的。我離開了讓我死過一回的傷心地，返菲掙錢，我沒忘記我有典兒要養育。我隻身離開家鄉，漂洋過海，自我放逐於呂宋。

典兒十三歲的時候，姑媽臨終時一再叮嚀要給典兒來菲，父子相依為命一起生活，不要父子相見不相識，姑媽不忍其心我孤苦伶仃，孑然一身在呂宋，而淚濕眼睫不放心，要典兒來菲受教育，父子相依相伴過日子。

典兒來菲，安排他進中西學校唸書。

父子相見的一刻，我氣血翻騰，五內如焚，要是典兒知道是我的錯，他的母親是因我而死，我斷了他的母乳，失去了抱他的溫暖母懷，他將情何以堪。偉大的表哥表嫂把典兒視如己出，把典兒教養得很好，看得出他是健康開朗的孩子，看得出他在愛的世界中成長。

當他知道他不是表哥表嫂的兒子，他的父親在菲律賓，做好手續要他到菲律賓讀書——他死不相信，意外的目瞪口開，哭著不依說：「表舅表舅媽在開玩笑，這玩笑他不接受。」

和典兒父子相見的一刻，腦海浮現我十八歲的那一年，父親回來為我完婚，當父親看到一歲扔下的我，眼前是可以娶妻的亮眼少年，父親相見的一刻，難忘父親滿眶熱淚，伸出的雙手激動得顫抖著，一下擁我入懷痛哭出聲。此時此刻我不敢擁抱典兒，我虧欠他，是我讓他失去親生的母親。這十多年來，我心如死灰、欲哭無淚，行屍走肉似活著，無時無刻在懺悔著，死者不能復生，生者情何以堪！

我在世伯楊祖寶的鐵舖工作，他老人家以子姪相待，讓我管帳，教會我割玻璃的技術，說我是他可以依靠的左右手。他安排典兒和我一房異床。典兒在我面前羞怯畏縮，常發現他在偷窺我的眼色，我視而不見，免得嚇到他。

典兒是開朗活潑的孩子，入學不久，和同學打成一片，因他比同年齡的同學高個子，參加籃球隊，放學回家時，背著書包抱著籃球，一頭臉的汗，一臉燦笑。這時候的我，只會微笑著遞臉巾給他，叫他擦汗，換下汗濕的校服。我表現的父愛是這麼淺薄，我只會在他睡熟時，輕撫他的頭髮，端詳他的睡態，而暗自神傷！

不久典兒和福根同學好上，一起上學，一起練球，形影不離的笑鬧在一起，如兄如弟，友愛如是。看典兒不再孤單，一臉陽光燦笑。健康的抽長成一英俊的少年。我心中的傷痛慢慢釋懷，我像重新活過來似的。一向不言不笑一臉寒霜的我，漸漸解凍有了笑容。祖寶叔拍著我的肩說：

「你早該把兒子接來一起生活，你不再孤苦伶仃，孤魂一個。」

祖光哀聲問上天我何德何能，不敢求上天賜福我，再問上蒼我何罪之有，這樣咒咀我——給我的生命黥上苦難的刺青，我剋妻刑子的命格是上天判定的嗎？為什麼？憑什麼？祖光問天天不應，他何處擊鼓鳴冤呢？當有人來報大典同一隊的籃球隊員到倫禮大游泳，不幸他為救腳抽筋的福根而雙雙溺死——耗音傳來，祖光不敢相信，以為是聽錯了，腦中一片空白，像具沒有生命的蠟像木立著，此時要是有人碰了他一下，他一定砰然而倒。

說溺死的人一定要找「替身」才能離水而出世。不然溺死的鬼魂，在下雨天，雨絲像萬箭穿身，痛苦難熬。所以在溺死人的地方，不斷有人溺死輪替。

大典和福根兩哥兒們的死，同隊的兄弟相擁哭過幾回，他們兩人的人緣好的沒話說；賽球時，傳球、灌球默契無間，求整隊的榮譽，不求自己的表現。

祖光他給上天黥上苦命的刺青，他悲痛逾恆，痛不欲生，上天對他太殘忍，沒有理由，把他往死裡迫，他的生命無處不傷痕累累。他還是心存厚道，不怨天尤人，當大典和福根的棺木要入土的時候，祖光淚水已流乾，他大悲不知痛，他先手拍大典的棺頭三下，然後說：

「典兒，你溺死是你的命，千萬不要叫『替身』，你要咬牙忍住雨絲如萬箭穿身的苦刑劫數有時盡，你的魂魄就會離水出世做人。」

祖光同樣手拍福根的棺頭三下，吩咐他不要找「替身」熬忍著，劫數有時盡，才能離水出世做人。哀兩個年輕人，英年早逝，兩人如兄如弟，形影不離，說兩人要下海游泳前，在岸上一根油條分著吃，一人吃一半，痛兩人不該好到同月同日死生死與共！

祖光的東家祖寶伯，看他生如槁木死灰，行屍走肉似活著，機器人似不言不語工作著，就決心為他娶房妻室。當他告訴祖光要替他娶妻時，祖光直視著他，像他說的是別人的事，不置可否，沉默以對。

祖光常想：厝場同事說的對，我是孤魂一個，無父母，無兄弟，無妻兒的「六無」我能不惜言如金，我能狗咬不叫，火燒不沸的德性，在我家破人亡的今天。

祖寶伯包辦了祖光的婚事，他一貫沉默無言不反對就是默許。他老人家為祖光選的妻子，說臀部豐滿是宜男之相。他要為祖光改運，摘下他「六無先生」的標籤。

祖光再娶的時候已是三十六歲，新婦秋月二十四歲。她抱怨她姊給她找的丈夫老多了，多了一紀年。孰不知她只活到五十一歲，比她丈夫早走了十多年。

一九三十七年，祖光喜得一男。他的喜悅雲淡風清掠過心頭。他怕極了，不敢寶貝兒子，怕命中帶剋的他遭天忌保不住兒子。天機難測，兒子剛兩歲時妻子又懷孕待產。他卻罹患惡疾，德國醫生赫塞先生診斷說病是癌症，無藥可治，叫他預備後事。當德國醫生緊握他的手說：「上帝和你同在。」時，祖光嚇得魂飛魄散，他不是怕死，是苦煞他妻子是雙腳不曾跨出大門，無知的婦人，又懷孕在身，要是他有什麼三長兩短，孤寡一串，靠誰為生？

祖光自知病入膏肓，不久於人世，迫於無奈，送妻子和幼子回她娘家。他想上巴社山上找摯友楊連，他老人是九十歲高齡，一生隱居山林，潛心研究中藥，海邊的馬蹄蓮、山崖的草或土裡的樹根都是藥。信手拈來，搥、煎、貼、喝都可治病。

病危的祖光一天晚上，夢見一老人遞給他一碗黑如墨的藥汁，對他說：「喝下這碗續命的藥湯。去山上找姓木易的人，他是救你命的人。」他一跳驚醒，知道自己命不該絕，仙人指引他到山上去找姓木易的人，這才想起巴社山上的楊連，是上天安排要救他命的救星。

他病得不成人形，頭臉浮腫像灌水的汽球，臉無血色，雙腳浮腫不能穿鞋，赤腳搭巴士去米骨巴社山上找楊連。公車的搭客不肯跟他同坐，把他當作痲瘋病患怕傳染。祖光只好縮在車尾一角落，與貨物為伍，自憐自傷，車到山下改搭牛車上山。他氣如遊絲，一路自問：「我不知道有命拖到山上否？難不成客死他鄉，這裡沒人認識我，誰要為我收屍？」牛車晃到楊連籬笆前，祖光虛脫無力下車，有喊無聲叫一聲，「楊連救我」就休克不省人事。

楊連把祖光安置在溫暖的被窩裡，他除了一口氣尚在，跟死人一樣無差。楊連餵他稀薄的米湯續他如絲的氣息，鮮羊奶護住他的元氣。他親自上山去採藥，碗碗藥湯真的是黑如墨，就如祖光夢中所見。

翻遍藥書楊連找到治癌症的藥方叫「千搥膏」，救了祖光一命。

現代醫學分類，祖光罹患的是淋巴腺癌。他的頸項明見粒粒纍纍的腫瘤，如葡萄一串，這就是祖光病竈所在。要搜全千搥膏的藥味才是最艱難的工夫；楊連勞動人船渡重洋到唐山大陸取藥。當時是一九三十八年歲末，不時有回鄉的番客可托買藥，靠這善心人的幫忙，攏藥返菲，再把藥送到山上。把這些藥千搥成藥膏，要搥足一千下，不多不少一千下，搥到杵黏著臼，把臼舉離桌面，才千搥成藥膏。

藥膏一貼上葡萄串的結核上，燒灼感即時減輕——祖光這發病半年來，疼時虛汗直淌，全身抽搐，咬牙呻吟，不敢哀嚎，怕嚇到他的家人。靠德國醫生赫塞開的止痛藥，過熬刑的日子——挫骨抽筋的痛是癌症病患痛澈骨髓的酷刑，眼見有人痛到頭撞牆壁，以求一了百了，痛到發出淒厲的呼痛聲……

藥膏貼一對時，二十四小時後，揭開千搥膏的藥布看，驚見藥膏布上吸著大蠔般的膿塊，乍見，好像在蠕動……

祖光繼續貼千搥膏，喝黑墨汁似的藥湯清毒消腫；喝山羊乳補身，逐日的看到他臉有血色，骨頭生肌。

兩個月後的一天，楊連對祖光說：「下山去吧，你不會死了，閻王爺不收押你的命，還陽去吧！」

祖光熱淚盈眶，握別楊連，手撫摸他家的籬笆門，不忍遽別。心裡想：「我在這籬笆前死過一次，今天開這籬笆門有命下山——恍如隔世，仍是那輛載著半條命的我上山的牛車，今載著地獄走一趟還陽的我下山。」

一九三十九年正月，祖光死裡還生還陽歸來。得知他妻子秋月生了一個女兒，父女還未相見，他已從心底疼愛這女兒，認為這女兒帶來福氣，讓死定的他奇跡的活過來。孩子的外婆就犯嘀咕，說：「想不通祖光疼惜女兒勝過疼兒子，看他抱女兒笑、跟女兒說話，也不想想女兒太幼聽不懂他的話，我還不曾看過他抱兒子笑呢。」祖光心比黃連苦，在心裡回她老人家的話：「丈母娘，您錯怪了我，我是不敢疼他，我這剋妻刑子的命格，已剋死一個妻子一個兒子，是鐵般的事實。我不敢親近強兒，怕我愛的妻子和兒子，老天都要奪去。不是說我剋妻刑子，並沒有說我會刑剋女兒。這天理何在？」

十一、六無先生的下半生

祖光認定長女瑞珠是他的福星，父女連心上天也分不開。瑞珠是祖光他心中的寶貝，生活上事無大小都說給瑞珠聽，心裡的想法只說給女兒聽——

瑞珠知道不止外婆說她父親祖光的心目中只有女兒沒有兒子。連左鄰右舍都說「這死查某鬼」（死丫頭）就是得父親的疼，八字好合，八輩子該做父女，——瑞珠是這樣講述父親的故事——

我們賴家就是和別人的足下穿的鞋，定了終身的合同；祖父在菲律賓守著斗大的舖位為他人足下補鞋，來養大父親祖光。祖父堅決要父親讀書，他不想有補鞋為生的衣缽傳人。祖父萬萬想不到父親一生沒換跑道，跟人人腳下穿的木屐結了不解緣——

瑞珠在回憶她和父親祖光與木屐結的緣——

木屐穿起來像潑婦罵街一樣吵死人。木屐又可以成為長髮族（女人）打架的武器，把對手的額頭敲得皮破血流的合手。

木屐與我多親切，從小就穿著知木屐為人人的腳下服務幾世紀。把自己折磨得皮薄骨折，鞠躬盡瘁破而後已。木屐是父親靠以為生的，我最先的印象——在日據時代，有一天，文弱的父親兩手掛滿一雙雙的木屐臉色青白的回家來。唉聲嘆氣的說：「日本兵揮木棍趕走在菜市排攤的攤販，今天不給做生意。」父親看見我驚怯的臉色，輕撫我的頭說：「傻女兒，別怕，別怕，明天我再去賣木屐。」

父親祖光在木屐這途生意浮沈了一、二十年。他參與改革木屐的鞋面：最先木屐的鞋面是皮革的，鞋面沿要多貼一條細皮條，才釘在木屐上，以防鞋面久拉扯，被釘頭崩裂。這時父親已有自己的木屐店，父親動腦筋，造一簡單的機器；凹凸兩個半圓鐵模，上模是凹圓半球形的中有一鋼針，用手扳機器，把手上圓模的機軸，安裝彈簧彈跳讓上圓模起落，把細鋅版軋壓成一顆顆半圓形中間有釘孔的木屐釘座（THUMB TACKS）既保護皮面又如鑲著珠子真好看。這是木屐業的一大革新，只能用颱颱風來形容，父親木屐店門口，等著買釘座的人排著隊。因木屐釘座，只父親獨家所創，因純是手工一顆一顆軋壓成出貨慢，能不等嗎？輪候等買到半公斤就走人，趕回去釘木屐鞋面好出售。父親告訴我：「賣一公斤的木屐釘座賺的錢，等於賣五十雙木屐賺的錢。傻女兒妳知道軋釘座的半寸闊的鋅版，是鋅器廠棄之的廢物，一公斤賣給我五毛錢，他們還高興地慶幸，垃圾變黃金。」

三座、五座的機器趕造出來，廿四小時不停。後來改為電動的機器更快了，一顆顆的釘座像雨下，那時我還沒入學，我喜歡站在旁邊，把跳遠的小釘座拾回來。一天父親拿一塊馬蹄形的鐵給我說：

「傻查某仔（傻丫頭），試試這塊鐵，它會幫你又快又好玩的收集釘座。」當我把馬蹄鐵靠近釘座時，看見釘座顆顆接到集合靠攏軍令似地，神奇的自己跳上來，螞蟻上樹似爬滿馬蹄鐵。我目瞪口開，又笑又跳認識了磁鐵。

我唸小學四年級時，學校創校紀念日舉行提燈遊行慶祝活動，老師和同學興奮的像在樹枝上吱吱喳喳跳躍著的麻雀，各出心裁，做出星形、南瓜形、兔子形、長龍形的燈籠……準備以蠟燭照明……

爸爸叫鄰居老人扶西給哥哥和我用竹籤和彩色手工紙做了兩個燈籠（一個南瓜形、一個星形），紮實在長長的細竹管頂上。

「爸，我和哥哥上學了。」爸爸叫住我。

「瑞珠來，妳看，爸爸特地為你設計了燈籠的照明不用蠟燭，妳看！」我看爸爸在燈籠把手處下的竹管按了一下，立見燈籠明亮起來，哥哥即像青蛙似的跳起來說：「爸！多神奇呀。」

爸爸看著我想要看我高興的跳起來，而謝謝他。我的眼睛真的發亮一下，即刻我說：「爸，我不喜歡我的燈籠跟同學的不一樣，他們都是點蠟燭的，早迫不及待的安好了蠟燭！」

爸爸萬萬想不到他特為我做的「愛心發明」，不得我歡喜，意外的目瞪口呆。哥哥觸電似的歡呼起來。

「爸，瑞珠不要，給我——給我！我要！」

爸爸是用手電筒改造代替蠟燭點亮燈籠—把小燈泡安在燈籠內，細電線拉長垂在竹管上，手電筒就紮牢在把手處，這樣燈光就開關自如。

哥哥帶爸爸的「愛心發明」到學校，立刻轟動整個學校。老師這樣讚美說：

「早知道瑞順的爸爸會發明改造手電筒代替蠟燭點亮燈籠；老師們就不用擔心學生們被蠟燭火燙傷手或發生燒壞燈籠的意外。」

後來木屐面改用透明塑膠片裁製。是父親看到腳指頭上的汗毛拌著汗水和塵埃，在透明的膠膠片鞋面下，一覽無遺，看得見腳指頭髒兮兮的。父親利用從外國雜誌上學會的絲印法，替木屐透明的塑膠鞋面，印上彩色的花卉圖案。美哉！父親的發明，又藝術又好看，又遮掉腳下腳盤髒汙的觀感。

父親這一發明，使木屐途如巫婆的大鍋沸騰冒泡；他店裏木屐鞋面的銷路幾乎用搶的，配給都不行。當然，商人逐利如水銀鑽縫，同途的商人要費一段時間才跟進，父親絲印彩色的花卉圖案的塑膠片木屐鞋面，獨領流行的旋風。

樹膠拖鞋登陸人們生活的領域後，它乾濕兩用，，輕巧無聲，顏采悅目——把木屐橫掃千軍；秋風掃落葉般，木屐身不自主靠邊站，最後連站的餘地都沒有。木屐像晚清的最後一位皇帝溥儀，無言的遜位。木屐店裏架上的木屐，遺老似生了粉苔，蒙了塵，無人問津，無人念舊，滑進歷史檔案裏。

父親退出經營十多年的木屐業。和同鄉人合股開布行。他女兒瑞珠我，對父親經營布行這段時日，有難忘有笑，有淚的記憶——

父親的布行每出一款布色，他回家必手挾一匹新布回來，不久我家的窗簾、枕套、床巾都是同一匹布縫成的。我會嘛著嘴向父親抗議說：

「爸，您又給咱們的家換上制服。」難得一笑的阿爸笑起來是多英俊。他對我笑了說：「別人沒能耐給家縫制服呢。」

有一次，阿爸帶回兩打雪白的手巾，男用的大手巾。說：「瑞珠，這些手巾給你們兄弟姊妹用。」我一看把手巾扔在桌上說：「這是男用的手巾，我不用。」

「傻查某仔，這是入口的最好的手巾，妳去看妳同學有這麼好的手巾可用嗎。」阿爸是很少向我搖頭的，這次是第二次對我輕搖著頭。

我記憶深深看到阿爸第一次搖頭——一天，他回家來，坐在椅子上，手按額頭，濃眉緊蹙著，一直搖頭嘆息地，站起來把手中的一本英文雜誌用手摔在桌上，生氣的說：「我不相信我會看錯。」

父親一看到我站在他的面前，立刻收斂了他的怒容，和顏悅色的牽我的手到他面前說：「妳來，聽我唸這雜誌上的一篇文章給妳聽，你就會知道我為什麼生氣。」

父親唸的文章的題目是「牛仔褲之父李維」。

——一八五〇年間，加洲淘金潮時李維、史得勞示帶一匹帆布到舊金山去。想不到讓礦工做了一條李維耐穿的褲子——這是第一條耐穿的牛仔褲的誕生——這種藍色牛仔褲以耐穿著稱。做粗活的人誰都會買一條，如此李維的牛仔褲，馳名於世，男男女女大家隨時穿上身——（節錄）

阿爸有感於藍色牛仔褲，也會在菲律賓流行，。所以自主向一家「戰後第一家復工」的布廠下定金五千塊，請他們織藍色馬旺布（縫牛仔褲的藍色素料）供布行推銷。當父親回他布行報告時，合股人之一潘叔叔，臉色一臭，不好聲氣地說：「馬旺布厚似牛皮，誰要穿？你眼睛醮在豆豉汁裏，五千塊扔下倫禮大海，還可聽到一聲碰——」

父親氣昏了頭，手重拍桌面一下，對潘叔叔說：

「你記住我一句話；在你有生之年，一定會看到牛仔褲穿在每一個菲律賓人身上。我下的五千塊錢定金，我自己賠，從我年終派息裏扣掉！」

父親一生沈默寡言，能不說話就不說話的人，他不曾對人說出一句重話，而最受不了別人對他說過份的話，他感覺格外受傷，所以這時候在我面前的父親，說的是火花四濺、冒火起煙的話：「這潘大順識的西瓜大的字裝不滿一籮筐，他知道世界潮流個屁，他的眼睛只看進蕃薯粥鍋裏——」

同父親身處二十年代的人，多來自福建窮鄉僻壤的出外人。識字的是少之又少，數不到幾個人，父親數一個。而他有心近聖公會美國人牧師學英文。所以他是人家說的「雙枝筆會寫的人」他不是輕視不識字的同輩，他知道識的一字如西瓜大裝不滿一蘿筐的人，賺的錢卻比他這識字一籮筐的人，裝得十籮八筐。

後來布行的經理，記得他叫DELFIN，他把布行的錢捲逃國外。合股人如遭天火，誰也沒有意願收拾殘局。順昌布行的字號在伊來耶街消逝。記得父親整天濃眉蚪結，搖頭嘆息，本來就寡言的他，更是整天不吭聲過日子。

父親知道一家食指浩繁，不能坐食山空，坐以待斃。他急急另闢生路——記得是舅舅助他開工廠。製造裁木的機器，做「鏡框木板條」賣給玻璃鏡框店裁鏡框用。這東西銷路畢竟短，所以另製機件裁作「電線夾板」闊一寸厚四分之一寸的木板條是底座，有埋電線的兩條凹溝。上座是蓋住電線的薄木板。這電線座板給電工匠安電線用的。沒上課的日子，我和二妹到舅舅家做零工，把電線夾板，上下兩座用木屐細釘合釘在一起好出售。是計件算工錢的，我和二妹高興得跳腳，從沒有五分錢零用的我們，這點少少的工錢，無疑是一筆財富。

做電線夾板的木材是輕而紋細的木料，父親要上山去收購木材。幸而生意順銷平穩。不幸舅舅因病英年早逝。緊接著塑膠電線夾板面世，取代了木做的電線夾板。工廠無聲倒閉。

阿爸感慨萬千，對我說：「我生無財庫，我屢屢創業，先知先見，都走在別人的前面，結果一事無成，窮困潦倒……」父親每一次創業，我都祈求上帝，給爸爸成功吧！我看多了父親事業途上歷經波濤洶湧，幾次被巨浪擊沉，掙扎抬頭，他再沉再浮，再站再跌仆，致鱗落血流，傷痕累累。

一天父親牽我的手在勒道路上走。忽然聽阿爸罵一聲：「狗生的，碰面連一聲招呼都不打，還裝沒看見，真不是人生的！」我抬頭看他，他濃眉緊蹙，咬牙鐵青著臉。在我的注視下，他為自己講的粗話，有羞愧感。訕訕然，他對我解釋說：

「記得日據淪陷時，我家在竹床下有一個生鏽的四方形高的『拉大』（鐵罐）。」我點頭。

父親接著說：「我騙妳說不要去碰它，是炸彈會爆炸。裡面真正裝的是金條，是剛才那某某人，戰時匆忙抬來寄我收存的，收據也不寫一條就走啦。我們住的牛車坊是窮人住的陋巷，最安全藏貴重的東西。光復後我原鐵罐開都不開原罐物歸原主。十多年來，我生意幾次失敗，想都不想去找他討人情求幫忙。今天我窮了，碰面裝沒看見，氣人不氣人……」我聽了眼睛愈睜愈大，心裡想：「阿爸，您騙死我啦，真該打開看金條是什麼樣的。」

我唸中學時，家裡窮死了。父親愈走愈無路——一天硬著頭皮去一處鏡框店應徵割玻璃的工作。店東父親認識的回他一句：

「你老了，這工作你做不來。」阿爸對我說：「我無臉無力走出人家的店。」他苦笑的臉比哭更難看，可傷！父親身陷「父老子幼家窮」的泥淖，愈掙紮愈下陷……瑞珠回憶想到；當時我家窮到三餐是煎銀槍魚、肉油韭菜、醬油炒豆乾，肉油醬油滷金針菜，（用顯微鏡找也找不到一條肉絲）有時是肉油醬油拌剛煮熟的飯灑下蔥珠就是香噴噴的鹹飯。難得一次阿爸有錢買六個雞蛋，用肉油熱紅蔥頭下水做湯，煮一大鍋麵線湯，最後下雞蛋，蛋花像片片浮雲浮在麵線清湯上……

父親常常對我們兄弟姊妹說：「吃飯無菜佐鹽不要緊，一定要讀書，窮人一定要有學問，才能脫困而浮上枱面。」記得父親在黑板上寫著：「我不要金，我不要銀，只要兒女長大成人」。

父親的字跡蒼勁，力透黑板，也刻在我的心版上。寫後他還把它唱出來；我和阿爸做一生一世父女，只聽這一次爸的歌聲，沒有音樂細胞的我，雖譜不出它的旋律，幾十年後的今天還哼得出來，我在心裡默唱了無數次，唱了幾十年，唱出對父親的懷念。

世伯楊祖寶聽人說父親是「剋妻刑子」的命格，他老人家偏不信邪，他說他要幫父親改運，摘掉他六無先生的標籤。祖寶世伯包辦父親再娶的婚姻，他成功的為父親改寫命格。我們兄弟姊妹十一個，誰還敢笑父親是六無先生。

輯四　千島上的故事

一、玻璃花房・陋巷・廢墟

早時拉牛板街道公廁設在行人道上。是低收入的階層群居的地方。多是木屋的建築，處處可見手壓的抽水機，旁邊不時蹲坐著幾個搗衣的女人。各自在鋀板曲邊的大圓盆中搓衣。肥皂泡沫冒起成白色的棉花糖。大人小孩就水龍頭洗澡，男人拉開緊鬆帶的褲頭，手伸進去擦洗下身。婦女就穿的DUSTER擦肥皂後，提起水桶直淋，身上凹凸的胴體若隱若現，見慣了，不夠引人遐想……洗完澡褪下髒褲，大人圍塊浴巾，小孩子赤裸裸來，也赤裸裸水淋淋回去。髒衣服就留下給他們家的女人在水龍頭下洗乾淨才提回去晾乾……

秀美和美真第一次來到拉牛板街。睜著雙眼好奇的看這街頭洗衣洗澡的菲人男女老少。幾乎家家戶戶的門外屋簷下，燒木柴的竈火上煮著飯或煎著魚。他們燒的木柴是綑成一小綑一樣粗鋸等長的木柴。所有的「菜仔店」都在賣，這一綑一綑的木柴是鄉下用馬車載來供應的，還有隱隱揚臭的公廁。住在華人區的她們，家境不是很好。第一次體會到還有更窮的一群人住在這陋巷的角落。

兩個半大唸大學的女孩子，第一次踏進這窮街僻巷。為了不忍心拒絕學姐的求助，禮拜六的下午相伴來玉姐的家，看護兩個梯階似的年幼小孩。因這兩天玉姐要生產，她家裡請不起傭人，她去醫院，兩個小孩沒人看是不成的。玉姐有父母弟妹，然而她為這段自己選擇的婚姻，與父母「三擊掌」斷了骨肉親情……

秀美和美真每天上學必經如玉的家，所以天天邀請她一齊上學。剛走到玉姐家的鐵門前，門裡爆出如玉的爸爸怒吼的罵聲：

「……妳瘋了嗎？……妳一生豈容一錯再錯，妳的離婚已傷透了我們的心，丟盡了鄭家的臉，哦，妳同學來邀妳了，我看妳也不用上學了。」門被急急打開，鄭先生滿臉厲色，叫秀美和美真進去。指著桌上一塊站著的像框，鑲著一張白紙黑字，上面寫著：

努力前途事
記恨親友言

說：「這是我寫的痛心疾首勸戒如玉，我要妳們兩個見證我們做她父母的是如此，如此的為她操心！」

兩個大女孩只能目瞪口呆地傻站著，這場面未曾經歷，連夢都不曾夢見的情景。

如玉這大姐姐的插班於這初中三年級，宛如一塊石頭掉進水池濺起了水花，讓水面起了漣漪圈圈，有關她的話語，在校園裡傳開：

她結婚又離婚回娘家……

她生個兒子寄養在SAN JUAN DE DIOS醫院，公婆不答應她抱回娘家（看她擁腫的體態也是）……

她還在打離婚官司……杜姓夫家是有頭有臉的人物，不肯離婚……

這些傳聞如風拂過耳邊，是全班同學不能理解的，畢竟他們都是些大孩子。而如玉也不過是二十歲早婚的媽媽。很快的全班的同學跟她相處得融洽如自家姐弟妹，個個都稱她如玉姐。她在學校生涯中忘記了她不幸的婚姻，脫殼還原她的年輕歲月。班裡的任何活動，她都參與而領先，大掃除時，她提水桶，擦窗玻璃，搬桌椅；做壁報時，她也幫抄寫，剪剪貼貼；在一次做壁報時如玉告訴美真和秀美說：「在我唸第一女學時，有一個年輕男的美術老師上課時幫我畫圖然後記高分數給我。」說著如玉孩子氣的聳肩伸舌頭，天真的嫣然一笑。美真和秀美不約而同想說：如玉姐是漂亮的寶貝，美麗得人疼，才有這特殊的恩寵。

如玉肌膚乳白細膩吊梢的單鳳眼，和她父親的單鳳眼是同一個刀手刻的，橢圓形的臉龐時露笑容。犯嫌的是她的鼻挺而露骨不見肉。這是秀美的爸爸看到如玉時，對秀美說的：「這是剋夫刑子的鼻相。」秀美聽了想：老人有一套的看法、說法。沒把話放在心上。五十年代離婚是罕見的變數。是是非非的說法令如玉蒙塵得灰頭土臉。如玉以玻璃房裡的玫瑰形容她最妥貼不過。從小如玉是她爸爸的心肝寶貝，她生來八字和她父親巧合無縫從小就活潑可愛，嘴巴又甜，她爸爸被她哄得只看她的嬌嗔巧笑，無視別的子女。父女倆互動互寵的，她爸爸回來，她拿拖鞋換他的皮鞋。一杯熱茶立刻奉上，擰了濕毛巾給她爸爸擦手臉。然後窩在爸爸懷中撒嬌嫣然巧笑，叫父親不疼她入心都難。她母親看父女倆親熱的膩在一起，幾乎要懷疑這女兒是不是她父親前世的情人？

如玉的爸爸有錢，更有無盡的寵愛把女兒金裝銀扮——她的玩具，衣服鞋襪都是當時的黃金地段「大橋頭」買的泊來品。到她長成婷婷玉立的少女時，父母都來不及似的爭著疼，每個週末一定一件新衣，讓如玉穿著去赴派對跳舞，也有這麼多的年輕人陪她玩，眾星伴月般繞著她閃爍；如玉被寵得公主似的，腳不沾塵輕舞在寵愛她的人手心中。

當時家庭女傭人的薪酬是月薪三十塊。如玉家的洗衣婦月薪一百二十塊錢天價。讓人搖頭不相信，不容誰不相信，是鑿鑿刻在石頭上的事實。為了如玉過份的嬌蠻，每一次出門不論是校服、外出服，她穿上後看鏡子不喜歡就脫下扔在地板上，脫，扔幾次，堆了滿地的衣服，千萬不可再掛進衣櫥。還有枕套床單天天換，有時候還一天換兩次，這樣推算洗衣婦的工錢能不上飆嗎？五十年代BENY-S是有名的美容室，顧客不是貴婦就是名媛還有明星。如玉當然是此處的嬌客。她小費給得闊手，那些說話故意嬌聲嗲氣，走路扭著屁股，做事蹺著尾指頭，一舉一動軟叭叭的陰陽人，一看到如玉上門，嬌呼一聲飛奔上前去，表演貼頰禮。當然只是意思一下，不敢真的貼上嬌客的臉，要博如玉一笑而已。想豐厚的小費到手是終極的目的。

一天，如玉燙髮後（如玉的頭髮稀薄）看到鏡裡的髮型不合她的意，倏地跳起來氣得跳腳，尖聲嘶叫：「我不要，氣死我……」接著把頭髮一直扯，扯成一團亂麻，拿起鏡臺上的髮刷，髮夾擲飛鏢似紛紛往鏡面扔，嘴裡尖聲嘶叫：「我不要，我不要……」這分鐘內的暴怒演出，讓那些對如玉前呼後擁的陰陽人，如驚林之鳥，驚飛四散，尖叫啾啾，在離如玉遠遠的角落嬌喘著，美容室裡別的顧客橫眼豎眉不以為然的瞅著如玉，嘴角下撇的冷笑著。

如玉斷斷續續向秀美和美真提起往事，不好意思的一直說：「我被寵壞了，不知地厚天高，不知好歹；不懂做人……」

秀美和美真與如玉走得近，因為如玉是可親的大姐姐。天天又是同路上下學，無形中三個人形影相隨。秀美和美真對如玉充滿了好奇心，像伸頭引頸窺探的孩子一直想掀開遮住她往事的簾幕，想一窺全貌。胸無城府，不會做假的如玉，對她以前的對和錯全盤說給兩位好友聽……

如玉的初戀情人是單親家庭的男孩子，是寡母心血餵大的寶貝。在如玉的眼中，他是長相憨厚，笑容可親的大哥哥。他是打工族，微薄的薪水奉養著寡母，母子相依為命。如玉就是喜歡他的善良，他的孝心，看到他對面而來，如玉的心會怦然而動，自然的對他嫣然一笑。對這鄰居年輕人的好感溢於言表，這情況讓如玉的父母慌了手足。

在房間裡滿頭髮圈的鄭太太，滿臉塗上油油的護膚液。情急的拍著床褥說：「這怎麼得了？如玉喜歡這家徒四壁的窮小子，他一個寡母都養得勉強，他也不秤秤自己的斤兩……」

「不要這樣鄙削人，曉輝他從不打電話來找如玉說話，也不上門來邀如玉出去玩，鄰居當然有碰面的機會，點頭微笑打招呼是當然的禮貌，不應該懷疑人家。」鄭先生明理的斥責她。

「說得也是，是如玉對他有好感，如玉就是這樣幼稚率直的，想什麼說什麼……」

鄭太太開始在圍著如玉轉的許多年輕人中，物色乘龍快婿。她急著把寶貝女兒的終身大事敲定，怕她鐵了心愛上那窮小子，憑她的嬌蠻任性，怕十條牛也拉不回她的決定。第一的選擇當然要經濟條件好，這女兒從小睡金搖籃大的，吃好穿好，就算皇室的公主也不過如此，這一切沒錢做得到嗎？

杜家棟的老爸在僑社是有頭有臉的僑領，無人不識的名人。家棟自從參加如玉的生日舞會後，對如玉傾心不已，哈巴狗似跟著如玉轉。如玉為禮貌跟他跳一隻舞，更叫他掉了魂，時不時來送花送巧克力糖串門子。如玉看也不看他一眼，從不假以詞色，倒是鄭太太一再熱誠的招待他，一再的吩咐：「常來坐呀！」他才有台階一再上門，和如玉的家人相處得水乳交溶似地，如玉雖然不自動的和他說話，只要看如玉一眼，家棟的一天一夜就陽光燦爛。他上如玉家的手隨可都是昂貴的泊來品，滿足了鄭太太的虛榮心，亮了她的勢利眼。杜老龐大的資產，沒家棟想買而買不到的東西。因為他給兒子生來抱歉的相貌——好像捏好的麵人，不小心碰歪了脖子，家棟就是頭偏斜一邊，一邊臉頰也歪了少許，五官倒是端正，唯鼻子大到側看成峰，正視成嶺。

如玉是唯美主義者，自然看不上家棟的歪臉斜頸。不過她不討厭他，有時覺得他好玩，常逗著家棟開玩笑。當如玉說他是「歪嘴雞吃好米」時也不生氣，只要如玉肯搭理他家棟都不會感到委曲，所以在如玉的惡作劇裡，家棟還迎合著裝瘋賣傻，以博她一笑。

家棟的父母知道他們寶貝兒子只愛如玉這女孩子。所以他們幫著撒網，怕活溜似白兔的如玉娶不到手。看看時機成熟時，央託僑社德高望重之輩上門求親。鄭德正夫婦感覺面子光彩無比一直客氣地說：「高攀了。」背後夫婦倆竊喜著說：「是龍鳳配，再也沒有比家棟條件更好的女婿了。」如玉虛榮又貪玩，家棟駕著新車陪她兜風，赴派對，上館子，她在粉裝玉啄的世界飛旋，既然要結婚嫁家棟好像也不錯。

杜鄭聯婚是僑社的大喜訊被邀請的親友視為榮幸。馬尼拉大旅社的婚宴舞會到淩晨兩點鐘才結束。一對新人郎財女貌沉沒在恭喜祝福的聲浪裡。

新婚夫婦洗過熱水澡後，家棟先躺在床上拍著手叫如玉也上床。如玉孩子氣地跳上床。嘻嘻哈哈的摟著家棟的頸一直吻著他，心裡放肆地想：「我要把你的歪脖子吻直了你這丈夫就沒有一點可嫌了。」

如玉的嘻笑引爆了家棟的本能。他餓虎撲羊似眼睛發亮，滿臉泛紅，把如玉壓在床上，如玉被嚇得尖叫，也是被弄痛了，把家棟用力推開，她只是螳螂擋車似的無濟於事，無奈地一直尖叫：「為什麼？為什麼？」家棟呼吸粗重的說：「我在履行合法的丈夫權利。」如玉想打他，但雙手被壓住，只能嘴裡罵死家棟：「去死吧，說什麼我不懂。」「我會讓妳懂，用行動讓妳懂。」說著用右手解開如玉睡衣的鈕扣，如玉掙紮出一手，把他的手拉開，又打了家棟一個耳光。家棟被激怒了，婚前對如玉百依百順受盡委曲，今夜是九重牛皮一起掀本利還來。

家棟似被激怒的種馬，對如玉雷厲執法蠻來，如玉嚇壞了，一直尖叫漫罵到嚶嚶哭泣……她真的不知道結婚還有這麼一回事。她一直以為男女睡在一起就會懷孕生孩子。沒人教她，也無從獲知性知識。她是被寵壞的公主，只知穿新衣，赴派對，被眾男生眾星繞月般捧著，呵護著，不沾人間點塵，婚姻的權利和義務把她嚇倒了。她緊縮在床的一角，瞪著驚悸猶存的眼神，淚流滿頰……家棟一覺醒來，看如玉像被扯碎的布偶縮在床角，睡著了也在抽搐啜泣……家棟因如玉對性生活的無知而竊喜，她雖貪玩，虛榮，但純潔無暇，她是完美屬於他一個人。他的父母也中意這媳婦，杜太太說如玉的臀部渾圓是宜男之相。杜家幾代單傳，家棟可說是含金湯匙出生的寶貝，娶媳婦當然很挑剔的，如玉又是家棟最愛的女孩子，被如玉嬌蠻地作弄著，他心甘情願，猶恐如玉不理他。

家棟憐惜地輕撫如玉的亂髮，有幾許髮絲被汗水淚水粘住在額上臉頰上，楚楚可憐的。家棟的觸撫讓如玉醒來，當她看到眼前家棟的臉，受驚的一跳而起，眼眸驚慌的閃動，家棟忍不住，微笑地牽起如玉的手，溫柔地對她說：「如玉不要這樣，這是每個女孩子變成女人必經之道，這是正常的，也是結婚之實……」

初夜的恐怖經歷，無疑一槌敲得如玉魂飛魄散，她是玻璃房裡培植的名貴花朵，沒經歷一點風雨。她的婚姻像一塊突下的冰雹，把護住她的玻璃屋毀成碎碎片片，她也被整得枝葉零落。每一次的夫妻之實，讓如玉感受在受刑，如玉的掙扎拒絕更引爆家棟的激情，愈想得到她，新婚火熱夜夜不空床。如玉深以為苦，她感覺家棟是有執照的屠宰手，她是俎上的肉，沒有拒絕被宰割的權利。

如玉的「入門喜」讓杜家喜翻了天，只差沒放鞭炮報喜。杜太歡喜地拍手慶幸，一直說：「我就說嘛，如玉的圓臀是宜男之相，一定生個男孩子，一定的！」

產後的如玉更珠圓玉潤，告別了少女時的青澀，對家棟更具致命的吸引力。如玉懷孕時被杜太強迫分房，說是為了胎教。如玉如釋重負，無疑救她一命，免被丈夫騷擾，她恨死家棟對她病態的、瘋狂的、偏強的性需求……

懷孕的辛苦，生產時被撕裂的劇痛，初夜的恐怖經驗，讓如玉餘懼猶存，視夫妻的性生活為畏途。常常因為拒絕家棟貪而無厭的求歡，兩人扭打成一團，兩人性生活的不協調，種下離婚的因果……

如玉的公婆對她不錯，怕她年輕又是被寵得不知人間疾苦的，所以嬰兒寄養在SAN JUAN DE DIOS醫院，讓她可以好好「坐月子」，後來看小夫妻倆勃豁時起，更不敢把寶貝金孫帶回家養，寧可老夫妻三天兩天專車去醫院看孫兒，愈看愈喜翻心，愈看愈寶貝……

回娘家哭訴家棟的不是，如玉反被父母痛批不懂事，當如玉終於說出想離婚的話時，鄭先生氣青了臉，拍桌子、踢凳子，疾言厲色的說：「妳知道離婚的嚴重嗎？妳沒有離婚的理由，沒缺妳穿、缺妳食、翁姑都疼惜妳，妳不要不知好歹。離婚，我第一個不答應，我丟不起這個臉……」事實是如玉想離婚的理由說得出口嗎？

當如玉血流滿臉，衣衫不整回奔娘家時。鄭太被嚇得刷白了臉，手足無措地抱著如玉，直問為什麼？尖叫著：「快拿藥箱來！」手忙腳亂的幫如玉止血敷藥。如玉聲淚俱下對媽媽哭訴著：「媽，你們不相信我的話，我不是孩子氣，我不是無理取鬧，他愈來愈變本加厲，發瘋了的野獸般，下午我沖涼的時候，他突然回來找我，不停的拍浴室的門，要我開門，我都嚇壞了，我那敢開門，媽呀！」如玉捂著臉痛哭失聲，噎著講不出話來。鄭太緊抱著如玉，拍著她的背心安撫她，嘴裡碎碎唸：「怎麼會這樣？這怎麼得了……」

「……家棟破門而入，把我小雞似地按在地上強要……媽！好可怕，家棟流著涎像瘋狗般，眼紅脖子粗，看他脈搏直敲太陽穴，我被嚇得手腳綿軟，只會尖叫，家棟抓住我的頭髮把我的頭往牆上撞，正好撞在水龍頭上，我血流如注，家棟一看到血，就像附身的惡魔倏地抽離，他臉色退成死白，混身發抖，癱倒在地上……」鄭太愈聽眼睛愈睜愈大，不明白家棟突變的狂勁，耳邊聽到如玉說，家棟從小就怕血，一看到血就會昏倒……

鄭先看到疼惜如命的寶貝女兒不幸的婚姻，一顆心遽沉落地，歉疚感如潮而來，是他們促成的婚姻，害了女兒一生。他痛下決定，帶女兒去醫院驗傷，預備和財大勢全的杜家打離婚官司。

如玉和秀美美真投緣，在秀美和美真面前，自動掀開一層層遮蔽她過去生命的簾幕，縷縷講述她的往事。

秀美和美真先後踏進如玉的家，屋裡亮著五十瓦的燈泡，發出昏黃的光，照得一屋陰暗，牆壁的油漆斑剝，捲邊天花板的雨漏水漬地圖似分佈著，兩人一看如玉現在的居屋，心裡難過的揪成一團。她倆去過如玉爸媽的家，心痛著如玉「棉被不睡去蠔殼堆打滾」不明白她再婚的對象是如此的不可思議，難怪鄭先生如此鐵青著臉，咆哮著反對著，不惜和如玉脫離父女關係，看都不看她一眼。

離婚回娘家的如玉，感覺疼愛她的父親對她冷漠的像父女之間隔了一堵玻璃牆，看得見彼此的身影，但感覺不到親情的溫暖；如玉渴慕父親往昔對她的疼愛呵護，然而她再也不敢往父親懷裡窩著撒嬌，畢竟她是做母親的人了，不再是摟著父親頸脖親熱的小女孩。離婚回來的如玉，照樣給回家的父親拿拖鞋換皮鞋，遞熱茶毛巾，每次父親對她客氣的說謝謝，如玉淚往肚裡吞，心裡哀求著：「爸爸！不要和女兒保持距離，不要客氣的說謝謝……」

不久有一個人來和鄭先生談事情。這位朋友長相有點特別，一個頭顱像顆巨大的扁平的栗子，腦頂禿成地中海。像一般禿頂的男人，把鬢邊岸邊草似的頭髮，挑一整束留長，搭橋似梳過對岸，這是許多禿頂男人典型的梳髮法。

一天如玉放學回家，看見來了客人，就禮貌的招呼一聲。司徒先生眼尾緊盯著如玉的背影看，鄭先生手一揮對司徒先生說：「這是我的女兒如玉，離婚回來，在唸書。」說著深嘆一口氣，搖頭不已。

如玉不想增加父親的負擔，羞於花父親的錢，所以拜託司徒國雄為她覓督課工作。國雄不負所托，送如玉去他介紹的朋友家上工。

沒事的話，時間放水流，一去不回頭。半年瞬眼間過去。

司徒國雄眼鏡後的鷹眼，似可把人看透的眼神，常抿緊著嘴巴，任何時候擺著別人得罪了他似的臉色，沒痰卻頻頻呸呸呸吐沒影的口水。可用一個怪字籠統把他素描畫……他是當時兩千餘名逾期遊客的一個。寄足在兄嫂家裡做食客，在他父親遺下的中藥舖拿所費。他嫂子又是淺肚窄量的婦道人家，對這吃睡沒定時的小叔，嘖有煩言不時冷諷熱嘲。一天，快九點了，國雄還不出房門吃晚飯。他嫂子煩極了不敲門就打開他的房門喊著：「要吃出房吃，人家等著洗碗呢！」話未說完，一把匕首疾射過他嫂子的臉前，幾乎削著她的鼻尖，「喙」一大聲，匕首釘在門板上，力道之猛使匕首釘牢了還在搖晃，他嫂子嚇得臉無人色，疾退三、四步，軟倒在地上。

國雄手中有一張他昔日名中醫的祖父的秘方，是散瘀血續筋骨有神效的藥方。他和如玉的父親就談合作製藥的計劃。國雄不肯獻此秘方和兄嫂合作，就見怨於兄嫂，飛射匕首的事件，更被他嫂子掃地出門，外面租個床位棲身……官司打了三年只判分居，菲律賓沒有離婚法。家棟已再娶了一個中菲混血女，唸華校懂漢文的女孩子。很奇怪的是那女孩子面貌和如玉有幾分神似。畢竟如玉是他真心愛過的，生命中第一個女人。這段不幸的婚姻，問誰對誰錯只能嘆息以對。

鄭德正千想萬想都想不到，是他把這定時炸彈似的司徒國雄無心的埋進家裡。當如玉和司徒國雄同站在德正的面前時，他抬起頭，詫異地看著面前的兩人，在他的意識裡，這兩人像是兩條平行線，不可能有交集點。兩人踟躕地不敢走上前，顯見他們的膽怯心虛叫他們裹足不前；國雄臉色一陣白一陣紅，跟自己的舌頭拉扯了好久，才叫出一聲「阿伯。」德正聽了傻直了眼，國雄從來是稱呼他鄭先生的。

「……我……我和……」轉頭看一眼俯首交叉扭著指頭的如玉，勇氣因愛戀陡增說出：「我和如玉要……要結婚，來……來告訴您一聲。」

誤踩到地雷，剎那被炸得粉身碎骨，血肉糢糊的意外形容這時候聽到國雄這句話的德正最妥切。這時候德正的腦海轟的一聲空白一片，他倏地站起，帶翻了椅子，在看的文件被撥落地，發青的臉上燒著怒火的雙眼，國雄俯首羞對這曾經把他當兄弟，想和他做生意夥伴的人，他是與他稱兄道弟的……然而他是真的愛如玉，想跟她廝守一生的心是懇誠的……

德正恢復理智後，他想挽救這變數，他壓抑住怒火先問如玉說：「妳不是不要婚姻生活而放棄錦衣玉食的大家嗎？」如玉默默無聲，不敢回答，德正自顧自說下去：

「現在妳甘心情願再陷婚姻生活，妳這走的是下坡路，每況愈下，妳知道妳現在選擇的對象，頭無片瓦腳無寸土，他因居留手續不能就業，他養活自己都難了，怎樣——」國雄情急的想為自己辯解他會做藥油的生意，開口叫一聲：「阿伯！」

德正氣極轉頭橫了國雄一眼，用低沉的聲音說：「你和我相差幾歲，叫我阿伯我承受不起。」國雄的臉羞成豬肝色，啞巴似結舌無聲——

知女莫若母，鄭太不是說過：「憑她的刁蠻任性，十條牛也拉不回她的決定。」鄭太的眼淚，鄭先生的怒責痛批，喚不來如玉的回頭，加上她懷孕兩個月了，回頭已太遲也不可能。

嬌生慣養公主似的如玉，曾經是杜僑領家的媳婦，錦衣玉食，穿金戴玉的。令人難以相信，她跟國雄會窩在貧民窟的地方過日子，而且接二連三懷孕生子。如玉是不是中邪了，那一天可以換兩次床巾，滿有潔僻的大小姐，對這麼破舊陰暗的環境竟然有免疫力？那天之嬌女的如玉瘋了嗎？再嫁的人即其貌不揚，又一窮如洗，又是叔輩的年齡，女人擇人而嫁，通常不是選人才就是選錢財，而國雄什麼也不是？

美真和秀美一踏入門，看見如玉穿著褪色而潔淨的孕婦裝，坐在飯桌前餵老大和老二吃飯，也沒見什麼菜，飯拌滷汁而已，兩人同心一意的心裡為如玉感委屈不值。

「如玉姐，我們來了。」

如玉抬頭朝兩人微笑點頭叫他們進來。兩人溜眼四週不見國雄，不覺鬆了一口氣，誰願意看見他，常擺著一張臭臉，見了人也不打招呼，一定是自卑感作祟，自知是臭牛屎一堆，秀美和美真又在背後罵死皇帝。

大概是產期近了，如玉一臉雙腳浮腫，美真心直口快忍不住開口埋怨如玉說：「如玉姐，為什麼要生這麼多的孩子，看妳被折磨得這麼……快不認識妳了。」如玉苦笑著，一句話也沒應。

忙完了孩子，放他們在床上玩。如玉就坐在床沿和秀美和美真說話：

「不好意思，叫妳們來幫我，我，我實在沒人可求助……」如玉眼眶濕了，哽咽著說不下去。秀美和美真立刻一人牽她一手說：「我們不是來了嗎！我們一人照顧一個孩子一定能勝任，妳就安心去醫院吧。」

如玉慢慢搖搖頭，沒仔細看還看不到她在搖頭。有氣無力地說：「不去醫院了。」

「為什麼不去醫院生孩子？」美真不知不覺扯高嗓子問，有焦急，有關心！如玉沒回答，好像面前沒人在跟她講話。她是有淚不敢流，有話說不出。秀美伸手搖一搖出神的如玉，她恍然一醒，對著兩人微笑說：「這幾天他，我是說國雄，他奔波了很多天——好像沒籌到什麼錢。」兩個少年不識愁滋味的大女孩，如挨了一悶棍，目瞪口呆地，一句話也說不出來。

「乖，妳們兩個回去吧，我的鄰居瑪莉亞替我預約了一個政府診所的KUMADRONA（接生婆），她會來家裡替我接生，說只要送她十塊錢意思一下就可以了。」如玉強顏歡笑的說。她知道美真和秀美不喜歡看到國雄，所以一句「國雄快回來了」。無疑一下子把兩人推出門。兩個女孩跨出門外，眼眶紅紅的，路人不知情，還以為兩個大女孩在吵架。

如玉心頭翻騰著悲哀，她應該痛哭出聲才對，然而她不敢流淚，怕國雄看見她的紅眼眶，又是一場扯不斷理還亂的風暴；第一次領教國雄的「神經質」喜怒無常的鬼脾氣，是一次在戲院裡，國雄一手摟著她的肩，一手握著她的手，無限柔情輕聲細語的耳鬢廝磨著——如玉說一句：「國雄，你幫我把耀祖從杜家爭取過來，我們來扶養。」國雄陡地雙手離開如玉的肩和手，彷彿被火舌燙著般，本能的縮回手，人彈簧般跳起來，激動的嗓音抖顫著說：「我可以為妳做任何事，唯獨這一件我做不到，我一看到妳和姓杜生的兒子，眼前彷彿看到妳和姓杜的在做愛的鏡頭，我嫉妒，我受不了！」說完，國雄轉身逃似奔出戲院。把如玉一個人丟在戲院木雕似杵在那裡。她應該被一針刺醒才對，然而她已不能回頭，因為她懷孕了。

每一次國雄發神經發脾氣後，他會抱著如玉痛哭流涕的說抱歉的話。涕淚濕糊了如玉的粉頸，如玉會再一次的原諒他。國雄對如玉會更輕憐蜜愛，恨不得抱如玉起來掛在胸前。這種熱如火冷如冰瘧疾似的愛戀，讓如玉啼笑皆非，是她自己跳下的懸崖，只能一直往下墜……如玉墜下谷底著陸的剎那，是在她和國雄在做愛時，國雄忽然停下動作問如玉說：「跟妳的前夫家棟比，我們兩人誰讓妳比較愉快？」那撞擊力讓如玉痛得五內俱焚！心碎神催！

看見如玉像貧民窟的一般貧婦一樣在家裡生孩子。國雄羞愧得想捅自己一刀。愛如玉，娶如玉是害了她，看看哭啼無辜的兒女，知道自己是在造孽！是的，她是愛如玉，想保護她，給她幸福。然而是他不自量力，他做了什麼？讓如玉過水深火熱的生活，如玉從跟他過日子，幾年了沒買過一件新衣，食也僅是裹腹渡日，一次次難忘她的過去，妒忌以往擁有她的人，讓他發瘋口吐狂言，像在如玉傷口上撒鹽，事後再痛哭流涕用懺悔的淚水流滌如玉的傷口……每一次發瘋後，國雄會小心翼翼地輕憐蜜愛著如玉，他每次出門以前，一再吩咐：「小心在家看孩子」或「妳有孕不要提重物，我回來才幫妳做」然後說幾遍「我出去了」，在關上門以前用依依不捨的柔情眼神看如玉才出門去。五分鐘後，門被匆匆打開，國雄神色匆忙地雙手緊握著如玉的雙肩，憂形於色地說：「妳沒事吧？沒人上門來嗎？」如玉微笑搖頭。國雄會放心的露出冬陽一樣的笑容說：「那我真的出去了。」

國雄真的為如玉和兒女放下身段，把心中石刻般的自尊、傲氣、偏激的心態拉倒，踩在腳底下，進那曾發毒誓不踏進一步兄嫂的門檻。當時他目眶欲裂，咬牙切齒地對他嫂子說：「……我活著沒人認兄弟，我死後，妳兄嫂會認骨肉，為我收屍，代收奠儀，妳會撈著一筆『死人錢』過日子。」

司徒國雄自動找兄長獻議交出秘方，合作製藥油。國亮喜出望外！他知道祖父這一秘方的藥油比什麼白花油、紅花油、二天油更具神效，親眼看祖父接骨時用的。記得祖父曾耳提面命；有孕的婦人千萬別聞這藥油，一定流產。

國亮剛在新蓋的瑜美大廈買了一單位。貪它近自家藥房，出入方便。當國雄要獻出藥油的秘方，合作製藥油時，國亮慷慨地請弟弟搬進大廈，準備也在該處製藥裝藥。

美真和秀美知道如玉要搬離陋巷時，兩人高興得手舞腳踏，抱著如玉起舞，為她慶幸，為她恭喜，如玉終於挨過寒冬，破繭而出，雲開見日。

像是國雄新婚，國亮夫婦為他購置新家俱，新居佈置得舒適明亮。國雄的臉上也有了陽光，他終於有能力本著初衷愛如玉，保護她，給她幸福！

秀美、美真連袂來探新居。國雄脫胎換骨變了一個人般滿臉堆笑，熱誠的招呼她們。吩咐開冷氣在房裡招待兩人。國雄想在兩人面前揚眉吐氣，畢竟兩人見過他龍困淺灘的窩囊相，兩人知道如玉在陋巷給KUMADRONA在家裡免費接生的可憐遭遇，他發誓如玉現在懷的這一胎一定要她在SAN JUAN DE DIOS醫院住SUITE房生產，潛意識裡他想和姓杜的較量，因為如玉是在SAN JUAN DE DIOS生姓杜的兒子。

秀美找如玉買藥油，因她父親閃了腰，推拿用的。國雄堅持不收錢，一再說：「我這藥油是用了有效才收錢的。」

如玉送秀美下樓，在瑜美大廈行人道上聊了一些話。秀美摸著如玉鼓鼓順月的肚子說：「這孩子滿福氣的，出生時間對，環境好。」

「醫生說這個星期要生了。」

「妳為什麼還要下樓送我？」

「不要緊，走動走動鬆鬆筋骨。」

秀美緊擁了如玉一下，然後告別離去。走了幾步，秀美回頭想多看看如玉一眼，看她臉上幸福的笑容，為她高興，如玉還看著秀美的背影微笑著，一看到秀美回頭，她就對秀美揮手，笑容更燦爛的大聲說：「和美真來看我。」

美真和秀美三天後的清早做伴來看如玉。兩人腳步匆忙，神色驚慌，淚水滿眼眶來到瑜美大廈倒塌的廢墟前，找如玉居住的三樓的窗口而不見……秀美哭腫了雙眼，她的眼前不時浮現著三天前如玉對她揮手說再見的笑容……她又哭了。

地震是天災，偷工減料的建築是人禍，天人合作製造的人間地獄；活埋了三百多口生命的巨形墳墓。挖掘出來的屍體，肢體殘缺不全，被壓扁的頭顱血肉糢糊……因為災變時刻是睡的時間，多是一家人同年同月同日死。應了一句罵人死絕的話「無人可做忌」。義山相連一排排的墳墓，遺照一張張排排掛……幾十年後，大家還曉得說，這些是瑜美大廈倒塌的受害者。

如玉一家是七屍八命。最慘的倒塌幾天後才挖掘出來，屍體已開始腐爛，應立即封閉在鋞板製的長匣裡，沒有遺容可瞻仰，沒最後一面可見著。據挖掘者說：國雄的屍體覆伏在如玉身上。應是天搖地動時。國雄要保護如玉母子，怕她被壓傷，所以……

老淚縱橫，搥胸頓腳，一慟幾絕的鄭德正夫婦這樣相信著，國雄是愛如玉的，生死都要護著她。

如玉沒能趕上與國雄同年同月同日生，卻是與他同年同月同日死——一九六八年八月二日。

二、桂花心的男人

他很醜，一個大頭顱，頂上稀薄的頭髮，地中海似地禿著。他很年輕，卻有一副老成的體態，身材壯碩而不高，用彌勒佛來形容他最相稱。在菜市場看到的他，長年穿T恤，卡其短褲，一臉溫柔的笑容，穿梭市場，販賣進口的雜貨。他不是領薪階級的推銷員，他是老闆，是貿易商，還真人不露相。看來人真的不可貌相。他一點也看不出有錢的樣子。衣著樸實平常，穿的空氣鞋不是名牌，是平常到未具牌子的SANDALS。天天穿著在市場擺渡穿梭。很少人知道他家是有名的南北貨食品進口商。他從不提起他家是什麼營生。他平常心活得在一群人中找不到他的形影。其實他是「草包金」的「醜寶貝」。

怎麼辦，平凡的他不知道何時開始，被愛神丘比特的箭所射中。偷偷愛上葉姓的「出世仔」少女——愛拉。她吸引他，使他一見鍾情-他見到愛拉時心跳加快，手心出汗，顏面發紅，出現一種暈眩感（人喜歡一個人，他（她）的一顰一笑，一舉一動，都會牽動他（她）

的喜悅，為愛情顛倒，說不出理由，或者這就是中國人所謂的緣份。而愛情的科學解讀是「科學家經過研究發現，愛情之所以令人神魂顛倒，完全因為人腦中［戀愛興奮劑］在起作用；女性在戀愛期間，身上出現強大的生物場並產生輻射，有時這能量很大，使人迷迷糊糊，同時也使女人容光煥發，嬌媚異常。男性戀愛時期則體力增強，所以，一個瘦弱的男人往往在其戀人遭受欺負時，能將一個彪形大漢打倒在地。」眼下的路易就是腦中的（戀愛興奮劑）在作祟為愛拉神魂顛倒。

可傷的，他愛的電波碰到愛拉這絕緣體，沒觸生火花，愛拉對她冷淡得一點溫度也沒有，他對自己碰的軟釘子不氣餒，勇往直前的喜歡愛拉，追求愛拉。所以當他知道朋友三順的姨丈是愛拉的三哥時，雀躍三尺，興高采烈的要求三順告訴他愛拉家的情況，三順故意逗他說：

「路易，你說愛拉家的一點一滴你都想知道，她家幾隻狗幾隻貓我也要數出來嗎？」

「別開玩笑了，你不也贊成我追求愛拉的嗎？」

「是，我贊成你追求愛拉，所以告訴你她是我姨丈的妹妹這『麵線親』的關係，你不要以為她是『出世仔』他的父親是很傳統老一輩的中國人。」路易眼睛發亮，專注的聽三順講愛拉家的故事。

葉老大昌二十多歲出頭往返岷市和米骨巴社山上做生意。娶巴社的菲女孩為妻。他沒在巴社紮根，而是把菲妻羅省移植唐山，叫穿蝴蝶袖沙耶裙的她在唐山的大熔爐中被鍛煉同化——讓她梳髻插簪兩截穿衣，她穿不慣褲帶紮腰的長褲，常常擔心溜下來丟人現眼。羅省迫急了對大昌下通牒「到菲律賓叫人買來橡筋伸縮帶，解決褲腰的問題，不然唐山為穿褲的問題我待不住了。」

路易這土生土長的華裔年輕人，聽著愛拉父母成家的往事，簡直在聽天方夜譚的故事，聞所未聞，聽得目瞪口呆，三順停下喝杯水。路易心急如戰鼓催戰然不好意思開口叫三順講下去。

「親家公在大陸政權易手後，帶羅省回菲律賓。羅省除了膚色無法改變，從靈魂，內在到言行，在浩大秋海棠葉的染缸內，浸透了二十多年，脫胎換骨似地，十足赤金的福建阿嬸形象。面對故鄉的親人，相見不相識，都驚呼：『你是羅省？』圍觀的鄰居鄉裡人，把她當異族之人。羅省百感交集；她在唐山被叫了二十多年的番婆，回歸祖國被看做TSINA（華婦）。所以說愛拉的母親雖然是菲女，卻比我們這些本地華人更『咱人化』，愛拉的母親每個月初二，十六敬土地公，孟蘭節敬好兄弟，年節祭拜先人，一早一炷香在觀音菩薩前頂禮，有誰比她更『咱人化』，路易一直點頭，一心更喜歡愛拉，不是說娶媳婦先看她母親嗎。

「羅省親姆在唐山吃飯用碗筷用了二十多年，回歸祖國後，初用叉匙吃飯，飯菜幾乎滑出碟外，握刀、叉、匙，像舞弄鋤頭那樣的沈重礙手……梳髻插簪梳定了也不想改變，就這樣她成了典型的菲華福建阿嬸。」三順再講。

「路易，我們明天五點清晨上路。聽說明天是巴社加巴隆牙佛誕，岷尼拉許多華人組團坐大巴士去拜拜。聽說加巴隆牙佛靈得很，有求必應，路易，你也去祈願得到愛拉的芳心，還願的時候我再陪你來拜拜。」

看路易這壯碩的年輕人也有臉紅的時候。

大昌和羅省夫婦為三順和路易的來訪，一早興匆匆地預備招待客人的菜肴，殺雞燒乳豬，亂跳活騰的石斑魚、龍蝦、大蟹，是自家漁船的漁獲，要多少有多少。葉老夫婦喜翻了心——在山頂州府的華人家庭最大的憂心是子女的教育問題，有能力的送兒女到馬尼拉唸華校，就怕兒女菲化。待子女成長，子女的婚姻問題，更使父母憂心如焚，難道看他們娶菲女嫁菲人？奇怪的這些老華人的心態，自己娶菲女，卻不要兒子娶菲媳婦，更不想女兒嫁菲男；大昌就是這麼高興接待鍾意女兒的年輕人。聽三順說路易家境不錯，更叫大昌安一百個心，自忖說：不枉我從小嚴厲教督這兩個孩子，不許說菲方言。在岷尼拉的親友都驚嘆羨慕我大昌的兒女住山社的「出世仔」講咱人話講這麼好。想到這裡大昌不覺微笑不已。

愛拉熱烈的招待三順和路易。三順每年暑假都來米骨巴社渡假，和愛拉相處得像一家人。說實在的，愛拉並不討厭路易，說路易笑容親切，對什麼人都好，有許多的朋友，然而就是不來電，做朋友做哥哥好，做情人就是沒感覺。

三順的姨丈愛拉的三哥用自家漁船載他們到海中一小島野餐，海水清澈如鏡，椰樹葉隨風沙沙起舞，起個柴火堆，烤魚、烤雞、烤肉串，柴火陶甕煮的飯特別香，汽水一整箱侍灌。路易笑逐顏開對愛拉說：「我一生在馬尼拉的廢氣中生活，第一次來到大自然的懷抱，都不想回去了。」

「歡迎每年暑假和三順都來渡假」愛拉笑嘻嘻的回路易的話。路易無意中說出了心中意願感覺不好意思，有些臉紅。

葉老冰凍兩箱石斑魚，大龍蝦，紙箱裡的大蟹隻隻成公斤重，送三順和路易回岷市。

「亞伯，謝謝您的招待，這三天的生活我一生難忘，謝謝您，您若下山到岷市，叫三順通知我，讓我好好招待您。」路易依依不捨地告辭。

「會的，會的，年輕人記得再來作客，歡迎你常來。」大昌對路易滿意得很，喜歡他忠厚老成，喜歡他親切的笑容。心裡想「自己不缺錢，要和愛拉有緣該多好的事。」

路易一路吹著口哨，不停地和三順笑談這三天快樂的假日，一直問三順說：「我有希望嗎？」

「我姨丈和親家親姆對你讚不絕口，就看你和愛拉有緣否？」

最後愛拉對路易表白說：「我喜歡有你這朋友，要是你是我哥哥該多好。我大哥二哥在唐山，三哥對我很嚴厲，她要是有你一半對我的好該多好。」

路易一回到家，就在房裡聽義大利盲人歌手安德烈（ANDRE BOCELLI）唱的真愛樂章（MELODRAMMA）。

他沉溺在安德烈的歌聲裡，歌詞深深感動他，他不停聽，百聽不倦：

這是我的歌，愛的頌歌
我正為你引吭高歌，伴隨著苦痛
如此激烈，如此強大
深深刺傷了我的心
明亮的晨光甦醒
田野間傳來酒氣的芬香
我在夢中遇見你
如今更見你翩然而來
喔，記憶翻騰，遠方丘陵如畫
我卻痛徹心扉，是該起身了
是該離去了……

句句歌詞唱出路易失戀心碎的悲哀！路易睡前聽，醒來也聽。他本來就是與人無爭，逆來順受的乖孩子。什麼事都不會怪別人，遷怒別人，他事事為別人設身處地，他只喜歡音樂，聽唱片是他唯一的愛好，買唱片再貴再多也不以為奢侈。

明亮的晨光甦醒
阡陌中一座風車轉動
我的命運於焉降臨……
沒有你的苦痛命運
沒有你而苦痛
我的心輕輕吟唱著
一曲甜美的真愛樂章
這是愛的頌歌
我正為你引吭高唱
這曲真愛樂章
少了你，我獨自歌唱

路易以音樂療傷，撐過情傷心碎的日子，他臉上的親切笑容依舊，只是淡了，人也安靜不多講話，又遇他母親病重，大家只知道他很孝順，為母親的病而有了愁顏。

一個家庭的長子都受父母的期盼寵愛，特別是一家的長孫更是祖宗的寶貝。老二通常被忽視，至少被哥哥姐姐的重量壓下，懸在天秤的頂端。路易是老二的定位，生來又沒有哥哥好看，他從小就感受到他沒有爭寵的必要，他穿哥哥退下來的舊衣舊鞋沒在乎，憑良心說哥哥的衣服鞋子都是半新的，等不到衣鞋穿舊，又有姑姨送來的新衣新鞋讓哥哥孔雀展屏。他像不會發光的月亮，反射著哥哥太陽似的光彩。哥哥若是孔雀他就是他身邊的醜小鴨。

路易的哥哥疼這個醜弟弟，因為弟弟的醜襯托出他的好模樣。而弟弟親切的笑容，聲聲呼喚哥哥，哥呀，叫為哥的感覺受尊重很窩心。又勤快的幫它買小楷紙，提餐盒，倒水喝，叫他不和弟弟親是不應該。兄弟兄友弟恭的相處，維持到哥哥娶了嫂嫂，形勢大逆轉，路易的嫂嫂是有錢人的女兒，人又生得漂亮，難免鼻尖上仰，優勢地平日仰視，平視而從不俯視。對這穿著隨便，好使好喚的小叔，不看在眼裡，忘記這家的生意的股權是路易和他的哥哥平分的；這是從他們祖父健在時就分好了。路易的祖父慧眼識千里馬，看長孫被寵得不知天高地厚。他是乖乖的，唸書也唸得好，就是金絲雀似被照顧得不用動一隻手指頭。他是守成的料，不是衝鋒陷陣創業的戰將。看路易人勤快，不用吩咐，沒上課的日子，自動到店裡幫忙看店，好客情大小顧客都招呼得人人找他。常聽到顧客問「少年的，今天不在嗎？」他祖父看在眼裡，疼在心頭，有心栽培他，常常帶他去辦貨，付賬，熟悉生意的門路人脈。他把長孫定位為文官，路易是武將。他手創的商行泰山似穩固的基業，他要打破「富不過三代」的說法。他要掛上百年老店的招牌。他看路易愈看愈窩心，帶在身邊的不是兒子而是路易這孫子。所以家裡有句戲言說：「路易越長越老氣橫秋，都是吃了他阿公的口水的緣故。」愛拉的父親葉大昌一生都在巴社山上過。他雞啼即起，踩著山徑，露水濕了褲腳，走到日出露水花，人有了汗意才回家吃早餐，數十年如一日。他建的三層水泥大廈，背山面海，環境棒極了，放眼滿山青翠蒼然，視野開闊到天水一線的大海面。空氣鮮得沁心涼脾。難怪葉老萬不得已不下山，山上是仙境，可以百歲以老。他唯一的牽掛是這老年生的幼子么女，為愛拉的教育問題，花雙倍的錢送愛拉到岷市唸華校，給以完全華化的水土培植她，當他從三順哪裡知道路易鍾意愛拉的消息，知道路易要上山來拜訪他，老人高興得揚眉撚鬚微笑。

路易回去以後，有幾次他老人有下山看路易的想法。就是不好意思，一張老臉拉不下來。路易在葉老的眼中，和他祖父的眼中一樣是萬裡挑一的寶貝，無從估價的寶貝。

一天，愛拉回來過年，葉老直問說：

「為什麼不邀三順和路易來過年，熱鬧熱鬧。」

「他們不說要來渡假過年，我也不好意思硬邀他們來山上。」

「這樣呀，那，暑假一定邀他門來玩幾天。」愛拉垂首無言。她不敢告訴她關公似威武的父親。她已向路易表白不能接受路易的愛，若不然，叫路易月月上山一趟，他都會飛車以上。

愛拉之所以會說他父親關公似的——因葉老長桌上供著觀音菩薩，這佛尊據說是三百年的古董。也供著關帝爺佛尊，威武長鬚，愛拉從小看到大。葉老人高馬大，個子挺拔，六十歲後就告老留鬚，看到他在山上看日出的身影，山風拂動著他的長鬚，挺拔立地，真有關公的威武迫人。

聖誕節的前夕，二十四日的晚上，山上熱鬧歡騰，家家窗戶都張燈結彩，普天同慶聖誕節。巴社的人溫飽有餘，因山上有金礦在開採，人人都工作，帶動商機活躍，所有的佛誕，聖誕節都熱鬧非常。

葉老一家吃過團年飯後，在天臺乘涼，愛拉和她三哥扶西話家常，葉老說一句：

「要是路易和三順來這裡過年該多熱鬧。」羅省和扶西齊看愛拉一眼，愛拉低下頭看地下。

羅省叫一聲「大昌」後，支支吾吾不知將何話以繼，大男人主義的大昌疑惑的瞪著老番妻看，等著聽她要說什麼？

「告訴你一件事，你一定不要發火，愛拉，愛拉她拒絕了路易，她，她在馬尼拉……馬尼拉……上星期五和社長的侄兒約翰公証結婚了。」葉老聽完話，即勃然變色，無疑星火引爆了一座火藥庫—他猛站起來，抓起茶壺往愛拉頭上栽。扶西火速地用手臂撥開，力道之猛叫扶西按著手臂哀哀叫疼。愛拉更像老鼠在貓爪下直發抖，大昌一掌把上前勸告的羅省掃跌坐地上，扶西抱著父親的腰阻止他打愛拉。嘴裡一直叫：「愛拉，速離開，快，不然你會被父親打死。」羅省爬起來，推著愛拉叫快離開，母女倆跌跌撞撞逃下樓梯。耳邊聽見大昌怒吼咆哮的說：

「畜牲，你不要再踏進我家門一步，不打死妳也打斷妳的狗腿，妳，妳是妳番母生的番婆仔，妳不是我大昌生的女兒。」大昌怒極至口不擇言咆哮著。

愛拉不嫁路易讓大昌霜結心頭，冷到骨縫裡，幾十年來，他是仰首迎著曙光深呼吸，現在的他仍然天天看日出，但他已不再有仰天長嘯的豪情，他垂首常嘆：「我老了，是該歸去。」

路易的父親過逝，他哥哥順理成章的接掌了順昌貿易商行。壞在他嫂嫂武則天似的弄權抓權。把小叔不當小叔看，吵著叫路易獨立出去，想獨佔這五層樓大廈，和這響噹噹金招牌的商行。路易是逆來順受的孩子，從不爭什麼，他早知兄嫂不能依靠，所以不提分家的事，是他母親還健在，長年臥病在床，雖有護士日夜看護，但早晚，一天幾次都要去看她老人家，跟她說話，他母親最喜歡路易餵她吃東西，常常吩咐路易到王彬街買她喜歡吃的零食糕餅，和陳猊的炒麵肉羹，她老人家唯一放不下的心事，是路易快三十歲了還未結婚，問多了，路易同樣回答快了，快了，我會帶她來看您，她就這樣盼望著，盼望到她病危進醫院，也不見路易帶他的女朋友來見她——路易答應母親帶來的女朋友就是愛拉。

路易的兄嫂早算計好，他母親這次進醫院是不會回家來了。路易不用住在家裡，早晚看老人幾次。可以分他一筆錢叫他另起爐竈，獨立出去。路易對兄嫂的所作所為，冷眼旁觀，每次見面仍然親熱叫哥哥，嫂嫂。但他不敢看哥哥的眼睛，怕見哥哥眼裡的無奈和愧意。他知道哥哥是被如虎似狼的嫂嫂所牽掣。轉念：「這份基業是祖父所創立，哥哥是長子長孫，多分一份產業也不為過。我又是單身一個無牽無掛，等母親過逝後，我也要獨立，憑我的積蓄和祖父牽引的人脈，再加我可得順昌商行的一半資金，再創一順昌商行不是難事。」他傷心的是嫂嫂迫不及待的收拾媽媽房裡的東西，叫人粉刷油漆牆壁，她太張牙舞爪的，等不及她婆婆嚥氣就……

一切都在哥嫂的算計中，他哥哥是分給路易商行的一半資金，不動產早歸在他哥名下，提也不提一句。路易接過來哥哥遞給他的支票，看也不看一下，折起來放胸前的口袋裡。他親切的笑容不變，對他哥哥說：

「哥，我走了，店裡有什麼事需要我幫忙的，隨時打電話給我，我住家的電話號碼，我寫在老店的電話簿上。」

「我知道了，路易你比哥哥強幾倍，根本用不著我的幫忙，不過我們永遠是親兄弟。」

路易揮揮手走出他生活卅年的家。

他嫂嫂不停的打電話給路易告訴他：「路易，他天天在外面跑，你媽媽醫院裡需要的藥，你到MERCURY藥房去買，比醫院裡便宜。」話是不錯，那昂貴的藥錢，知道路易是不會找她算的。這才是重點。

「路易，特別看護的錢，是天天算清的，你天天在醫院，我店裡走不開，你就近給吧。」

等老人家走完世上的路大去。醫院要付一百萬的賬，路易的嫂嫂說了一句場面話：

「父母是兄弟共有的，醫藥費、喪葬費要共同負擔，你到店裡和你哥哥算帳吧。」

對於嫂嫂的每一通電話，路易都回答：

「是的。」

「好的。」

「可以，就這樣辦。」路易深深感嘆說：

「知我莫若嫂，她知道我不會去找她算帳的。母親是我的，要能救得母親不死，花盡我的錢，我不皺一下眉頭。」

理察和三順，路易，從小學到中學，是天天在一起的哥兒們，親過親兄弟，默契一心一個眼神，一個微笑，三人都知道是要什麼動作了，一切盡在眼神中，同學們叫他們「三劍客」。他們的友誼不變，直到都步入社會，各自成家，三人中理察父親早逝，家境較差，三個朋友中路易家境最好，隨時有動用的錢，還不在少數。他常替理察交學費，等理察的姊姊美國寄錢來慢慢還。許多時候他不用理察開口，自動伸出援手，對這個好友照顧得無微不至。貧與病常常是孿生兄弟。所以才有貧病交迫這句話。

一天理察忽然心痛如絞冒出冷汗如淋，氣短心悸，危急送醫，診斷出心臟病發。路易聽說了，第一時間趕到醫院，掏出五萬塊錢給理察的母親說：

「安娣，先拿著用，不要擔心，病情穩定了，理察已脫險……」理察的母親不敢相信的，淚眼對著路易說不出話的大恩不言謝。

理察對三順講這次路易的慷慨救急，對路易感激涕零。

「我們三生有幸得交路易這朋友。我有心然而沒五萬塊錢可掏出來，有心無力，奈何。」

愛拉為愛情和父親決裂，她真不敢再進父家一步，連附近都不敢走到，怕遇見天神似的父親。她知道父親言出必行，從來沒人敢勃逆他。連母親羅省都畏他如虎。路易是好人，然感情的事不能勉強，對於她爭來的丈夫，不知是選擇對或錯，他是大學生，但永遠在待業中，對工作高不成低不就，整天死坐活吃，對他母親市場賣魚的辛勞，視而不見，愛拉在婆婆面前，坐立不是，想到婆婆的魚攤分勞，婆婆冷冷的說：

「妳這雙大學生的手能做什麼？給妳那有錢的父母看見了，豈不要說我家虐待了妳。」

約翰是向母親拿的錢花，愛拉死也不敢向約翰拿一塊錢來用。她怕看婆婆的臉色，她渡日如年，恍悟愛情和婚姻是兩碼事，相愛容易相處難。背後只能向母親羅省哭訴了，羅省告訴她說：

「妳愛昏了頭，現在睜開眼睛已太遲。愛情不能當飯吃，不能當衣穿，我是可以無盡期的接濟妳，怕只怕妳父親知道，連我也趕出門，妳是知道妳父親的脾氣……，約翰不能不掙錢養家，難道給他母親養他終身？你們要是有了孩子，怎麼辦？妳敢向妳婆婆拿牛奶錢嗎？」

愛拉愈聽愈心慌意亂，現實硬過鐵，想到明天，她一直問自己怎麼辦？悔不當初不聽三哥的話。扶西警告過她，說了：「我們和約翰是一塊長大的，妳看不出來，他懶惰成性，十指不動，整天玩球，大學是受迫於社長勉強畢業，畢業是他說的，也不知道是真是假，就算他是真畢業，他四肢不動，就算天主從天上扔下麵包，也得他俯身去揀……，妳不妨和路易交往看看，他很善良，做生意在行，年紀輕就掙了很多錢，人又慷慨大方……」

羅省向愛拉建議，她拿出錢，買輛機動三輪車，叫約翰去川駛賺錢，可以組織小家庭，搬出婆婆的家。

「什麼？叫我堂堂大學生，社長的姪兒，駕三輪車川行賺那五塊十塊錢車錢，我不幹，叫妳有錢的母親，分妳一些財產，買座房屋，買幾輛三輪車，我們可以僱人川行……」愛拉聽了，天都黑了一半，一顆心速凍成冰。

路易出生時，是個醜寶貝，和他哥哥好像不是一母所生。據他祖父說路易酷肖他太公。路易的祖母說什麼不好隔代遺傳，遺傳個醜相貌。路易他很乖，從不夜啼煩人，好像知道生來醜要比別人乖，才不會惹人嫌。所以吃飽就睡，醒來自己在搖籃裡吮著姆指頭，伊呀有聲。到他會笑的時候，一天他祖母當一家人的面說：

「這孩子眼珠黑白分明，是絕頂聰明的人，這樣的眼睛，給人的感覺是目光如炬，炯炯有神，煥發著精明能幹的神采。大家不要嫌這孩子生得醜，老人說的『鳳梨臉，桂花心』就是說路易這孩子，我的乖孫寶貝。」

三、神槍手的槍靶

應將軍的邀請，到他的小農場參觀。

推開鐵門，即聽到雞鴨聲兩調合唱，鵝引頸的呃呃聲，也來唱三調。驚喜地發現他養的雞特別龐大，有五、六公斤以上，羽毛油亮，雞冠艷紅欲滴，就因異於平常見到的雞隻，特別的搶眼，我不禁問道：「M將軍，這一定是特別品種的雞，我第一次看到這麼大個的雞。」

「是的，一個外國朋友贈我的雞蛋，我自己孵化的。」言下之意。以他為雞接生成功而沾沾自喜。

有潔癖的老大小聲提醒我說：「媽，小心地上的糞便。」石火閃電間，我聞到動物糞便的臭味，立刻腳腦並用的揀地跨步，眼尾好像看到M將軍在笑。他一定是說我像怕踩到地雷一樣的小心舉步。

他養的雞、鴨、鵝、火雞、烏骨雞等，都是放牧的，只是用簡陋的大柵欄，分類關在不同的國度裡。牠們在民主世界裡，自由地行動，隨意地「噗」的一聲炸下各自的代謝物。而所有的柵欄都圍在果樹下，難怪棵棵樹枝葉繁茂，片片樹葉又光又綠，生氣盎然，一副先天後天都夠足的樣子。

這三千多平方尺的小農場裡，M將軍卻養了兩隻兩人高的鴕鳥，鳥腳踝如小樹幹，鳥腿比四公斤的火腿大，想到電視上看到的鴕鳥奔馳如飛的雄姿，我可憐這兩隻鴕鳥在坐牢。只能在原地踏步過日子，一天若放生到大自然裡，牠會不會忘記怎樣奔跑？

他特別進屋裡拿相機，給孫兒心義站在欄外和兩隻鴕鳥拍照。然後他牽心義的手說：「要你記得和我的鴕鳥拍過照，這是難得的機緣。」心義忙不疊的點頭。想不到叱吒軍警界的M將軍也有他溫柔的一面，令我感動不已。

M將軍帶我們參觀他的孵蛋器（電動的）。欣慰地告訴我們說：「此批的鴕鳥蛋一孵化，我就多了幾隻鴕鳥……」一個念頭立即輸入我的腦際：他要把龐然的牠們放養在什麼地方？

看到滿筐的鴨蛋、雞蛋，我對他說：

「M將軍，這麼多蛋可帶到市場出售，所得的錢可輔助農場的開銷。」

「鴨蛋醃成鹹蛋和雞蛋分送兒媳家裡食用，或分送朋友。有時朋友來農場聚首，十個人只要殺一隻雞就夠吃，因為一隻雞就有五公斤重。」聽了，我不禁對自己的功利臉紅。

我們在M將軍屋前的走廊聊開。

「UNCLE（叔叔），您掌管大牢時，律規森嚴，令出如山，大牢裡的每一個人，是犯人，是守衛，是辦公行政人員，都在斑馬線內循規蹈矩。您在牢裡的守衛，個個髮短鬚淨，英氣勃勃，您不許他們有肚腩，他們就不敢挺著肚子。現在牢裡的理髮師叫苦連天，賺的理髮錢不夠糊口，守衛們都留長頭髮，能不剪就不剪，滿臉鬍樁黑呼呼的扎眼，以前不見的肚腩，現在地層移動後令島嶼浮出海面。」M將軍一手按著下巴，微笑地聆聽著，輕輕地點點頭。

「……您聽說了嗎？大牢範圍裡發生車禍，三輪車和轎車相撞，以前您規劃好的交通路綫，都沒人遵守了。所有的單行道都成了雙行道了，難怪交通事故不斷。」M將軍臉色凝重地聽著，感慨不已地，拍拍老大的肩頭，笑笑說：「我已退休多時，典獄長也換了幾任，我現在已不擔公職，我現在的工作，輕輕鬆鬆地，收入比任公職時高了幾倍。」

放眼望去，看見前面有直徑五公尺的大樹橫切面。我心裡想，他從什麼地方運來這麼大的樹幹，供他做練槍的槍靶，細看之下，原來他是用大小不一的樹幹塞疊成五尺直徑圓周的槍靶。我看到靶面彈孔累累，幾乎把木的靶面打爛了。難怪他是別人蹺起大拇指讚的神槍手。據說M將軍生氣的時候，更是彈不虛發，百發百中。

大牢所屬地範圍太大，都成一鄉鎮了。這裡的水清無味，可直接飲用。因用水的人口眾多，所以分時段供水，由專人負責分配時間開關水龍頭。從來就相安無事，齒輪相契合地運轉不休。

這一天合該有事，M將軍一早聽到水龍頭水聲嘩嘩，抬頭望了一下時鐘，不覺心裡一喜，說聲：「輪到我們家有水了，我要快去沖涼，今天有重要的會要開。」

他邊洗澡邊引吭高歌。M將軍不是粗獷的武夫，事實他是一表斯文，談吐不俗，倒像是一位教授。他不怒而威，說一不二，體格挺拔硬朗，雙腳穩站如釘在地上，誰敢出其不意猛撞他一下，看他會不會倒退幾步，他一定不會輕易移步。他幾十年來嚴格地鍛煉自己，風雨無阻的晨跑，天天練槍法和技擊。在他掌管大牢的幾年裡，對所有的守衛施行軍訓，下令所有的守衛，清晨五點都要晨跑，奔跑間還要在換氣時出聲呼喝，他帶頭跑，誰敢抗命不跟。所以M將軍下令守衛不許有肚腩，任誰都不敢挺著一個啤酒肚面對他，腰部也不會有贅肉環生的救生環出現。

每一個星期一的早晨，大牢裡所有的部屬都得參加朝會訓話，除非是病得起不來，或天大事故請假不來，都得立正聆聽如儀，因為M將軍說過：「看誰敢隨便不出席或不準時集合？」

光憑這句問話，就叫他們雞飛狗跳地趕來，看M將軍頷首微笑，冷熱汗才迎風而乾因為被他冷冷看一眼時，各個立感背脊生涼，塊冰不小心從衣領落下一般，不由地顫抖一下。

一天守衛亞禮罕洛的公休日。在大樹下給理髮匠帛落理髮。遠遠看到M將軍巡視而來，立即怕從膽邊生，人如坐在針插上，頻頻移動屁股，嘴裡碎碎唸著：

「TATANG（老爹）怎麼辦？怎麼辦？」

「幹什麼？不許亂動，看不到我在替你剃後腦髮根嗎？」

「M將軍來了呀！」嗓音在作三級跳。

「有什麼要緊，今天是你的公休日。」

「他說過下班後都回家，不是值勤的時間，不許到處露面！啊！走進來了，呀！TATANG我要站起來給他敬禮了，你剃刀移開停一下。」

「敬禮！」一聲響亮的敬禮聲響起，因為亞禮罕洛穿著拖鞋，自然沒有碰鞋跟的立正聲。

M將軍是笑著。回他一個注目禮。一邊和帛洛打招呼說：

「今天幾個男人向你低頭了，用第幾把的剃刀啦？」

「還早呢，剛換第二把新磨利的剃刀，上一把用鈍了，還待磨！」

亞禮罕洛站住一邊抑止不住，不由地發抖，他也不想這樣出醜，然而——

帛洛笑得眼花花，努（口）嘴示意M將軍看身邊發抖的那一個碗糕。M將軍會意的點點頭又搖搖頭。他認識亞禮罕洛，他是好部下，就不知道為什麼畏他如虎，看到他就如聽到虎嘯的麋鹿，只有發抖的份。

剛揉擦成一頭的洗髮乳泡沫，倏地，斷水了。將軍一急，髮乳泡沫滲進眼睛刺痛了眼睛，立即爆怒氣炸，揚聲怒吼咆哮著，呼叫著衛兵說：

「他媽的，是誰幹的鳥事，拉來賞他一顆子彈，兩槍打掉他下身的蛋，把他給閹了，才能消我心頭之氣，幹他媽的，我想殺人……」

衛兵慌了手腳，相信就是大牢囚犯暴動，也不會令M將軍暴跳如雷，粗話出籠。衛兵十分火急，駕車向最近有水的地方，運水來讓將軍洗完澡。

沒這麼簡單的就不追究，管自來水的部門就像捅了蜂巢，M將軍像隻螫人的虎頭蜂嗡嗡兵荒馬亂地撲到……「媽的，你找死，誰叫你隨便更改供水的時間和地段，你有幾條命任我一槍斃了你……」M將軍鐵青著臉，不怒反笑，怒火在眼眸裡愈燒愈熾。

肇事者扶西，過一刻鐘不到半小時，便被逮到，嚇得魂飛魄散，知道自己死辰已到，犯在M將軍的手裡，無疑像是對閻羅王踹了一腳，九條命也不夠死，他臉如死灰，一身骨頭被抽掉一樣發軟，站得搖搖欲墜，嘴如離水的魚，開闔不已，就是話不成音，更像待決的死囚，午時三刻已到，只差斬簽未扔下－他的妻子涕淚難分，跪伏在M將軍面前，一直告饒著：「PARA MO NA AWA PATAWARIN NIYO PO SIYA（赦免他，將軍您可憐他，赦免他）。」

將軍猛拍一下桌子，扶西應聲軟倒地上，他妻子哀號直喉，不成聲調，人也快昏了，將軍陡地站起來，宣判說：「要我原諒他可以」扶西猛抬頭看將軍，得救的曙光在眼眸裡閃亮，眼眶含淚，求饒地看著將軍。

「你要站著，頭上頂著一個玻璃瓶，雙手伸直，手心各站著一個玻璃瓶，讓我開三槍，才能出我的烏氣。你要祈禱，我的子彈夠準，只打碎玻璃瓶，而不打傷你的手，或一槍打穿你的頭，叫你去天堂找守天堂門的聖彼得報到。」

被打了強心針似的，扶西三魂七魄入竅回魂來。將軍只是生氣，把他當活靶消氣。他是名聞遐邇的神槍手，瓶塞放在枝丫上，一搶就打得瓶塞翻飛在半空。然而偷窺將軍怒氣騰騰的臉色，扶西的一顆心高空失足般，心朝下直墜，心悸流冷汗……大家都忖度扶西至少也得脫一層皮，這麼爆冷門的判罰，令所有的人跌破眼鏡。一窩蜂似湧到練槍場。扶西一早，像塊被丟在冶爐的生鐵被燒軟了，這一刻他頭上和雙手心上站的玻璃瓶像站在地震中央地帶，格格震動不已。他知道將軍不會要他的命，然而他可能打掉他的一個耳朵，作為永不磨滅的記號……隨聞槍聲響起，扶西嚇軟了雙腳，倒栽蔥似的倒在地上，他雙手緊抓住手心中的玻璃瓶。在他失去意識的一剎那，顧慮到不要讓手心中的玻璃瓶落地，以免更觸怒將軍，罪加一等……

練槍場幾年來都是威廉在打理，換槍靶紙，找回彈殼，掃落葉，剪草等等工計都是他一手打理的。他初來乍到，神似DUTCH BOY油漆罐上印的油漆匠——半長過耳的頭髮，被一頂圓盤帽壓住，穿著工人褲個子小小的大家看他像是從DUTCH BOY油漆罐上走下來的油漆匠，就叫他DUTCH BOY。久而忘記他真正的名字。

M將軍第一天來練槍場，第一眼就喜歡威廉。中國人的說法是有緣，西方人的說法是磁場對上互生吸引力。

「報告，將軍，我是威廉，任何時刻準備服務您。」他這樣自己介紹自己給M將軍。然後立正行了一個漂亮的軍禮。不苟言笑的將軍臉上也漾出笑紋，將軍的貼身侍衛對他說：

「叫他DUTCH BOY，全大牢的人都知道他，沒有人知道他名叫威廉。」

「喔！這樣啊！是個靈敏像猴子的孩子，不錯不錯！」威廉把M將軍當偶像來崇拜，每一次看到M將軍，眼睛就發亮，眼神隨著將軍轉，分秒待命著，將軍有所吩咐時，他回答的「YES SIR」，聲震練槍場——還有回音呢。

有人打趣威廉，私底下對威廉說：「M將軍是你的誼父。」

「不，他是我的DIYOS（上主）。」威廉慎重的更正著。

一個心願在威廉的心中，隨著時日而發酵，已膨脹到破腔而出的地步，他逮到M將軍心情好的一天，鼓起勇氣上前陳情。先行一個漂亮的軍禮，喊聲報告。

「看他行的軍禮還似模似樣的。」將軍笑嘻嘻的轉頭對貼身侍衛說著。威廉聽到了隨口回答說：

「我練習有年了，就是等到今天向將軍請示准我當衛兵。」

將軍聽了，眼裡的笑意隱退，意識到威廉不是開玩笑的，他是認真的，一心想要當守衛。不甘心只做練槍場的小工。

DUTCH BOY以祈禱的語氣求著將軍說：

「將軍，我已滿二十一歲，今天將軍答應錄取我入訓守衛兵，這將是我最快樂的一件事。」

將軍以炯炯的眼神將威廉從頭看到腳，衡量著。這分秒之間威廉緊張得像站在法庭上聽宣判的犯人，一顆心提到喉嚨，背面的汗水滴滴成線往下流淌，眼睫都不敢眨一下，怕看不見將軍的點頭或搖頭，心跳在胸膛擂鼓似咚咚聲可聞……

「這青年身手敏捷，頭腦好，能舉一反三，又勤勞誠實，是可造之材，然而唯一致命的缺點是身材太矮，五尺一而已，就身高這一點就不及格。」將軍心裡忖度著回答威廉的答案。目光直看著威廉的眼睛，把威廉看得雙腳發軟……當他聽見將軍說他當不成守衛兵是因為身材太矮時，無疑一槍打爆他的自信心，它碎成片片落地無聲，只聽見威廉低頭的深呼吸，胸膛拉風箱似的呼呼有聲，想哭而哭不出聲，看威廉如此失望傷心，將軍不忍其心，頭腦飛轉想拉他一把，憑他在軍政界的威望，安插一個小小的守衛兵，不是為難之事……

將軍決定在燒紅快冶煉成器的鉄塊上，補上幾槌，令其成器。於是慢慢地走上前，拍一拍DUTCH BOY的肩頭。他受驚地猛抬頭，將軍看到他眼睫上的淚水，感動他執著要成守衛兵的心願，決意托他一托過欄——

「我決定幫你達成夙願，然而你還得通過我的考驗，我才能保你當正式的守衛兵。」威廉聽了，喜出望外，不相信地直眨著眼睛，懷疑自己在……頓時眉毛舒展，臉上突亮出一層光彩，一直以來他把將軍當偶像一樣崇拜，一直相信沒有將軍做不到的事。果然，威廉像插上電的機器人直點頭，眼眶含淚，忙叠聲地說：「我願意受考驗，扭傷筋或折了骨也不皺一下眉頭。」

能趕到練槍場的人都不約而同地一窩蜂地來了，爭先恐後佔著最佳的位置，一睹M將軍對威廉的什麼考驗，一定是空前絕後的精彩。

將軍吩咐貼身侍衛預備所需物品。先吩咐威廉在槍靶前。他站得筆直，眼神直瞪著將軍，頭腦裡飛轉著猜測：「將軍要出什麼譜考驗我……一定像罰扶西一樣把我當活槍靶，試我的膽識，我一定不會像扶西一聞槍聲就嚇倒，我會過關嗎？DIYOS KO，TULUGAN MO AKO（上主，幫助我吧！）」

侍衛兵拿一個汽水鋁罐給將軍看一下，將軍頷首。把鋁罐放在威廉的頭上，威廉紋風不動，眾人的目光蝟集在將軍身上，當每一雙眼睛看到將軍站好姿勢，用左手拿槍的剎那間，人人倒抽一口氣，緊張得摒氣凝息，不敢呼氣，威廉的一顆心，陡地往下沉，從來沒有看到將軍用左手練槍，心裡叫苦不已，這下是死定了，將軍是用右手開槍的神槍手，左手開槍沒見過，懷疑他的瞄準度，稍一失準，豈不叫我腦袋開花，或轟掉我的頭皮！「DIYOS KO保佑我，我每個星期都做彌撒，祢是看到的……」威廉不斷在心裡祈禱著。

眾人為威廉擔心的頭皮發麻，甚至有的閉著眼睛不敢看，聽到槍聲響起，才速如閃電睜開眼睛看結果，提心吊膽的過程是不敢看的，威廉呆如木雞站著沒昏倒，臉色發白，他毫髮無傷，因為將軍一槍把鋁罐翻飛老遠，等待威廉去拾回彈殼和鋁罐。幾秒間，練槍場歡聲雷動。

「MABUHAY SI GENERAL（將軍萬歲）。」

「MABUHAY SI WILLIAM HINDI NATUMBA（威廉萬歲，沒昏倒，DUTCH BOY萬

歲！）」

將軍面不改容，老神在在，心裡不禁暗暗稱讚著：「這年輕人經得起考驗，變生肘腋間不把他嚇倒！轉頭看侍衛兵手中的生芒果，眼神給他一個問號，侍衛兵臉有愧意，急說明道：「將軍，我一時找不到蘋果，我隨手在芒果樹上摘下這顆生芒果是小了點……」將軍嘴角有了笑意，好像說：「你真要考我左手的槍法！」

DUTCH BOY臉上的血色還原，人會笑了，鞋跟碰的一大聲，向將軍行了一個漂亮的軍禮，將軍不由地笑紋漾開，心裡說：「這小子就是這樣討人喜歡！」槍聲一響，急跟著一聲子彈打中芒果-脆脆的一聲卜，一秒過歡呼聲雷動，比前一次的歡呼聲響亮了幾倍，因消息在幾分鐘內傳開，能來的人風雲湧至，練槍場擠得插不下針，這事將成為大牢裡的一件傳奇，讓人傳誦不已。

說威廉不膽怯，是太誇獎他的膽識，看比蘋果小太多的生芒果，威廉的笑意急撤退，他忘不了從來不知道將軍會左手開槍打靶的事實，對他的神射手的稱號打了折扣，形勢如箭搭上箭弓，不容他猶豫，他信誓旦旦要當上守衛兵的宏願，比壓艙石更堅實地壓在他心頭，叫他不讓船在風雨中搖晃，他想：「BAHALA NA」（豁出去了）。」因此，他站穩腳跟，眼睛不敢閉上，怕將軍看出他的怯意。

當威廉看到侍衛兵雙手空空來到他面前，不由一頭霧水，猜不透將軍下一個考驗是什麼？忽看到侍衛兵手心躺了一個瓶蓋（TANSAN）立即倒抽一口氣，像看到蛇信吞吐眼前般心頭亂撞，雙腳發抖，相信自己的臉色一定是灰白的，薄如瓶蓋，擱在頭髮上用左手開槍的將軍槍法再準，也得打掉一束頭髮——甚至一層頭皮……勢如疾車下坡，再也無法控制，即已過兩關，咬牙也要撐過去，相信他的偶像，他的M將軍，不做沒把握的事，況且他不是在受罰，他是在考試，冀求被錄取作衛兵……威廉的思緒如坐雲霄飛車，忽上忽下飛轉，一顆心卡在喉嚨似的，一口氣喘不過來，槍聲一響，差秒不差分，子彈破空而至，得的一聲瓶蓋飛躍而去，找不到影子，他毫髮無傷，威廉繃緊的神經此刻崩潰，人退後一步，雙腳軟了一下，將軍放下還在冒煙的槍，跑上前去，握住他的雙肩拉近胸膛緊擁抱他入懷，威廉又笑又哭，抽泣著對將軍說：「我及格了嗎！我被錄取了嗎？」將軍把威廉推開他胸前，給威廉看到他點頭應許。

現場歡呼聲如怒濤拍岸，一波又一波，衛兵們把軍帽拋上半空……

有機會到大牢走走的誰，看到一個身材矮小（唯一的一個），服裝筆直，英氣勃勃的衛兵，他就是威廉，他有終身的委任狀，可在大牢服務到六十歲退休。

不在值勤時的威廉，不改DUTCH BOY的形象，帶著圓盤帽，穿著工人褲，除不許長頭髮外，你到大牢問一下任何人，找DUTCH BOY，誰都會指給你看說：「那就是DUTCH BOY。」

M將軍在長廊簷下，在涼涼的風裡和我們笑談甚歡，他回憶著細述著往事，說到精彩處，豪邁的笑聲，引雞鴨側視，猜測它主人的笑聲是不是為它們而發？將軍叫來傭工，命他放出BABOY DAMO（山豬）來給我們瞧瞧，一邊對我們說：「這隻山豬是我在巴拉灣的一個朋友送的，我抱孩子似的抱它坐飛機回來。」忽見小山豬急奔而至，它被囚禁久了，一旦獲釋，拼命享受自由的快樂。嘴裡還低吼著，繞地疾奔數圈，害柵欄裡的其他家禽受驚不已，雞飛鴨逃狗吠，亂成一團，兩人高的鴕鳥也俯視，尋找造反肇事者，將軍像在看他淘氣的孫子呵呵大笑……

看將軍叱吒軍警界幾十年，現在半歸隱林下，回歸大自然的懷抱，忘記他是名聞遐邇的神槍手，他說：「我好久不配槍了，我一生沒有仇人，走路不用回頭，然而我一天不練槍就覺得今天意興闌珊……」

四、看他們怎樣賭

一個機緣讓亞輝在菲律賓大牢裡經營餐廳。人跟所購的建材一車走過大牢鐵閘門，門上有槍和鎖匙交叉的圖騰，四個月的時間建好廚房店面和宿舍。

在呼呼的竈火鑊和鏟的叮噹下，煮出一盤盤的菜餚，為大牢裡的囚犯，警衛，行政人員和其他眷屬服務。這機緣是獨特而意外的。大牢裡是另外一個世界，這裡什麼都會有，就是沒有自由。因為被囚禁的人眾，他們的行為像出軌造成傷亡的火車頭，又像一把野火燒傷到別人，他們不容於社會法理。他們犯了殺人、越貨，強姦販毒等等重大罪案。分別以刑期長短分囚不同的牢房。特別重刑犯還單獨禁閉，連跟人說話都被禁止……

「放風」時刻，犯人散步在日光下，運動運動活動筋骨，鬆弛被囚禁壓抑的身心……

一天，放風的時候，先是兩個囚犯站著往上看，看站崗的警衛來往巡戍於牆頭。

兩幅漫畫裡，一幅畫一個人抬頭往上望，第二幅畫的這個抬頭往上看者四周站滿了人跟著往上看……同樣的今天放風的廣場，三三五五的囚犯，注意到巴洛和比豆目光瞪著牆頭，這舉動如一個磁場對四周的人輻射出強烈的吸力，把一個個好奇的人吸近圍成堆，都往牆上看，有的忍不住彼此互問道：

「出了什麼事？」

「看什麼？告訴人呀！」沒有人回答。

警衛見有異狀都驚動了，握著警棍，槍上膛，圍上前來。（人人都知道任何監牢，最怕犯人有異動，視每個犯人如定時炸彈，不能掉以輕心）警衛大呼散開！散開！幹什麼聚成一堆？！圍成一團的人散開，只剩兩個始作俑者，陡然，巴洛揚起拳頭，歡呼一聲，往上跳高三尺，喊著：「我贏了，呼呼，我贏了……」比豆垂頭低呼道：「倒霉，又輸了！」

原來他們沒有什麼可賭，賭各人押定一個警衛，算那兩個警衛走動的腳步，數到一百下時，是那一個警衛右腳剛好踏下，押他的人就贏了。

探監的人所攜帶的食品衣物，都要經警衛嚴加檢查，才可以放進去。連麵包和蛋糕都要掰開按壓，看有沒有挾帶違禁品。如此情況下，犯人犯賭癮是沒有任何賭具可解癢，他們不得不發揮各自的怪念頭，什麼都可以賭輸贏。看羅易斯和羅里道的賭法，他們各拿出一塊錢幣值的硬幣放在桌上，賭蒼蠅先停留在誰的硬幣上，誰就是贏家。

怪事天天有，就今天最怪。十次有九次蒼蠅都叮在羅理道的銀元上，牠還拍翅搓腳地樂呼呼地不飛走。羅易斯輸得呼天搶地直呼有鬼！有鬼！！鬼在那裡？那天晚上羅理道告訴死黨烏加說：「我把硬幣放夾屁股眼，吸足了味道，放在桌上，蒼蠅自然降落如儀……」

在牢裡賭鬥雞是不可能的事，一次，他們賭了費時一年籌備的鬥雞。有人托探監的親人送來兩隻TEXAS的雛雞。寄放在廚房裡養，等牠一天天長大。牠們活不活得成也是一場賭，小雞可能遭瘟，可能飽蛇吻，也可能遭鼠噬。所以小雞的生死也可以賭一下。等到聖誕節前後的某一天，壓軸戲上演鬥雞。怎樣輸贏法？沒有刀刃綁在雞爪上，就綁鉛筆一段，用橡膠圈綁緊，放兩隻鬥雞飛、撲、抓、踢，互相搏殺。終有一隻受重傷不支倒地，搏殺過程，圍觀下注的人，有成千上萬的緊張，燃燒的眼睛緊盯著兩隻鬥雞飛上撲下的鬥著，看的胃部揪著打結，用手抹掉額上的汗水……這一次的賭碼比任何一次都大，參賭的人幾乎是傾囊而搏想贏筆錢來過節。暴露人好賭的劣根性。

擲骰子是最平常幾乎天天做的賭博。骰子從何而來呢？沒則變，變則有。他們用MONAY密實的麵包用線條切割成塊狀。然後風乾至堅實，用寫信的原子筆畫上圓點，就成了兩個不犯法的賭具。

囚犯餐後留一團飯在掌心，回牢房後把飯團一掰而二，賭那一團是單數，那一團是雙數。糙米飯粒粒都可稱好漢一個，頂天立地個個硬，這就容易算了，大牢裡的重刑犯，在囚禁期間，一個個都像一座座火山，不能鬆管，也不能嚴懲，惹毛了，豁出去大家都不好過。所以警衛不為已甚，一些小事，睜一隻眼閉一隻眼，他們愛賭就讓他們各出怪想，異招博輸

五、妳往槍口看一下

老趙對他那野馬似的「出世仔」兒子直搖頭。四年中學他唸了五年，這五年老趙不時被學校教務主任或訓導主任請去約談，談話主題都是針對理察的言行與讀書成績。老趙是低著頭進學校辦公室，也低著頭走出學校大門。他為這頑劣的長子一個頭幾個大。

學校的老師們和老趙合作，學美國西部牛仔拋出繮繩把理察活捉套牢，強扯他參加中學的畢業典禮。到這階段老趙精疲力盡，理察死不唸大學，他對他老子說：「老爸，別浪費錢替我交大學的學費，我一定不去唸的。」

牛不喝水誰也不能把牛頭按進水中。理察跟老趙父子達成協議——老趙不強迫理察讀大學，他自動請纓幫老趙到外省打理土產收購站。理察說：讓他學做生意好過迫他唸大學。老趙一則以喜一則以憂，喜見理察不是要放浪混日子，他既不是讀書的料，要學做生意是好事，憂的是這小子吸煙、喝酒、追女孩子快過換衣服，看他是玩玩，一個換一個。老趙自己交番婆生「出世仔」兒子，卻堅決兒子一定要娶華女做妻子。他擔憂兒子離他身邊到外省，無疑縱馬歸原野，理察這脫韁的野馬，不知要搞出什麼亂局。

老趙有了想替兒子娶妻的念頭；他想為理察娶妻子拴住他，給他夫妻倆去獨立謀生，也了卻了一樁心事。

理察感覺到他這中菲混血兒的身份，在父親那年代的華人心目中，和純華人血統的兒子的比值有多偏差。所以聽父親說要為他娶世交杜伯伯的女兒做媳婦，她是UST的高材生，理察看了她的照片，就向他父親點頭欣然答應。

老趙為娶這長媳，喜事辦的風光一時，王彬街東亞酒家筵開五十桌，賀喜的親友盈門。

理察心裡想，我生的兒子不再是老一輩華人漠視的出世仔……

理察為了爭氣，要給他老爸看他這出世仔兒子不比純華人血統的兒子差勁。婚後帶著妻子到外省做收購椰乾，米黍的生意，他不負老趙所望，生意做的錢滾錢，愈做愈大……

老趙的媳婦秀秀一舉得男，他喜翻了心，為長孫的誕生大分糖豆、紅蛋，臉上的笑紋沒花過，他現在只欠沒留鬚，不然定會不停撚鬚微笑著。

理察收斂了他野馬似噴鼻刨蹄的放縱，生意做的中規中矩，晚上和朋友出去喝喝啤酒，從不喝醉鬧事，老趙放一百個心，感到理察這出世仔成器了，有心解開他的繮繩，放任他在生意場上馳騰。一天他拍拍理察的肩頭說：我看你可以獨立了，這裡的生意我撥給你經營，以後你不必向我報賬，賺虧是你的事，你要好好養家……

理察喜出望外，得到父親的稱讚和信任，這是最重要的，父親的肯定激發他要有一番作為給親友看看-出世仔也可做種子。因他常聽老一輩的人罵說：「出世仔不能做種的。」這話很傷人的，出世仔也是你老子的種，是您老的教不好養不好，怎能一竹竿掃倒一船人！

秀秀和理察的婚姻是奉父母之命結的婚。理察沒嫌秀秀什麼，反而對她心存感激，因娶到她使他在趙家的身份提昇，她給他生了兩男兩女，一家和和美美。秀秀最大的功勞是一舉替老趙生了兩個孫子，她也母憑子貴，老趙也對媳婦疼愛有加。理察也是父憑子貴，他替老趙盡了傳宗接代的責任。理察和秀秀的婚姻累積的是感情和責任，他們沒有經過戀愛而結合，婚姻生活沒有激情，有的是溫開水一樣平淡無味的生活。心理學家說：「火熱的戀情在遇到困難或誘惑的時候，是會發生變化的，男人或女人沒有對他或她的伴侶不忠的原因，是沒有遇到機會而已。」理察在他有權有錢的時候變了，他有了許多酒肉朋友，常常大醉而歸，他是醉而無品發酒瘋，對秀秀沒有傷害，不知是什麼心態對他老爹寶貝的兩個孫兒，無緣無故的打罵，一宿醒來，他不知道昨夜裡做了什麼，照常出門做生意。他失常的舉動讓他的兩個兒子心生痛恨，不願意接近他，一看到他回來，兩個孩子都躲進房間，不願意看到他。有一次兩個孩子睡沉了，理查酒醉而歸，無緣無故把孩子叫起來打罵，秀秀淚流滿頰護著孩子，自己挨了理察的皮帶，痛徹骨髓，她更是對這婚姻痛悔寒心。兩個孩子因而半夜離家出走，到姨母家去，給他們姨母護送回來。秀秀幾天對理察不理不睬，整天以淚洗臉，理察的襟兄一番責備，讓他知道自己錯的離譜，他收斂了許多，不再大醉而歸，然傷害已成刺青，他兩個兒子恨他不要接近他……

理察從小就喜歡槍，大人給他的禮物他只要求給他玩具槍。理察不再酗酒，他的興趣轉移到收集槍枝。他有錢像集郵似地收購風槍、長槍、短槍，他沒有地方收購到機關槍，不然他一定傾錢收購的。所有槍枝的子彈一匣一匣的藏在床底，不時拿出所擁有的槍枝，擦得亮亮的，當裡察在擦槍的時候，秀秀和孩子們避之遠遠的，不敢走進臥室。怕他是無心或有意手槍走火傷到人，家人都是以這心態看他在玩槍。

未婚時理察亂交女朋友，老趙說的換女人像換衣服一樣。結婚後幾年是不再亂來，野馬噴鼻刨蹄的根性沈寂了很長時間。理察有錢了變得像發情的種馬。到處留種。兔子尚知不吃窩邊草，理查壞到連家裡的女傭人都不放過。

依玲是到家服務的修甲美容師。一天，她帶去秀秀托她買的指甲刀，客廳沒人，依玲推開房門，一邊叫秀秀說：「你要的指甲刀我買來了。」門開的一剎那，驚見理察和女傭人慌亂的在穿衣服，依玲速關上門，心怦怦地跳，感覺一臉熱烘烘的發燒，理察迅速的打開門，口氣帶狠地說：「依玲，妳沒看見什麼，妳的口也不會說什麼吧！」依玲氣得奪門而出。

理察生意賺了很多錢，買屋置產。他玩的心態是「家中紅旗不倒，外面彩旗飄飄」不能說他不顧家，只是親人怕他，不知哪一天頭腦短路暴力相向。跟他保持距離以策安全。他做對了一件事，就是孩子四個都長大入學，她叫秀秀幫忙他管帳，要她參與生意的經營，秀秀非常樂意，知道丈夫不可靠，說變就變。已聽說理察家外有家，也生了一個男孩。秀秀沉默以對，深知撕破理察的臉，對誰都不會有好處，可能一家支離破碎……

不是說玩水者溺於水，玩刀者死於刀刃，玩槍者死於槍下。一天淩晨三點，理察夜遊方回，被不知名的槍手一槍斃命。就在新家門口。一家人如驚巢之蜂，蜂湧而出，鄰居聽到槍聲都開窗看究竟。秀秀驚極駭絕，手足綿軟，一臉死色，看到理察胸口淌湧的鮮血，就昏倒在理察身旁。

兩個孩子赤足跑到鄰近姨母的家報兇信，他們雖然氣他父親暴力的行為，但不願意看見父親死掉，尤其是被殺見血橫死。理察被槍殺，驚動了老趙和眾兄弟姐妹，趙家人和警察一同來到槍擊現場，老趙傷心得老淚縱橫，一直呼天搶地說：

「為什麼？為什麼？」有一說法，理察玩過放手的女人，她的兄長是軍警，或是報復他易得輕棄？

另一說法是理察為收帳而和人口角翻臉，此人有惡勢力賴巨賬不還而僱兇殺人。

另一說法是聽說理察和一軍部的上校為爭買一三八的手槍而吵架……眾說紛紛而無根據，想請警察緝拿兇手定花錢而無濟於事。只好放棄。

理察停靈殯儀館的第二天，是他最疼愛的小女兒八歲生日，秀秀痛哭失聲的原因之一是四個孩子太小，可憐孩子幼而無父，她有什麼能力養大這四個年幼的子女，畢竟他才三十二歲；老趙傷心長子英年早逝，媳婦是否能守寡養大四個孩子？老趙看到秀秀接手經營理察的生意，養大四個孩子，個個都大學畢業，學有所成。老趙對這年輕守寡的長媳，滿心感激和疼惜，常對自己說，我可以瞑目了。

事隔二十多年，理察墓前的遺照已退色，秀秀帶著四個子女每年的亡人節或清明節，都會到他的墓前獻花點蠟燭，對他兇巴巴的印象已模糊，畢竟骨肉親情剪不斷抹不掉，不想認也得認。

二〇〇八年十月的一天，報上的一則新聞報導：中年華商在車裡，因車鎖匙掉落，想俯身去拾，先把腰部插的手槍拿下，擱在車窗前，便於俯身拾車匙，不知何故，手指扳到槍膛，子彈正擊中他俯下的頭部，自己手槍走火轟死自己……

秀秀看到這則新聞後，即刻像有把鎖匙打開了她記憶的匣子；他想到二十多年前有一天，理察正在擦亮槍枝，每當理察在擦槍時，秀秀和孩子們都避之遠遠的，不敢走進臥室，那一天，理察叫秀秀進臥室，對秀秀說：

「你往槍口俯看一下。」秀秀看到理察把槍夾在兩腿間，槍把立在床墊上，槍口往上。秀秀知道理察火爆的脾氣，盡量不去逆他惹他，她一聽理察對她說：「妳往槍口俯看一下」她自然而然往槍口俯看，心裡想理察要我看什麼？剎那砰的一聲巨響，槍口射出子彈，秀秀即聽到槍聲，本能的頭往後一仰，額前的瀏海被子彈射焦了一分長度，子彈把天花板射穿一個洞，秀秀被嚇呆了，沒作他想，只對理察說：「叫你別玩槍很危險的。」

二十多年後的現在此時，秀秀想到這發生的事，倒捏一把冷汗，想，會不會理察蓄意殺我，當手槍走火自辯？

有說人忽然改變要死快了。理察死前一個月，對秀秀溫柔體貼，常牽著怕他的兩個兒子心偉、心賢，好言問他們的功課作業，笑對兒子說：我沒有好好讀書但中學也畢業。心偉和心賢聽他老爸的當年勇相視一笑。理察輕輕的揉著兩人的頭髮，算是對兒子的關愛。一生只這麼一次表現對兒子的疼愛。馬尼拉ＬＲＴ電車通行時，理察特地帶秀秀和四個子女坐電車一趟，以增見識。一個月後，理察被槍殺，至今找不到兇手，不知道為什麼被一槍斃命。

六、馬車上

這匹馬怎麼啦？走得好好的，忽然刨蹄、騰跳、嘶鳴；馬車夫手忙腳亂的拉緊韁繩，嘴裡也嗬，嗬，聲聲斥責，重重頓腳加強阻止的聲勢，街道兩旁停車雙行，我為那輛輛汽車捏把冷汗。稍為接觸必車傷容毀，我握緊馬車窗柱坐好，冷眼看車夫使盡渾身解數和馬角力，我發覺束在馬尾椎的韁帶斷了，約束不了馬身，馬屁股亂縱，亂轉。像在跳呼拉舞，馬車夫勒緊口韁徒惹火馬而已，看這馬車夫的頭腦如斯豆腐，不得不出聲越俎代庖。

「你下車拉住口箍，讓牠定下來，拉牠靠路旁。」幸好是午後闌珊時光，沒鬧出交通阻塞局面，前後難得無車大概多午睡去了。

「想辦法接好韁帶。」馬車夫看我以感激的眼神，跳下車照著做，我眼睛也幫忙找可用接韁帶之物，該感激羅帛斯市長的垃圾車沒收拾乾淨路旁的垃圾，馬車夫抽出一條細細的通草繩，我又多嘴一下：「折合幾段多股合成一股，拉拉看夠不夠韌，穿過兩頭白鐵圈，接好轠帶。這樣好了。」

泉州木偶團來菲獻演時，我只看不拜師學藝——繩牽木偶。現在導一齣「臣服驚馬」倒也抽手牽腳都是模是樣。

接好的轠帶成橢圓形，一頭扣定在馬頸栓帶上，我嘴定手不抽線的看木頭的馬車夫怎樣走下一步，轠帶圈離馬尾椎二寸許，傻呼呼的馬車夫，一手拉住轠圈，一手托起整束的馬尾鬃穿過轠圈（他是要束牢馬尾椎）馬尾鬃不受命整束瀉滑下來，車夫再輕輕托起馬尾鬃穿過轠圈，自然又溜滑下來，我不光火，但馬卻感覺被非禮似噴鼻，嘶鳴，騰跳。

我不得不「水沸豆籤才下鍋」一番，（不說也得說）：「你要解開鈎扣，拉直轠帶，繞過馬尾椎才束得住。」

果然，好容易功德圓滿，馬車夫爬上椅座，他好意思揮汗如斯！他轉頭對我笑，說：

「太太，剛才馬在發瘋時，妳為什麼一點也不怕，換別的「支那」（華婦）早尖聲直嚷PARA（停車），趕著要BABA（下車）。」

這問題問得不傻，果真愚者千慮必有一得。

我笑笑以對，心裡想，我說什麼你不過是鴨子聽雷，你不夠深度了解我的處驚不跳，這小小的意外還嚇不到我。

我經歷火災，從濃煙熱燄中匆慌逃命，先救九十歲的婆婆，梯中力阻上樓搶救財物的兒子，三代的生命在熱燄中，這才叫驚心動魄。

我居住紫根的地方，不是某風水師說的福地最好置業的仙範青山區，我家所在街道是聞名的賊竇，光天化日搶劫不怕你看見，你會認識這個是賊，那個也是，兄是賊弟也是，他們活得不耐煩時，兩派械鬥，刀槍並出，亂石紛飛；我見過一輛得士疾馳而過，兩響槍聲，一人倒地，血流成灘，一命歸於原來；也見過頭中槍的菲鄰居，被眾人抬往醫院急救，一路血流成轍，豆腐似的腦漿像白花開在血泊中，我還見過一個苦力在我店門口被人一刀刺中頸脖，血如泉湧原來如此解釋，濃膩的鮮血開水龍頭似直湧，活生生的血流如注，受傷者狂叫一聲：「他殺我……」尾音像雞被割斷喉嚨，咯的一聲，然後嘶嘶直抽搐，聞者見者能不心悸膽寒的幾乎沒人。

高速公路上，相對疾馳的轎車和巴士，碰得一下天崩地裂，轎車整座車頂被削飛，帶著兩個人頭，幾丈遠像隕石落地，就這樣解釋身首異地。堂弟坐車前，應是驚見撞車的危機，俯下身來，保個全屍，但血肉糢糊，面目不能辨，屍體不能抬呀，棉似一團只能拖，腿骨幾乎寸寸斷，叫有親情的我，頭皮發麻，心痛膽戰！

我看過一副漫畫，一個家的窗帘，沙發套，床罩，還有戶長的睡衣是同一匹布裁剪的，我從心底笑出哈哈。我小時候，爸爸的順昌布行每出一新花樣的布，他就帶一匹回來，我家就像那副漫畫一樣天地同一色，我記得爸爸拿一匹白色的手巾布回來，我們兄弟姐妹都用同一式的手巾，我以不帶手巾的行為來抗議爸爸的共產主義。

而這可笑可愛的景觀只能在回憶裡重溫，布行的經理捲逃公款後，我家經幾年的折騰，最後一貧如洗，家徒四壁是實情不是形容詞，所以說我從貧窮來。兄弟姊妹十一個的學費是分期付款的，有幾年開學時，每一個人只能付十塊錢的雜費，拿一張上課證，且上課，所以培元中學故校長許逾雪栽培之情，鑲刻在心版上，怎麼擦都抹不掉的。

結婚後，我和楊從一無所有中站起來，我置車，我起樓，我宴賓客，地球幾回轉，眼見樓塌了，物事全非，困苦似冬蟬，呻吟都無聲，舉目望天，如此冰寒雪凍的境遇，什麼時候可以暖得曲身成直身？

現在的我在油煙中討生活，我和廚師一樣受刀傷、油燙、火烘、水浸，年節時為保養千多隻雞的新鮮，冰庫裡一層雞一層碎冰的堆疊，手受冰凍冰割（冰的斷面利如玻璃）是平常事，賺的錢是笊籬撈水一滴是一滴，不是說血汗錢才居得住嗎？一把火燒毀多年血汗的匯聚，這才了解心痛是什麼！

以二十天，日夜趕工，木匠，土匠，漆將，電技師總會師，從灰燼中復業，我們又站起來，兩年來為債務而揮汗，為債務所奴役，我無暇叫苦，無暇嘆息，終於今天我還清債務，腰杆再挺直，問金錢，你的權勢在那裡？我反將奴役你，一塊錢我都拾起來，該用的千元萬元不皺眉，不心痛！我不會因賺得辛苦而視錢千斤重。一位白手成家的莊姓僑領說過：「賺錢容易用錢難。」錢要用得有意義，用得其所。的確難喲！思念起一個林氏朋友，他平日勤勞節儉，大小事必躬自親為，他的財富是辛苦賺的，不是暴發的，在我這次火災中，他伸出巨臂讓我們攀持無條件，無歸期，以十萬支票交我手，幫助我們從灰燼中站起來。還有一個李氏朋友，我知道他是借利息錢週轉的，他自動過戶五萬塊在我們戶口還有尤姓、林姓、黃姓幾個朋友都及時甘露救旱，堂兄娶媳婦似置整套「房內紅」（傢具）送我們，叫我倆老夫老妻天天躺在他的恩惠裡，人患難把草找親。「歲寒而知松柏之不凋」患難見真情，人間處處有溫暖！

勞累了一天，都半夜十二點了，偷得半夜閒，開了冷氣躺在床上看電視連續劇，挑剔這段劇情太矯枉，挑剔這演員的表情僵死了，哭笑難分，自然有幾個演技可圈可點……對白講到心坎裡令人一笑，老五進來，說了一句莫明奇妙的話：

「媽，錢給他。」

聽到兒子的聲音，我笑著回頭，（對兒女總是慈祥和藹時多，對老伴還有橫眉豎眼時）看到一把槍抵在老五的腦袋，我的笑僵死在臉上，心倏地落地沉，事太突然，難於相信，他是如何進來的！我是否在噩夢中！當冰涼的槍口抵在我的太陽穴，我慄然而醒，耳聽劫匪說：「錢拿出來，不然殺了你們。」，天呀，玩真的！

槍口不對著兒子，我不再護犢情怯，深吸一口氣，強制住猛跳的心，回答他：「我開保險櫃。」

一小袋錢是晚間九點到十一點的進帳，多是零錢，鼓鼓一袋拿給他，我任櫃門洞開，他不俯下身去看，我就唱空城計，下格大鈔堆疊，我才懶得自動獻寶，賭他的錢銀財氣了！一小袋錢送他走，人無傷，萬幸！

上星期五，鄰居傢具店被洗劫，店主遭殺害殺豬似的刀傷累累，慘不忍睹，我才劫後思劫時，不禁膽寒心悸。

車輪滾滾，蹄聲的的，我沒辦法給馬車夫一個為何處驚不跳的答案，以他的豆腐頭腦，不能理解我從憂患來，我風光過，我顛伏過，我在命運的輪上輪下滾過，看盡人生百態，滄海桑田，一顆心有了歲月的繭，不復如此嬌弱，如此容易受驚嚇，雖是百煉不成鋼，也不是容易為風折腰脆弱的蘆葦。

七、車輪滾滾

又亮紅燈了，嘴裡「媽的」的一聲，腳緊踩剎車，上曬下蒸，車廂是烘爐，塞車！塞車！熱死人的天氣，不可能你不頭昏腦脹冒火星，雙腳都麻痺了，人家說「司機一腳在監牢裡，一腳在地獄裡。」方向盤在握，撞車的或然率大，傷人死人的話，自己不會是監牢外的人，自己撞死了，應本人到閻君爺座前掀本命簿驗明正身，你不到地獄可以嗎？一天四輪本份的滾轉不停，我一身的肩痠背痛腳麻，得士司機真不是人幹的活，要不是罷工像愛滋病蔓延，我也不該幹這一行，故意的按一下長長的車笛，瞪什麼瞪？大爺高興，發一下烏氣不可以呀，犯什麼法？

得士找旅社、醫院、戲院、大百貨市場、公園地方徘徊。稍息，等兜顧客，睜眼的司機知道旅社、戲院、賭場這三個地方油水多，小賬多，特別是女朋友面前孔雀展屏，你不忍心拒絕到手的豐厚小賬。除了一次，父子倆到地下車，老子在付錢時，兒子說：「爸，給五塊小費吧！」，「婊生的，俵父賺錢免折腰嗎？難怪你們母子香港來信，封封都是要錢的，給得士小費五塊錢，這麼破漏呀！討債鬼，婊生的……」不幸我聽懂他罵的！

我敢跟你打賭，從車房旅社和幾顆星旅社出來的偷歡男女，絕對沒有一對不令神父皺眉，是法律面前和上帝面前不被承認的合法關係人，那一個老公會帶黃臉婆上車房旅社的，有經理帶秘書小姐的，工廠老小開帶女工的；有火熱的戀人；男女同學找一角天地談他們的亂愛，有婦之夫帶傻呼呼的女朋友同窩一室，他向她亂訴與黃臉婆的感情惡劣，黃臉婆多醜惡，多嘮叨，多精神虐待，他精神多痛苦，她純純的愛是他生命的燈塔，她由憐生愛，自願扮愛神，她自以為愛是犧牲是奉獻，可以不在乎輿論、道德、羞恥……她父母想像得到女兒是如此廉價獻身，成為狼吻中的祭品，妓女賣身尚有錢可拿，她圖什麼，見不得光的情婦？沒有代價的玩偶！

我今天就載到一個五十多歲的華僑，衣冠楚楚，油光髮亮，一個閒字輩的大爺，女的是番婆，穿著相貌沒有一點風塵味，也不夠女秘書的派頭，是女店員，女工一流的，女的除了年輕，沒有一點情婦的艷格，這華僑的氣派，結縭的老婆應不致比這番婆差勁，我猜的，這番婆的長相，在人肉市場三百塊價格的比她上鏡頭的多的是，從車後望鏡看這一對中菲老少的搭配還卿卿我我的呢！看老牛吃嫩草的醜態，我真想啐一口痰，我忘記貓是吃腥的，狗是吃屎的，大男人辯說，這是亞當本色。

送進一對，幸運的迎出一對，不空車嚒！人家說「風水輪流轉」，我剛才在為那帶年輕番婆的老華僑的老婆呼冤叫屈，現在呢，我聞到的是法國高貴香水的味道，從車後視鏡一望，她鑽戒，珠鍊，玉鐲，浮凸玲瓏的胴體，眼眸一簇燃燒的火焰，艷光輻射，出旅社了還水蛇似纏在粗豪的情夫身上，玉掌輕撫情人的鬍椿，嗲聲嗲氣的說：「親愛的，最近我們輸得太多了，希望今晚這五萬塊你拿去大贏特贏，老鬼已起疑，有意無意中問我存摺的存款有多少個零了，家裡開支從不過問，現在……」

情夫皺一下眉頭，水蛇識相的吞回蛇信，噤了，纏緊點，回去再想辦法跟老鬼弄狗熊，他除拿得出多多的錢，他還能怎樣，老得臉皺嘴唇垂，只差口水不滴下來，午夜夢回，一望身邊人，狒狒似的一個，能不午夜驚魂一番。紅顏白髮不是佳話，亞當們，別嫌太太黃臉婆，在你們訂婚結婚的玉照上不也留住你們共有的青春，她臉上的皺紋，手上的青筋，腳上爬的靜脈瘤，是同你過日子，為你生兒育女，為你管家，跟你苦過熬出來的。你們一齊年輕過，現在不也一齊垂垂老了，亞當們，別逞強不服老而慕少艾，金錢再萬能，可惜無處沽青春，奈何，我想做髮妻的老伴好過你做年輕的她口中的老鬼，老狒猿！

車輪滾到CASINO賭場外停下，男的故意先走十分鐘，女的擦粉塗口紅十分鐘後再下車，放個相逢不相識的煙幕，我又不認識他們和他們口中的老鬼，干我何事！

吱吱喳喳三個「咱人婆」（華婦）從賭場出來，看樣子是鎩羽而歸，化裝品失去了時效，油污滿臉，也不用索油粉紙擦一下，花容狼藉的，高瘦的一個揮手叫住我，開車門逕自坐進來，拿出香煙，點火，吐口長長的煙，我這不吸煙的被迫吸上二手煙，我能抗議嗎？

顧客第一嘛！白皙玉環形的一個，金色的皮包，金色的高跟鞋，黑俏的一個身材最好，豐乳蜂腰臀擺起浪，三個徐娘全坐進來了，一聲嬌呼：「義禮示八，加洛干DIRETSO（一直走）。」。

我心裡暗喜，順路嘛，我可以早一點還車回家喲！

「今天夠衰了，贏了一萬二，再多多少少吐出來，空歡喜一場，皮包裡的零鈔都餵老虎機了，車錢妳們付吧！」

其餘兩個相視一笑，白胖的一個向黑俏的舉手做個ＯＫ手勢，黑俏的眨一下眼笑著，就這樣到第三條街時喚停，高瘦的下車，車門被重重摔關上，老天，我的車門！車輪滾滾到第七條街喚停，白皙的今之楊玉環下車了，黑暗裡只見她皮包高跟拖鞋金光閃閃的回家走。

車輪滾過一家車房旅社，車後一聲嬌呼：轉進去，我本能的轉方向盤，心裡嘀咕著：「都什麼時候了，還去會情郎，或打游擊賺明天的賭本。」

車停穩了，她忽然伏上我車座後，嬌喘絲絲在我耳邊用菲語「打加樂」說：「巴例！（義兄）對不起，我們輸光了，沒錢付你的車費，你要的話，我們進去，就當付你車費……」。

我如遭驟雷轟頂，瞠目結舌，我是不進教堂禮拜的，但在任何非常狀態下，上帝立刻在我心裡顯現，還有早上報紙大字標題：

愛滋病恐懼蔓延全球
保險套銷路生意轉好

幾秒鐘的天人之戰後，我問她住第幾條街，我免費送她回去，她好意外，千恩萬謝的說：「你是我碰到的最好的菲律賓人計程車司機。」

我駕著計程車車輪滾轉了一天，碰到的不全是齷齪的事，一早我免費載一個母親抱著病重休克的兒子上醫院，看她驚壞的樣子，我揮揮手，不等她付不付車費，今晚我不認為不亞當本色一番是一件善行，我心痛一天看盡同僑男女老少墮落的一面，醜惡的嘴臉烙在我腦海裡，有生之年難忘！

今天我的車客，睡一百次醒來萬萬想不到，得士司機全是菲律賓人的天下，有我這闖入者，他們同種同文同語言的同胞華僑青年。

八、荊棘地的勁草

四十年前岷尼拉市的梅夏禮藝街，佔地貧民像惡癬曼延。這裡窩居著三山五嶽各路英雄，像扒手、劫匪、毒販、賣淫女……這裡曾有一天被執法者格殺了三個慣犯的記錄。行人道上停著三具薄棺，在等聚夠錢來出殯。這裡沒有兔死狐悲的情結，即是過刀刃舔血的生活，就願賭服輸，槽裡蟲槽裡死已是判決的死刑。若非惡煞慣犯，法網也網開一線，犯法人跟執法者玩捉迷藏的遊戲，學孔明七擒七縱，輕罪者進出牢獄希鬆平常，只是帶著一身的刺青是坐過牢的印記。我家糖果廠因用錯原料，退貨排山倒海而至，致工廠倒閉。從馬拉汶還到此地落腳，因近學校，房租兩百五十塊錢夠便宜別無選擇，算是落難到此地。在有名的賊窩與賊為鄰，像在荊棘地扎根。再說不是所有的人都是刺青者，好人也很多，再者盜也有道，他們兔子不吃窩邊草，是鄰居他們是不會動的這點道義還有。

當我告訴楊說要在此地開店賣炸雞，楊奚落我說：在此賊窩？有鬼上門來交關。我說沒有本錢，別無選澤，不能坐以待斃。我克難的開了小食品店。開店的第一天，還沒有賣一隻雞開市。就有一長下巴的混混說：「我的頭目丹地說要嚐嚐你們的炸雞，給一隻吧。」

「你告訴丹地，我們的雞是有本錢的，我們不做無本錢的生意，他要買的話，我可以算便宜一點。我的公巴例（誼兄）拉牙斯加放話說：我在這裡居住開店，有事告訴他一聲，他一肩扛了。」楊瞪著小混混綽號「下巴」的說。他一聽到拉牙斯加的名號，嚇白了一張臉，退著出店去。當時的拉牙斯加是有名的「罪犯的剋星」，罪犯都聞名喪膽。他曾告訴楊，他親自開槍格殺的惡性罪犯就有三百多個。

一天，拉牙斯加親自蒞臨敝店。故意站在店外和楊聊天。他小聲的說：我在這裡一站，罪犯對警察的嗅覺像警狗一樣靈。他們識相以後一定不敢動你一根汗毛。你的玻璃櫃從此沒有一隻蒼蠅蚊子敢駐腳一下。楊想到街口的藥店，被小流氓用石頭砸破了玻璃櫃。感激地向拉牙斯加說：我靠你這朋友了。

在這窮街僻巷生活的一群人中，年輕的一代有子承父業，游手好閒，走的是歪路，有讀書的，學工夫的，出污泥而不染。在這一群年輕人中，我印象最深刻的是黃姓的僑生子三個，哥哥麥道，二哥是扶西，弟弟是南文。

南文高瘦的身材，瘦到身上沒有幾斤肉，整天混身的酒味。有人說他血管裡流的是酒精不是血，擦一支火柴就能把他火化。可他待人和善親切，靠給鄰居做些零碎的差事生活。還有他很誠實不貪不取，別人的一絲一毫的財物，他可以窮死但不向人家開口討喝酒的錢。他就是賺多少工錢就喝多少酒。他不像一個綽號「敲門敏」的老流氓，挨戶敲門討一塊五毛錢喝酒。南文常醉後大著舌頭對敲門敏說：沒錢就不要喝，不要挨戶敲門討錢。有時南文會酒鬼惜酒鬼給半瓶鬼標的燒酒給敲門敏潤喉嚨。

一天逢十六敬土地公三牲的日子。隔壁烏婷嬸在門口行人道上燒金紙，南文走過來，他早晨沖涼後是他最清醒的時刻，昨夜宿醉醒了，酒味被沖涼水沖淡了。他就在等有人差遣做什麼工，賺晚上的買酒錢。他向我說：

「楊太，看到烏婷嬸燒紙敬土地公，我想到我小時候，我父親每個月中國日曆的初二、十六也敬土地公。」

「你父親是華人？」南文點頭回答我說：

「我父親姓黃，可惜他早死，不然我們兄弟三人也不會是現在這情況活著。」

「我也姓黃，我們是同姓。」

「真的嘛，那我可以叫您COUSIN（堂親表親）菲人對堂兄弟姊妹或姑表、姨表的通稱」南文眼裡有意外興奮的眼神，我有感於他認祖認宗的熱誠，以有華人血統為榮，我回答他說：

「是的，我們是同姓的COUSIN。」

南文一年三百六十五天都泡在酒缸裡。我告訴他：醉鄉頻到走好路，別猝死在路旁。事實上南文不是沒頂於酒缸而死，他是醉倒在雨中成落湯雞，因而得肺炎而死。我還幫過藥錢和買棺木的錢，對認親認祖同姓的僑生子盡點心力。鄰居華人因南文不偷不貪誠實可靠，紛紛解囊救濟他，然人的生死有時，人死如燈熄滅。南文唯一做對的一件事就是不結婚。他對我說：

「我結什麼婚，我一人吃飽全家飽，早上找散工，晚上買酒喝，快快樂樂過一天，我無牽無掛，為什麼要妻子兒女跟著我受苦受累。」

「南文，阿嬤常說：少年無子勝神仙，老來無子哭皇天。」

「楊太，我這樣喝酒當飯吃，我能長壽嗎？」，果然他死時二十九歲。

三個姓黃的僑生子兄弟，南文先走，去邀死神乾杯。老二扶西，他滴酒不沾，看南文整天醉茫茫直搖頭。即知道勸他不動，又不是向他討錢買酒喝，就不管他了。可南文肺炎病危時，他四處求助借錢付醫藥費，死時也情不自禁捂臉哭泣，畢竟是血濃於水。還有這個弟弟雖是酒鬼，但不闖禍不鬧事，喝多時看見兩個哥哥，會摟抱他們，親熱的叫哥哥，哥哥。麥道和扶西會說：「去睡吧，別再喝了。」

南文大著舌頭說：「我好福氣，有兩個英俊而疼愛我的哥哥。」扶西和麥道會相視一笑，一人問，我們英俊嗎？一人答：在南文眼裡是的。

扶西是施姓建築公司的司機。因是單身晚上睡在倉庫裡，兼做門警看他誠實勤勞，很受東家的信任重用。

天天夜裡，扶西慣例地握著強光的手電筒，巡視倉庫的四週。嘴裡自言自語說：「幾次告訴施先生養一隻狗幫忙看門，倉庫圍牆後面是佔地貧民區，什麼樣的人物都有，我擔心有事發生……」

扶西剛合眼睡去，聽到一些不尋常的聲音，這時間是萬籟無聲的，他機警地握著警棍，（他晚上睡覺是穿著球鞋的，白天駕車反而是穿拖鞋讓腳透氣。）學貓踏步無聲，撫黑走出房門，驚見——倉庫大門被撬開，三個人影接力地搬運一袋袋的洋灰和大桶的油漆，運出大門，搬到停泊的一輛集尼公共車上。扶西走近去，怒喊一聲：「大膽，強盜！」揮棍打向最近他的一個賊，賊聞聲驚心意外被棍襲中，本能地反剪手，拿起後腰上掛著的長武洛刀，砍向扶西，他見刀光一閃，忙急退一步，一陣劇痛，他被武洛刀砍傷肩頭，不急退一步的話，頭定被砍下來。扶西負傷僕倒以前，按響警鈴，警笛直響，燈光隨著警鈴大放光明，三個賊忙放下東西，竄闖而出，登上集尼車，不敢開前車燈，乘黑急馳而去。施先生的住宅隔著一道鐵門在倉庫後面，聞警鈴聲，幾個衝出來，看扶西臥倒在血泊中，忙送醫急診，醫生對施東家說：

「你的工人命大，差半寸就砍到頸動脈，這樣仙來也沒救了。」施先生焦急地手掌互搓著，還好還好！嘴裡叨唸著。「這南文有勇無謀，應先按警鈴，怎能一敵三賊，警棍擋武洛刀……這南文，就是欠讀書……」

我們剛準備關店，麥道鐵青著臉。一頭臉豆大的汗浸濕了紗衫，紗衫水裡撈起來似地，喘著大氣衝進店來，見楊坐在椅上看報，來到楊面前，幾乎要跪下來，拉著楊的手說：

「楊先生幫我，我殺了人。」楊聽了不由一驚急站起來說。

「為什麼？」

「我是自衛，我不抵抗，就會被殺。杜比是毒虫，他常向我討錢，因為他在嗑藥，我不給錢，早看我不順眼，常在找岔，我是避著他不想跟他擦碰生事，是十多年的鄰居，可說是一起長大的童伴，他兩手沒事，常插在口袋裡閒逛，不唸書也不學工夫，後來交到壞朋友，就墮落吸毒，結夥搶劫，是警局有案底的慣犯，進出牢獄渡假似地。我和他像兩條平行線，不可能交集……」

「話懂得說，為什麼今天碰撞在一起，而且殺了他？這街坊的風水是賊窩，作奸犯科的是數不及數，為什麼你獨獨殺了他？」

麥道激紅了一張臉，太陽穴在鼓動，男人的喉骨在上下滑動一時話說不上來，楊逼視著他，等他的答案。

十二月菲人的風俗，在街旁賣烤BIBINGKA（炭烤米糕——米漿調椰汁加白芝士和鹹蛋，這傳統的糕點，平日馬尼拉大旅社也有賣）禮奧和妮妮夫婦賣烤米糕，栽培女兒唸完醫科。十二月的晚上，是BIBINGKA熱賣的節季。妮妮僱了助手，她是尼娜，身材誘人，豐乳細腰長腿，容貌姣好，她一出現在這裡，像一條魚滾渾一江水，這窮巷的一群未婚的單身漢都被電到，爭著大獻殷勤。她獨鍾情僑生子麥道，當然他是水管工匠，有職業，人長得英俊，膚色白有華人的相貌，待人和善，樂意助人，她不選麥道選誰呢？

麥道晚上工餘，就駐紮似在尼娜的身旁，幫她在烤爐加炭，一邊情話綿綿為她們的愛情加溫。禮奧和妮妮夫婦對尼娜說：妳選對了人，整條街坊的少年人，數麥道最正派，勤苦耐勞，不煙不酒，有不少女孩子貼近他，都笑而不假以辭色，看你們很般配……整條街坊都知道尼娜是麥道的情侶，都祝福這一對戀人。

今天晚上，杜比喝多的樣子，來到烤糕攤前對尼娜說：「給一塊BIBINGKA。」

「好的，這塊剛烤好熱燙燙的，給你。」

杜比不懷好意的聲調怒叱麥道說：「我不是給你買，你插什麼嘴？」麥道笑笑以對。示意尼娜賣他要的，尼娜笑笑在包椰絲要放在烤糕上的。杜比忽然伸出魔爪襲尼娜的胸部，一邊淫笑著說：「BIBINGKA要像妳的酥胸這麼軟的。」尼娜尖叫一聲，疾退一步，撞倒了身後的椅子。麥道怒火攻心，一個箭步上前，用力推杜比，嘴裡怒叱他說：「你太過份了，我忍無可忍！」

杜比被推倒地，站起來立拔出匕首，刺向麥道。他被酒，色，毒品掏空了身子，那是年輕力壯身手矯健麥道的對手，麥道抓緊杜比握匕首的手，兩人纏鬥著，驚動了二十多個街坊鄰居。只聽杜比慘叫一聲，他握著的匕首反插進他的胸部，正中心房，當場暴斃。

楊齊勸麥道說：「這事非同小可，你快去自首，在獄裡蹲著，比你回家安全，快去我會打電話給警局裡的朋友關照你的事。」

麥道平日晚飯後，常到店門口和楊聊天。天天有話講不完似的，他和楊成了忘年之交。

這三個僑生子，以有華人的血統為榮，他們對中國濡慕之情，像向日葵遠望著太陽。鄰居這樣介紹他們兄弟三人——MESTISO（混血兒）麥道、MESTISO扶西和MESTISO南文。這地區的人無人不知，無人不識。

因為殺人是刑事罪，麥道不能保釋被拘留。自從名警探拉牙斯加在敝店門口亮相後，這地方的黑白兩道都另眼相待，所以麥道一出事就向楊求助。當然也盡量找別人解此死結。最後楊對拉牙斯加說：殺人的出世仔麥道，盡人皆知是好青年，從不鬧事，愛人被當街廣眾侮辱對他當面挑戰，是男人可忍孰不可忍，這死者惡名遠播，是你說的，一顆子彈送他一程，別進出牢獄，浪費國家資源還給他吃免費飯。巴例，你就當麥道替你省掉一顆遲早格殺的子彈，許多人可以作證，是杜比先出刀刺麥道，他為自衛格鬥中誤殺人，再說刀柄上沒有麥道的指紋，再審也可判無罪。巴例，你就一句話說跟家屬和解，麥道準備付和解金多少……

街坊許多人出錢幫麥道付和解金。麥道監獄走一回，一番驚心動魄。他出獄後即剃光頭，立意揮別過去，讓生命重新出發。

殺人事件的導火線是尼娜，禮奧一看到杜比血如泉湧，倒在地上抽搐，嚇得心驚肉跳，即刻叫人帶尼娜離開命案現場。怕杜比同類的狐群狗黨這些惡煞擄走尼娜摧殘報復。她為這血淋淋的命案嚇得膽戰心驚，來不及回家收拾衣物。立坐車到姨媽家避禍，一夜以淚洗臉，天一亮即買車票回伊羅古斯。這一經歷是她這一生揮不去的夢魘，生命中的烙印。她後悔來到大都會馬尼拉工作，可怕的城市像座煉獄，讓她歷劫歸來，餘悸恆在，半夜做惡夢尖叫著醒來，她姨媽帶她看醫生，上教堂祈禱……她對麥道的身陷牢獄心急如焚，牽腸掛肚，麥道是她第一次愛上的男人，不幸卻是以一場慘劇揭幕。

這大水溝旁的一大片佔地貧民屋，被人收購圍上洋灰牆。這遠近聞名的賊窩裡三山五嶽的角色星散。麥道兄弟三人出生長大居住的木屋也被拆掉。新地主認識麥道這僑生子，誠實可靠，僱他守護空地，在圍牆裡建一木屋給麥道居住。他喜出望外，一下子得安定下來。他正苦惱無處安身，他不想離開生於斯長於斯的梅夏禮藝街。他要根紮於此地，這裡有對父母的回憶，有他們兄弟搖籃血跡，有一起長大的同伴好友，有如伯叔一般愛護他的街坊大人們……

麥道有地主給他的一筆拆遷費，又有了安定的住宅，他有了迎娶尼娜的條件。想好，就心動即行動，先到王彬街買對結婚戒指，驅車到伊羅古斯向尼娜求婚。尼娜對這樁歷經驚心動魄遲來的求婚，欣然答應。但她聽麥道說：

「新地主僱我守護空地，給我建一住來舒服的木屋——」

尼娜聽了他的話，馬上花容失色，從麥道身邊彈跳倒退幾步，眼神像極受驚的兔子，情緒失控地喊著：「不，不，我不想踏上梅夏禮藝街一步，我嚇破了膽，我要嫁給你，但不想住在梅夏禮藝，除了這地方，給我住什麼地方都行。」

麥道摟著尼娜的肩，溫言暖語的安撫了她的情緒，想解開她的心結。

「別激動，聽我說，當佔地貧民屋被拆遷後，盤根錯結毒草似的黑道分子，像野草連根被鏟除一清，賊窩這標簽已被摘掉，不再掛在梅夏禮藝街道，我們結婚後要住的房屋在圍牆之內，牆外都是善良如一家人的鄰居，妳現在擔心什麼？」

他倆終於要結伴一生。這經過驚濤駭浪的婚姻特別幸福可貴。他們是現代版的童話中的王子和公主的故事，不同的是在廿世紀的現代，在窮街僻巷上演的故事。

尼娜生了一個男孩以後，更明艷動人，更有女人味。她被麥道捧在手心疼。連菜市都捨不得讓她去，家裡需要的一切，麥道都一手買好，尼娜這穿八號碼鞋的天足就像古代的三寸金蓮的娘子一樣足不出門。好花只對麥道綻放芬芳。

現實畢竟是鐵一般的事實。加一個孩子的牛奶錢紙尿布錢，麥道賺的錢月月無餘，他常想家裡不能沒儲蓄。一旦有意外怎麼辦？父親早死，母親給人洗衣服辛苦養大我們三個兄弟，幸好有父親建好的木屋可遮避風雨。小學畢業後，就沒錢給上中學，兄弟三人，分別去做童工，自己跟著鄰居水電工的雷示叔叔去學工夫做童工，通淤塞的馬桶時，我要伸手進漂浮著糞便的馬桶裡，找到淤塞的原因疏解它。我不敢嫌臭嫌髒，這是有工錢拿的工作。我現在能接拼水管的工程，工夫是這樣學來的。父親雖然早逝棄養，但他有遺下一座木屋給我們安身。我呢，一旦地主要建大廈，我就丟了看地的工作，當然得找安身的新家，新家？新家在那裡？

麥道的夢想，是自己有地，有自己的房屋，以愛為欄杆，庇護愛妻稚子。要夢想成為事實，就要賺更多的錢，最近有朋友應仲介公司的聘請，赴沙地阿拉伯工作，薪酬是美金計算的，麥道非常動心，幾次想對尼娜說，看到尼娜的臉，看到在搖籃裡的兒子手舞腳踢，依呀有聲，他要說的話又吞下肚子。

朋友氣急敗壞地催促著麥道。

「快決定吧，名額要滿了，快沒機會了，我已把你的姓名報上，你快來填履歷表吧，護照要一起辦理的。失去這機會你別後悔！」

為了家人美好的遠景，為了掙更多的錢，麥道終於咬牙決定接受沙地阿拉伯水管工程的工作。為了錢，他必須忍痛拋妻離子，去國離鄉，他鄉做異客。

麥道是懂事的孩子，每個月寄家費外，薪金全存在自開的銀行戶口裡。他要一年合約期滿才可以回國。這一年的日子是如何熬過來的，他對妻兒的思念，他的鄉愁像一張透明的網把他裹住，雖看不見，撫不著，卻把他時時處處籠罩著，現實生活上任何一件小事，都會觸及對妻兒對故鄉的思念牽掛，他很苦悶，幾乎要窒息，他常猛拍自己的胸膛來鬆氣。這些同是出外掙錢的工人，多來自社會基層的平凡人，吃住的問題都不會難住他們，金錢的報酬就是他們心力交疲時的滑潤劑，是他們勇往直前，從死裡幹活源源不竭的能源。

以前看多了去國賺血汗錢的外勞，寄回來的錢被妻子或丈夫或父母無節制的揮霍，好像他家的外勞在國外到處拾的美金，一點也不知儲蓄。一些頭腦簡單的外勞，工作合約期滿，帶著美金亂採購一通，衣錦返鄉，炫耀鄉里讓人羨慕死，回家天天被親友圍繞，吃飯喝酒，一旦床頭金盡，再出國要舉債付手續費。麥道一直冷眼看盡這些人的愚蠢無知，他和這些人不同，他把錢存在銀行裡，之所以拋妻離子去國離鄉，走外勞的荊棘路，就為了存錢買地置屋，給愛妻子女一個安定的家。尼娜是好女人，從不要求家費以外多寄一點錢，她從麥道寄的家費分配著用，從不虧空欠缺。

這些年輕力壯，精力充沛的外勞，在異國外鄉艱苦的幹活掙錢。最折磨他們的是性的苦悶，是健康正常的男人都有性的需求，都有生理的衝動，可他們從何得到滿足？疏解？好在娼妓是最原始最古老的行業，古今中外，女人有處可應召。在沙地阿拉伯，同樣有錢就有女人，有菲女子或泰女在賣身應召，可價錢是天價，一次美金兩百五十塊，這價錢叫麥道如蝦倒彈，他自己也奇怪，一年清教徒般的無性生活，讓他躍過關。一年工作合約期滿，他一身無染的回到尼娜的身邊，尼娜對麥道的話不信邪，說：

「你是男人，苦悶的時候找女人，不是大罪過，你不用否認撇清，我不會怪你。」

「我不是不敢，我是兩百五十塊美金拿不出手，我惜錢如惜命，我賣命賺的美金，一塊錢也捨不得花，兩百五十塊美金，豈不是要我的命？」麥道信誓旦旦的辯解。

「我工作了一天，精疲力倦，世上沒有白拿的美金。我臨睡前喝了幾瓶啤酒，一夜好睡到天亮。我夢見把兩百五十塊美金存進銀行，就笑醒。」

「胡說八道，說的什麼話，誰信你胡扯的。」尼娜撩人的媚眼跟麥道撒嬌。

僑生子麥道奮不顧身，一年復一年出國賺美金，七年後存夠了錢，在大岷區買了一座平屋。就放下行囊，像足球運動員掛起釘鞋，退出戰場。美金不賺賺菲幣。他接的工計，排滿日程，不是因為他出國工作渡金才工作順序排滿，他是憑他的真工夫承接的工作，收費雖多了點，但工作完美無瑕疵，工有所值。住家、餐館、建築工地，都找他給工作幹，接水管，通水溝，通馬桶，都找僑生子麥道，他家有電話，身上有手機，隨時待命接工作。

從來閒話謠言像風在草尖呼嘯相告。有說寡婦門前是非多。單身男女多是非的焦點。有一次，麥道簽了兩年的合約。尼娜一個俏麗的少婦，丈夫常年在外不在家。別人的眼光如探照燈搜尋著她的一舉一動。是本區人都知道她丈夫曾經維護她殺過人坐過牢，以麥道的人際關係，誰敢動歪腦筋對尼娜有所覬窺，以他們驚濤駭浪結合的過程，他們的婚姻關係固如岩石。

最近麥道對面大廈一店面閣樓，開了一紗衫廠，僱了十多個男女工人。其中持剪的一個少年人，白白淨淨的一副斯文相，相貌英俊，身材挺拔高瘦。每天晚上放工後，跟同工下樓在街人行道上乘涼。附近大廈的一些女佣人，都來跟摩西搭訕認同鄉，他笑口常開，嘻哈在一起，他的僱主王先生看了搖搖頭說：

「這些不知死活的傻女孩，無疑羊近狼口，摩西是外省一小社鎮社長的兒子，在那裡惹了許多女人，所以逃來馬尼拉避官司……」

摩西這號人物，不知何時和尼娜認了同鄉的關係。他一幫人聊天乘涼的陣地從對面行人道移到尼娜家圍牆內。她開著大門，開亮燈光，排了幾張長條凳，給這夥人排排坐，還有冰水可解渴。這熱鬧持續了好長一段時間。

一天老娜玲和賣菜的羅莎在吱吱喳喳說閒話放毒，娜玲說：「尼娜不像話，丈夫不在，整天開大門讓一些閒雜人在圍牆裡笑鬧，早晚會出事……」

羅莎說：「已經出事了，我凌晨五點批菜到菜市排攤，看見尼娜和摩西一前一後睡眼惺鬆回來，尼娜進圍牆裡的家，那男的進對面紗衫廠。」

一聲怒斥把這兩個婦人分開身。看見出聲的人是描浪涯長西撒，他疾言厲色的對兩婦人說：

「閉好妳們的嘴，別生閒話害死人。我知道尼娜的姨母住院，她去看護一整夜，當然一早才回來，和摩西湊巧一前一後走回來。不要亂說話，會死人的，到時候恐怕要妳們用舌頭去舔乾死人流的血……」

三個黃姓僑生兄弟，在野草毒草怒茁的梅夏里藝街聞名的賊窩出生成長，他們以有華人血統為榮，像向日葵一樣隨著太陽轉，中國的一切就是他們的太陽。在風水不好的貧民區，紮下生命的根，老三南文嗜酒如命，啤酒當水喝，他血管裡流的不是血，是酒精，有人說擦一根火柴就能把他火化。雖是這樣但他不變壞，以做散工換酒錢，不使壞不鬧事，街坊鄰居都包容他，直到他走完人生的路，他說的像我這樣的酒鬼能長壽嗎？老二因拒賊，差點被武洛刀砍斷頭顱，砍傷肩頭，醫好後，頭歪向一邊，影響視力，不能開車，就做早晚關門開門的守警，到生命的燈熄滅和南文一樣孑然一生孤單，一直到死。成材成器的只有老大麥道，有家，有妻室，有子女。兄弟本是同根生，卻有截然不同的命運。他們根植於風水不佳的荊

九、大牢裡餐廳的一天

大輝做夢都不會夢見一天會到菲律賓的大牢裡開餐廳。

V將軍的建議，以商量的口氣說的，讓人不容拒絕，他向他的執友老楊說：

「我將就任菲律賓大牢BUREAU OF CORRECTIONS的典獄長。」老楊投以敬佩，與有榮焉的眼神。

「我再不容易吃到你餐館煮的滷麵和滷豆乾。」

曾經一段時間，V將軍和他長官有意見不和，大有王不見王的煙火味。他被調坐局裡辦公桌。說句行話是被冷凍。老楊就常到他辦公室看他。V將軍一見老楊的臉，就笑逐眼開說：

「只要『巴例楊』在，就知道我不會餓肚子，你有帶我喜歡吃的滷麵和滷豆乾來嗎？」

老楊頷首笑對。

「大牢所在偏遠，吃的問題讓我頭大。你聽說過這句話嗎：『菲律賓沒有快樂蜂

（JOLLIBEE）快餐店的地方，一定是偏僻的地方。』大牢裡光警衛就有一千多人，坐牢的犯人五千多，警衛的眷屬數不清，大牢裡天天有絡繹不絕的人穿梭，行政人員多少常有外省押送犯人的警察，還有來採訪電視媒體的記者，來開有關大牢行政的會議的軍警界；數不清探牢的人，各界人士穿梭不絕。大牢能招待的只有汽水和麵包或蛋糕，沒有吃飯的地方。你知道我們是吃米飯的民族，長日久遠這該怎麼行呢？『巴例楊』你說，這麼龐大人數吃飯的問題是大問題，不容忽視。『巴例楊』你來大牢開餐廳吧！」

「我不能立刻答應你，這不是簡單的事，容我考慮看看。」

大輝聽父親的安排，到大牢去經營餐廳。人跟所有的建材，一車走過大牢鐵閘門，閘門上有槍和鎖匙交叉的圖騰。

四個月時間建好的廚房、店面和宿舍。為官嚴明正直的V將軍說：要申請營業執照，要另申請電錶水錶要還土地稅，這些我做典獄長的期間是不必要的，然我不可能做一輩子的典獄長，我這樣措施是要你們的餐廳，在大牢裡穩如泰山，換誰做典獄長都不怕有麻煩。」

從此在轟轟灶火和鑊鏟叮噹下，煮出一盤盤的飯菜，為大牢裡的囚犯（只要他有錢就可以吃好吃的不犯法）、警衛、與其眷屬、行政人員、和來訪的賓客、與來探獄的人服務。

「G４餐廳嗎？」（因餐廳在四號閘門內，所以命名G４餐廳。）

「是的，要什麼飯菜？」

「給我煮幾碗牛肉羹，告訴廚師不要太鹹。」

「是的。」聽他電話擱下，大輝笑著搖頭，想到這獨特的顧客要吃牛肉羹，不吃豬肉，店裡要特地買牛肉來調牛肉羹的素材，專等他來叫煮，送去五碗或六碗，他照單全收，立刻還錢，從不問多少錢一碗。他只吩咐：煮淡一點，太鹹了。次次大輝都叫廚師醬油少放，廚師一直減放醬油，直到最後都不放醬油了，他還是嫌太鹹了。大輝想爆了頭，知道他一次叫多碗的牛肉羹應該不是他一個人吃，他味蕾這樣不辨鹹淡是不正常。大輝叫廚房恢復店裡正常的鹹淡調味。

這不辨鹹淡的他是十重大罪犯之一，他和他的保鑣殘酷的殺害一對年輕情侶，並在情人面前強姦了那女孩，然後把她殺了——一群泯滅人性的野獸！

「我要買兩碗炒伊麵，一隻炸雞，帶走的。」

「好，等一下，很快就煮好了。」大輝看這年輕人，長相氣質是出身自好環境。又認為「歹歹顧客好過人客」應好好招呼這些給錢賺的顧客。

「你看誰來了？」

「噢，今天是我父親的生日！」

「請問你父親是誰？」

「是奧甘布社長。」

「你母親沒跟你來探視嗎？」

「我母親早過世了。」

「對不起。」年輕人笑笑說：「不要緊。」

大概過了一個小時，一個中年婦人走進餐廳。

「我要買一包炒麵條加米粉，還要一隻檸檬炸雞。我先生喜歡吃麵條加米粉的『扁食』（麵食）。今天是他六十歲的生日。」

大輝沒問什麼，這婦人自己開口滔滔直說此行的因由。

「你探望的人是誰？」大輝隨口問一下。

「是奧甘布社長。」

大輝看她拎著熟食遠去的背影，猜測這女人一定是奧甘布社長的外室，關係不尋常。

一個珠光寶氣、衣著得體大方的婦人走進餐廳。大輝聞到高級法國香水的香味，笑笑的看她算招呼。

「給我煮一大盤加料的伊麵，要送人生日的。」大輝看她拎著一匣另一牌子的炸雞。

「妳來為誰慶生？」

「奧甘布社長，我是他的太太。」

大輝為這連袂來到自稱是奧甘布太太的女人們傻眼。繼而想到奧甘布社長因謀殺了其政敵，與涉及不能一手遮天比天大的貪污案（據說他是另一政權的替罪羔羊），兩罪並發被判了二十年刑期。

大輝與典獄長有事要談，到他的辦公室去。他一看到大輝就叫他坐在一旁等。大輝輕輕落坐，轉頭跟坐在旁邊的人微笑招呼。

「UNCLE（叔叔）剛才坐在我旁邊的人是誰？看他不是平常人物。」

「你不認識他？他是某某人，謀殺了他的女人，並把她分屍肢解裝袋，蠢到差遣他的司機，把一袋碎屍丟在一處偏僻的地方——他敢殺人肢解屍體，卻無頭腦抹滅罪證。他不是平常人，犯下了滔天的罪，他家族通天的財勢也救不了他，包庇不了他。他被判了三十年刑期。」大輝聽了V將軍介紹剛剛跟他坐在一起的人——他是英俊的混血兒西班牙人，不高的身材，頭髮梳得紊絲不亂，戴幅金絲框的眼鏡，淺藍色短袖的襯衣，衣下擺塞入褲腰內，深藍色的西裝褲畢挺。他一派斯文，像個校長，像個教授……大輝心裡想怎樣看這麼文弱的一個人，誰相信他是個殺人肢解屍體的殺人犯！

「ONE ORDER OF FRIED RICE，ONE ORDER OF CORN SOUP（給我送一份炒飯跟一份玉米濃湯）。」講英語叫菜的白人罪犯是老外路易先生。

大輝一接到他講英語叫菜的電話，就想起他所以是G4餐廳的常川顧客的原因——中國有句話說紅顏禍水。路易先生就因為紅顏而身陷牢獄，被關臭二十年。因捉姦在床而殺人的丈夫，法律並不容其無罪，是可以酌情從輕判刑。是什麼紅顏尤物讓路易不惜殺人？

美子是日菲混血兒，路易為她的東方女人的纖秀婉約風情所吸引，和她結婚，也深愛著她，心情隨著她的喜嗔而起伏。應了「情人眼裡出西施」這句話，他對美子真的相看永不厭，聲聲甜心甜心的叫。有說女人要選擇愛她的人嫁，不選擇她愛的而不愛她的人。美子是選擇了愛她的路易去嫁，這是她最聰明的選擇。

老人說過：「寵狗上灶，寵兒不孝。」說給路易聽，應加說一句：「寵太太過份，防她爬上你頭上拉髒物。」

誰都想不到美子仗著幾分姿色搞怪（不是說不漂亮的老婆比廟裡的佛尊更安全）。不知是她誘惑男人，或男人情不自禁，忘記色字上面一把刀，任何時候會血濺五步喪命。

美子有夫之婦偷人已該死，要在以前會被浸豬籠，釘舖板放水流，更不該明目張膽不避人耳目。她的情夫是個黑人，駭人聽聞的情節，她劈腿於黑白兩種族之間——

路易如此愛她、寵她、寶愛她，甜心甜心的叫她；當他親眼目睹美子和她黑人情夫從旅館幽會出來，不用拍照為證，是他親眼目睹不會錯！此秒鐘天在他面前塌了，地也陷了，羞辱像強硫酸從頭淋下，腐蝕他的心魄顏臉！給他太痛的打擊！他寧願相信他在做夢！誰要用針刺他一下，讓他從惡夢中醒來，他要跪地謝他千遍萬遍……可他眼睜睜的看見妻子和她的情夫一起坐車，絕塵而去。這一切如釘子釘在他的心口，永遠拔不掉的釘子。他閉上眼睛，眼前一片漆黑，他強迫自己說沒有看見那醜惡的一切。那不是真的。

都說愛恨只是一線之隔。路易思緒百轉在愛恨之間拔河；恨她無視於他對她的愛，怎樣不忠於婚姻踐踏他的顏面，恨時咬牙切齒，想一刀捅了她，想一槍轟了她！想到愛她時，告訴自己愛——愛是寬容赦免，不計算她的錯。只想到她在自己心目中美好的形象。想到她答應嫁他的一瞬間，他狂喜、他雀躍三尺，他想告訴所有的人他要和美子結婚了！此時此刻看她和黑人情夫坐車遠去，像被一槍擊中要害般，痛得幾乎氣絕。憎恨的火爆炸摧毀了他的神志，他在心裡咬牙怒吼：我要殺人！我要殺人！

回到家，美子已換上家居服，臉上仍未卸粧，看路易怒沖沖進門的剎那，她心頭直悸，心虛直覺有事要發生，強作鎮定問：

「你為什麼這個時間回來，有事嗎？」

路易眼裡怒火冒熾烈藍焰，臉色鐵青，咬牙說：「妳，這樣無恥淫蕩的事做得出來，若不是我親眼目睹，我還不相信呢！」

美子聽了刷白著臉，混身在顫抖，嘴唇無血色。美子知道她見不得光的醜事被扯出晒在陽光下無所遁形。她落在審判的火燄中被燒烤得花容失色，無地容身，不敢看路易的臉。路易急衝前一步，出手把美子的下巴用力抬起，怒吼說：

「妳還有羞恥心，難得，妳看我的眼睛說話，妳想毀了我，毀了這個家，說！說！萬幸我們沒有孩子，不然將被鯨上羞恥的刺青。」

美子不敢睜眼看路易，豆大的淚水滾下，抽噎著說不出半句話。路易的手一放下，她折頸似頭垂下再也抬不起。路易像高燒後人虛脫癱坐在椅子上，無力說話，喘著大氣，臉色鐵青，腦中一片空白，白痴似沒有一點想法，只知道世界上只剩下他一個人，他感覺冷，他好絕望！不知坐了多少時間，恍惚有一隻手溫柔的撫著理著他的亂髮，感覺有水滴滴在他的手臂上。他大夢初醒般，睜眼看見美子帶雨花朵般姣好的容顏，映現在他的眼眸裡，他情不自禁的伸出手，擦去美子的眼淚，他激動地抱緊美子，他忘記前些時間他對妻子的不忠──憎恨！暴怒！想把她一刀捅了！想一槍轟了她！此時此刻她跪在他旁邊，流著懺悔的眼淚，滴在他手臂上的淚水，超強效去墨跡白膠水般，塗去，擦去，美子生命上醜惡羞恥的印記。更像一〇〇〇ｍｇ的退炎藥癒了腐爛發炎的傷口。路易情願忘了這一切，因為他愛美子，做不到憎恨她，告訴自己：愛她就要寬容、赦免，不計算她的錯……路易和美子抱頭同哭成一體。

美子懷孕了，路易高興得抱著美子轉圈圈，甜心甜心的叫，他僱了女佣人，不許美子做家事。照超音波知道孩子是男孩，路易更雀躍不已，笑口常開，早早為兒子命名「路易二世」──藍色的搖籃堆滿嬰兒衣物被褥，路易數著日子，等兒子來到他的懷抱。

每一次到婦產科產檢，路易堅持陪美子去產檢，一次也不許錯過。路易這九個月過得比懷孕的美子更辛苦幾倍，他渴望兒子早日誕生，他倘開心胸等待兒子的來到。

消息像原子彈爆炸，颳起滿天的輻射塵，沒有一個人相信，路易槍殺了他的妻子美子。

「亂講，會殺美子早在她有外遇時就殺了，沒看見他們夫妻親密得如膠似漆，讓人側目，你們沒聽人說折斷的骨頭接好更強壯？」

「相信吧，鐵一般的事實。」大家都瞠目口開以待謎底揭曉。

「美子生一個黑人兒子。」

路易以殺人的罪名被判十五年徒刑。

午後三點鐘，是餐廳最閒的時段，因午餐已過，下午點心還不到時間，大輝正在結算上午的進賬，聽到一聲：

「BOSS，給一瓶COKE汽水吧。」

「哦，你不是服刑完出獄了嗎，為什麼還回來，有什麼留戀放不下的事物嗎？」

大輝問十多年大牢裡的顧客甘倫。他喉嚨哽咽說不出一句話來，久久才說：

「我回離開二十年的家鄉，找不到一個親人，一個認識的人都沒有，所有大人小孩都把我當外星人，問我『客從何處來？』我啞口無語，我能告訴他們我是從大牢裡放出的犯人嗎？故鄉已無我立足插針之地，世界之大，我無容身之地，我何去何從？！我已沒辦法在外面的世界生活！我的雙腳自動的走回大牢的路，所以我才會出現在你面前。」

「這樣呀！那你以後的生活怎麼辦？」

「當局答應我住在大牢守警眷屬住宅區，我可以在大牢裡替人理髮討生活。」

「恭喜你，好好做，我又多了一個顧客，好事一樁。」大輝歡迎甘倫也歡迎他回歸。

甘倫本來就是理髮匠，他是「善討善食」的人，不該因為酒後，跟他不同政見的朋友爭辯，為各自要選的省長人選臉紅脖子粗，對方辯輸了發火口出惡言動粗，一拳擊來，甘倫鼻流血不止，他氣不過，用手中握的剪刀反擊，一剪刺死了對方。不幸對方屬意的省長人選，在這次競選中獲選，在殺雞儆猴的理念下，新省長利用他的勢力，加重甘倫的罪責，重判二十年刑期，送來大岷的國家監牢服刑。

日落黃昏時，彩霞滿天，可期明天是晴空萬里，不是說晚霞晴千里嗎？

守警副隊長，陪著外省押送犯人的兩名警察，來餐廳吃晚餐。

「BOSS，你記得嗎？我來過這裡吃飯，回去後，我向其他的同事講；他們有機會要爭取押送蒙地愈巴大牢的差事。他們有機會在G４餐廳裡吃到好吃的扁食（麵食）真的可以說不虛此行，忘記了舟車勞頓。」

「哈，謝謝你，把G４餐廳介紹到外省邊疆。這餐我請客，代表大牢犒勞你們的辛苦。」大輝有意請副隊長，他難得來吃一餐，大輝知道副隊長栽培兩個兒子唸大學，還給唸名校——DE LA SALLE大學——他是節食縮衣辛苦在栽培兒子，大輝心中敬佩他。

三個人邊吃邊談此次押送的犯人是殺人犯羅計斯——

——羅計斯住在SAMAR偏僻的山村裡，電報送不到的地方。要到社府去，來去一趟得走兩個小時的山路。那裡的人多彪悍，法律是懸著好看，去他媽的法律，誰拳腳厲害誰就勝數，一言不和，或看不順眼，拳打腳踢是平常事，還刀棒並出呢！（這裡的人常忘記有警察，除非出人命）尤其為政爭，為各自下注的鬥雞，刀揮血濺，一槍畢命。殺人或被殺乃意料中事，這裡執法者對仇殺不嚴辦，殺人坐牢是會坐牢，關他乃是救他，怕他經日不經月，會給被殺者的父叔兄弟找上門尋仇報復，這裡尚私刑，互相仇殺到最後一個男丁。法律是看人看地執行的。

這偏遠的山村沸騰了，又一次社長競選，鬥雞的序曲展開——為各自的鬥雞順毛、噴香煙、口吐口水來磨利預備綁在雞距上的小刀。各為其主吶喊助陣，希望一搏正中，勝者捧上社長的寶座——鬥死鬥傷的雞——鍋裡滷是牠最後的歸宿。

羅計斯的弟弟乃順幫連任的社長跑腿，各處貼競選標語。對方的保鏢亞牙說乃順貼過界，乃順年少氣盛，口氣不遜說：是這村的地界我都可以貼，公平競爭嘛！有什麼地方是我不能貼的。」

亞牙是為這次競選，僱來的外地流氓，這一段時間對英俊挺拔的乃順反胃，因自己如畫壞的抽象畫似的長相，嫉惡著別人的俊美，聽到乃順的回話，怒火中燒，惡向膽邊生，一槍轟向乃順的左胸。要競選社長的羅帛斯，知道這鄉裡，動誰都可以，就是不能動這少年人，這家兄弟四人連老父都是刨蹄噴鼻的戰馬，彪悍過人，好人緣是這家不能忽視的力量。雖攏絡不過來，萬萬不敢去惹毛他們。因此羅帛斯一巴掌叫這保鏢五爪龍上臉腫，話從牙縫中迸出：「你找死！你敢殺阿朗的兒子，你的世界走完了！」

亞牙歪著下巴，捂著紅腫的臉，還死鴨嘴硬咕嚕著說：「……叫他們來兩個死一雙，誰怕誰！」

羅帛斯先生一記窩心拳，叫亞牙受創俯下身呻吟，聽見羅帛斯先生說：「看死的是他們一雙或你一個。」

聽見弟弟被殺，羅計斯和祖易嚇瞪著眼，如聽天塌下來一樣不信。他們沒仇人，誰敢殺他，弟弟的兄弟們哥兒們哭喊著，慘白著臉證實這凶耗。一個踢門而出，一個跳窗而下，猿猴似的敏捷，被傷痛燒紅的雙眼對看一下，一股兄弟倆獵山豬時的默契，在兩眼間對流，強弩發箭快，兄弟一前一後跑下坡，眾人來不及阻止，都煩惱四拳兩刀難抵一槍……

兄弟倆黑豹似靜伏著，預備撲噬獵物，在蔗園裡的毒蚊螯得紅斑點點，害水痘般的一臉一臂……一下午加一個晚上，不知飢餓，喝溪水止渴，胸膛燃著悲痛，咬牙格格有聲，不預備拉老父下水，兄弟倆一個就夠，兩個是只許成功不許失手，否則這家老的老，幼的幼，再無可戰的男丁。蔗園在羅帛斯巨宅園的後面，最危險的地方就是最安全的地方。羅計斯和祖易甚至聽到宅園裡的叱喝聲、哄笑聲。哼！讓你們哄笑到日落見月時！

心中共有的哀傷，使他們兄弟間的距離拉近，合而為一，兄弟大痛無淚，為親情不惜握刀刃，會不會斷掌血流！為將鑄成的錯誤，永遠無法見容於法律，躲仇家披驚衣。風吹草動也要回頭……然而不殺仇人誓不為人，枉死的弟弟不會瞑目，誰叫我們生長於充滿戾氣殺氣的鄉土，殺人被殺是世襲的宿命，不怕坐牢，只怕報不了仇，翻不了本。

時間像節拍器滴答滴答的踏過，向晚的蔗園被太陽燃燒著，熱如蒸，兄弟汗出如漿，頻頻用溪水洗臉，潑溪水抹胸背，不停地喝水，背抵著背，像一座連體的雕像，閉眼休息養精蓄銳，準備出手一搏……

宅園裡的煤氣燈發著刺眼的光芒、一夜照著殺人的亞牙和他的狐群狗黨。他臉色死灰，眼露兇光，緊皺著掃把似的亂眉，他心驚膽跳地，強顏和圍護著他的伙伴，沒話找話亂蓋一通，莫非是挨過難挨的時間，幾個將椰子酒當水喝，一個個酒臭薰天，大著舌頭說話。亞牙槍不離手，一會兒由準星那裡瞄著一個方向，一會兒忽然舉槍瞄向假想敵要開槍，然後發出狂笑……

煤氣網燈熄了，祖易用手指挑一下羅計斯，兩人嘴叨著刀，兩手撥開蔗葉，葉沿如刀利割痕一線線，掛著點點血珠，兩人宛如無感覺，靜聽片刻，眼神四方流轉，只有蟲聲唧唧。

醉倒竹條樓板上七橫豎八的人，死豬一樣，鼾聲如雷，囈語斷斷續續，兄弟一頷首，月光如霜，兩人像貓踏地無聲，齊攀上窗口，分別從相對的窗口躍入。殺乃順的兔唇亞牙，張著口打呼嚕，參差的黃板牙像東倒西歪的墓碑。兩兄弟不想驚動別人，冤有頭，債有主，不必殃及無辜，電光石火間，同時出刀，一取喉嚨，一取心臟，連唉都來不及唉一聲，亞牙身體痙攣了幾下，頭猛烈搖動著，然後抽痙停止，就這樣殺人償命，一命抵一命！羅計斯和祖易同時拔刀，血如泉湧，咕嘟咕嘟湧出，把刀在死者身上擦擦，收刀，齊跳出窗外，往家的方向直奔。

羅計斯的父親亞朗是羅賓漢型的好漢人物。好抱不平，又身手不凡，問事十件十一件擺平，人家在搬茅屋，亞朗一定在其中，汗如雨下，哎喲哎喲地吸氣換氣，他的妻子馬利亞怕他早上笑著出門，隨時被抬著回來。亞朗好不容易好漢撐到兩鬢飛霜，天天笑著回來，幾十年受村人的愛戴，馬利亞經霜的心好不容易盼到陽光普照，三個兒子健壯過人，不但書讀得好，剖椰乾的工計，一會兒椰乾就堆得如山如坡。不料晴天霹靂，變生肘腋間，小兒子被殺，兩個兒子成了殺人犯，她一顆心像鐘擺在悲痛與震驚之間擺盪……

現任社長山道示因為他競選殉職的乃順傷心不已，這村裡難得的少年俊材，他想送乃順到馬尼拉唸法律系，將依為左右手……他對亞朗說：

「……對方羅帛斯因在他宅園裡殺他的保鏢，面子掛不住，一定不肯罷休。羅計斯在任何地方殺亞牙報仇，羅帛斯一定裝聾作啞，現在逮到攻擊我的炮彈，你知道政治是黑暗的，爭得是你死我活……一筆盤纏拿去叫羅計斯逃亡到馬尼拉，避避風頭，待選舉塵埃落定再說……」

「還有，不要兩個兒子都承認殺人，沒有人看見人是兩兄弟殺的，羅計斯一人承擔就可以，只要羅計斯一人逃亡就可以……」

羅計斯匆匆吃口飯，拎著手提袋走出家門。天未亮透，馬利亞像枯萎的蘆葦在風中抖索，淚眼望著將遠離的兒子，生命的霜雪把她凍壞，亞朗擁抱著羅計斯說：

「兒子，逃走吧，怕你會被追殺，逃到遠遠的馬尼拉，那裡沒有人認識你，要好好做人勤勤工作，記著，我家有殺人的人，沒做賊的人，再苦的工作都要忍耐。」亞朗一手握拳，一手高舉在半空揮別兒子，有眼袋的老眼，落下一滴滴的眼淚，掛念兒子此去不知禍福！

說過羅計斯殺亞牙若是私鬥殺人好辦，把這件事當做政爭殺人炒作，大事不妙，不幸羅帛斯是現任省長一派的人，小小山社社長的仙道示無能庇護羅計斯。他在搭船的碼頭，被省政府的警察逮捕歸案，羅帛斯知道或許他中選社長不敢把羅計斯往死裡辦，是亞牙先殺其弟的，以後無法向鄉里人交待，還有亞朗是他敬仰的老人。羅計斯被判十年徒刑，送大牢服刑。

八點鐘聲響，大輝看一下時鐘，打個哈欠，伸個腰，自言自語說：今天特別疲倦，好漫長的一天！

後記　畫符滿紙

董君君

英國文豪毛姆說：「每當人們稱讚我的作品時，我像拾到一串真珠，起初非常高興，不久以後我就懷疑到底是真的，還是贗品。」

若有人以客氣或勉勵的話，說讀過我某一篇小說怎樣？怎樣？我不敢有文豪毛姆千萬分之一的自信，將讚詞照單全收，先高興一下，然後再謙虛地懷疑自己的作品是真珠或贗品，至囂張的比喻我只能說我費盡心血才串了一串貝殼項鍊，有真珠的軀殼而無真珠的生命瑷光。

有幾次有人來到我面前，問我是董君君嗎？我不會大大度度地說是！我只是微笑時多。我不敢認為我寫的小說是小說。我亂寫亂畫符而已。是愛看書看電影，喜歡眼看四方，耳聽八面的後遺症。看到一部很爛的電影或一本書，就背後罵死皇帝般說：編得這麼爛，叫我編一定比他高明……結果是心高手低，大膽亂編二十多篇小說，換別人撇嘴笑我畫符滿紙。

第一張符畫於小學六年級時，（一九五二年）我寫了一篇短篇小說（假如那可以算是小說的話，反正火燒掉，死無對症）題目是「誰的錯」。承蒙新閩日報副刊編輯「簍開一面」（簍者字紙簍）也給刊登見報，我知道不是我寫得好，是題材說到當時的華社花會盛行的禍害。題材討好，搭上時尚列車而已。當時人們賭花會，瘋到問神求明牌，有向「好兄弟」許願賄賂，簽中燒紙錢敬筵席；甚而上義山睡夢求指點迷津……家庭主婦扣菜錢家費賭花會，致夫妻反目。我這篇小說講的是一個母親天天叫兒子去買花會，終於兒子偷錢去簽自己要的花會字花。

記得我收到一張八塊錢的支票稿費。對一個沒有「五仙」（五分錢）零用錢的我，無疑是一大筆財富，我自諷是沒買花會，是「好兄弟」按錯門鈴給我誤中大獎。那時的我興奮得身心並跳，幾十年後的今天，覺餘喜猶溫，一生難忘。

五十年代，六十年代我和亞藍（黃碧蘭）陸續有作品投到商報周刊，只記得亞藍的〈美容室花絮〉和我的〈希律婆〉（推拿按摩婆）曾在商報周刊佔過版位。

六十年代至七十年代陷入婚姻和兒女的深淵，根本無握筆的閒情逸緻。馬可斯總統軍統時期，菲華文藝被迫冬眠。解統後文藝團體紛紛復刊，菲華作家經多年的沉潛，驚蟄一聲復甦，作品是百花齊放，我這不香無色無名的草花，擠在百花叢裡，兀自開放，舒放寫作的情結，不怕畫符滿紙，貽人笑柄。

我第一次踏入文藝界，是赴耕園二十週年慶。我給亞藍硬拖出家的樊籠，在文藝界露臉。記得我穿的是紫紅黑色細條紋的套裝，那一晚我抽獎得到一套搪瓷的鍋具。我就是這樣一個人，幾十年前的人、事、物，我都記得，而現時的我，可以把護照手袋遺忘在家裡，拿著外套就奔赴機場出國去。

我唸小學六年級時，一次先父差我去世伯西茂家裡。我驚喜的發現寶藏。銀髮閃閃的世伯坐在搖椅上看書，他後面靠牆有一書櫥，滿滿的書本並排，不是什麼專科的工具書，是小說故事書呀！有西遊記、封神榜、水滸傳、紅樓夢、花月痕、三國誌平話、太平廣記、包公奇案（這本書名不一定是這樣，反正是講黑臉包公的故事）……還有福爾摩斯全集，偵探故事也！我像乞丐面對一櫥的銀寶，狂喜而希冀擁有。世伯注意到我貪婪地又看又數。因此對我說：「你豈看得懂這些古書？」我趕緊吞下口水，開口求世伯說：「世茂伯，借我看看，不懂我可以問爸爸。」世伯答應借我書，一次只能借一本。記得我先拿三國誌，從此我溺入書海，一輩子不能自拔，放學後逮到幾分鐘就翻看，看不懂也不管，一直囫圇吞棗看下去，不管阿母怎樣罵不幫忙洗碗掃地，自己的校服也一延再延到午夜才洗，早上穿時還濕著，趕快熨斗支援燙乾……我還一本書時，世伯問我：「你有一字一字看嗎？」我急點頭「還是一頁一頁數著翻而已，這麼快就看完了。」

還有培元中學的圖書館的書我借遍了。當借書證寫得滿滿時，再換一張新的。提這些有關看書借書的陳年往事，無他，說明我看書的癡勁。

在我的寫作生命裡，影響我最深的三個人是先父，和培元中學的陳志仁老師，（現居美國），還有與我情同母女的先婆婆。

從小父親牽我的手教寫字，他手心暖暖的，手指粗拙的，指甲方方的，一再曉喻人要讀書才能有出息，書讀多了才能改變人的氣質，學問是沒有背景的窮人脫穎而出的憑籍……。其實在爸爸那時代的人像他英漢文都懂一點的人很少。因他是孤兒，沒有讀書的環境，但他好學好問勤於自習。他的學英文是跟早時聖公會的美國人牧師學的，當我懂事的時候，常看到父親看英文雜誌，不懂的地方看字典。我的愛看書是受父親的熏陶鼓勵。

我的老師陳志仁先生，在我的作文簿上畫上很多圈圈於他認為好的句子邊，鼓勵我用心作文。把我一篇篇好的文章，貼在教室的壁報上，這無疑在我的寫作生命裡放了酵素，讓我的榮譽心膨脹，求好求進步，因他幫我把一篇文章投搞學生園地，登出來的時候，他拿給我看時，我驚喜的跳起來，老師看到我的喜極忘形也一臉燦笑。說真的沒陳志仁老師的開路搭橋，我是沒勇氣投稿報紙，也就沒有我的第一篇短篇小說〈誰的錯〉的投石問路。是陳志仁老師領我跨出投稿的第一步。幾十年後的今天，才有這本書的出版。

我這本小說集的一部分小說，都是先婆婆與我相處卅多年裡，講述的董厝村紅磚樓的傳奇故事。

在寫作的領域裡，我是知識的拾荒者，我也像營巢的鳥，一枝一葉銜來築巢，在報上或書上看到一副好聯，一首好詩，一段好詞，一句睿智的話，一些知識的介紹，一個令人拍案叫絕的妙論……我都剪下或抄在檔案卡上，以便日後重溫欣賞。我將這些素材消化，效法將葡萄醞釀成酒。我寫作時可豐富文章的肌理。

我的第一本君君小說集，承蒙王國棟基金會出版為叢書之一。陳瓊華女士是催生者我一直沒出書的夢想，無關經濟問題，我心中有一隱痛——我的九個兒女沒一個人懂中文，我出書自己的兒女不懂看，我就心灰意冷，出書的意願不高。我的兒女都進過僑校唸中文結果是竹籬打水一場空。

二〇〇九年二月做了不大不小的手術。雖然醫生叮囑不可提重物，不可爬樓梯，不可多走路。我仍硬著頭皮參加菲華作家團訪台的行程，無他，我有在台灣出版第二本小說集的意願；還有抱著充電的虛懷若竹之空心，有求台灣作家前輩，將文學的養份，似雨傾盆於菲華文學的土壤。這半世紀以來，菲華文學是以台灣文學的乳水滋養茁壯的，這是記在歷史上不容否認的事實。

一九七四年司馬中原老師來到菲律賓，給我們這一代有心寫作而不知如何起筆的菜鳥講學。那段時日是我生命中最落魄不堪的時候——我家日進萬金的糖果廠，因用錯口香糖的原料，吃錯藥似地立見生死，退貨堆得如山似坡，因口香糖是當時的暢銷貨，商家都以現金定貨，要求多分給予幾箱，退貨當然現金歸還。如日中天的生意，如山之驟崩，為滾滾沙石流所掩埋，在此落難的日子，怎還有心去聽司馬老師講學？

然而自看了司馬老師的《狂風沙》一書後，他就成為我的偶像，他的書一讀再讀不忍釋手。偶像來到菲律賓，我怎能不被狂風沙颳進教室？我排除萬難，聽完兩個月的暑期課，課程完畢，學生們紛紛準備禮物答謝老師。當時我兩袖清風，買不起禮物。人在困境中……窮則變，變則通，我從同學好友的紗衫廠，要來一袋裁自圓領半圓形的白碎布，回來剪貼縫成梅花形的白抹布，我以此為禮送給司馬老師擦書桌。回頭一想，後悔得直敲自己的腦袋，罵自己神經病！白痴！古今中外，什麼人會以抹布當禮物送的？萬萬想不到司馬老師以不凡寬容的胸懷，悅納我這份的薄禮。

三十年後的訪台行，再見司馬中原老師，喜見老師風采更勝往昔。

我說：「司馬老師您的老學生向您請安。」司馬老師仍然記得我，他緊握我的手，暖暖的手心，溫暖了我的心，司馬老師就像聖經上講的「慈父張開雙臂，歡迎他的浪子歸來」。他還提到三十年前送他的梅花形抹布，迄今還有三塊捨不得用，有時拿出來看看，再收存起來。司馬老師的話讓我既感羞愧又深受感動。

若莉前輩看師生倆的我們，緊緊握著手，她說：「君君妳要出書，我給妳和司馬中原老師拍張照。」司馬老師一聽，立刻說：

「妳要出書，我來為妳寫序」，這句話震憾了我，久久說不出話來，最後我說：

「老師，我再多渴望您能為我的書寫序，我不敢開口求您為我寫序，我怕老師看了我上不了檯面的作品後，搖頭問：『她真的是我的學生嗎？』」也怕他人嘆息說：『名師無高徒』。」

我的書集是陶器的粗坯，司馬中原老師寫的序給予搪瓷上釉，給予潤澤與顏采，我有中巨獎的喜悅，更有無法形容的感動。

我的第一本《君君小說集》，一九九九年承王國棟文藝基金會出版。又蒙施老穎洲先生推薦參加二〇〇一年台灣僑聯總會華文著述獎的徵選，得小說類頭獎。

我問自己我的得獎是幾分運氣？幾分實力？我最大的收獲是得此獎，給了我莫大的激厲和最大的鞭策；讓我十年來勤勤筆耕，我又回到千島之國的海邊拾貝殼，準備再串一串貝殼項鍊——我看、我聽、我記、我思、我寫我熟悉的故國鄉土與僑居千島之國華人和友邦菲人的故事。我知道天外有天，一定有高人笑我寫的小說是畫符滿紙。其實被嫌也是一種激厲、讓我再磨筆上陣，直到沒人說我寫的小說是畫符滿紙才封筆。

國家圖書館出版品預行編目

油煙世界 / 董君君著. -- 一版. -- 臺北市：秀威資訊科技, 2010. 08
面； 公分. --（語言文學類；PG0372 菲律賓・華文風12）

BOD版
ISBN 978-986-221-473-2（平裝）

868.657 99007613

BOD Books on Demand 語言文學類 PG0372

菲律賓・華文風⑫

油煙世界

作 者 / 董君君
主 編 / 楊宗翰
發 行 人 / 宋政坤
執 行 編 輯 / 邵亢虎
圖 文 排 版 / 鄭維心
封 面 設 計 / 陳佩蓉
數 位 轉 譯 / 徐真玉 沈裕閔
圖 書 銷 售 / 林怡君
法 律 顧 問 / 毛國樑 律師
出 版 印 製 / 秀威資訊科技股份有限公司
台北市內湖區瑞光路583巷25號1樓
電話：02-2657-9211 傳真：02-2657-9106
E-mail：service@showwe.com.tw
經 銷 商 / 紅螞蟻圖書有限公司
台北市內湖區舊宗路二段121巷28、32號4樓
電話：02-2795-3656 傳真：02-2795-4100
http://www.e-redant.com

2010 年 8 月 BOD 一版
定價： 400 元

讀　者　回　函　卡

感謝您購買本書，為提升服務品質，煩請填寫以下問卷，收到您的寶貴意見後，我們會仔細收藏記錄並回贈紀念品，謝謝！

1.您購買的書名：____________________

2.您從何得知本書的消息？

□網路書店　□部落格　□資料庫搜尋　□書訊　□電子報　□書店

□平面媒體　□ 朋友推薦　□網站推薦　□其他__________

3.您對本書的評價：(請填代號　1.非常滿意 2.滿意 3.尚可 4.再改進)

封面設計____　版面編排____　內容____　文/譯筆____　價格____

4.讀完書後您覺得：

□很有收獲　□有收獲　□收獲不多　□沒收獲

5.您會推薦本書給朋友嗎？

□會　□不會，為什麼？____________________

6.其他寶貴的意見：____________________

____

____

____

讀者基本資料

姓名：____________________　年齡：______　性別：□女　□男

聯絡電話：______________　E-mail：____________________

地址：____________________

學歷：□高中(含)以下　□高中　□專科學校　□大學

□研究所(含)以上　□其他______________

職業：□製造業　□金融業　□資訊業　□軍警　□傳播業　□自由業

□服務業　□公務員　□教職　□學生　□其他__________

請貼
郵票

To：114

台北市內湖區瑞光路 583 巷 25 號 1 樓

秀威資訊科技股份有限公司　　　收

寄件人姓名：

寄件人地址：□□□

(請沿線對摺寄回,謝謝!)